TIROS NA NOITE vol. 1
A mulher do bandido
e outras histórias

CB060158

Livros do autor na Coleção **L&PM** POCKET:

Mulher no escuro
Tiros na noite (vol. 1) – A mulher do bandido
Tiros na noite (vol. 2) – Medo de tiro

Dashiell Hammett

TIROS NA NOITE vol. 1
A mulher do bandido
e outras histórias

Tradução de Heloísa Seixas, Alexandre Raposo
e Roberto Muggiati

www.lpm.com.br

Coleção **L&PM** POCKET, vol. 597

Título original: *Nightmare Town* (Publicado na Coleção **L&PM** POCKET em dois volumes: *A mulher do bandido* e *Medo de tiro*)

Primeira edição na Coleção **L&PM** POCKET: maio de 2007
Esta reimpressão: agosto de 2010

Tradução: adquirida conforme acordo com a Editora Record. Heloísa Seixas (Cidade pesadelo, Detetive de plantão, A mulher do bandido, O homem que matou Dan Odams e Tiros na noite), Alexandre Raposo (Os ziguezagues da perfídia e O assassino assistente) e Roberto Muggiati (O guardião do seu irmão e Duas facas afiadas)

Capa: Ivan Pinheiro Machado sobre ilustração de Alex Varenne
Revisão: Renato Deitos e Bianca Pasqualini

CIP-Brasil. Catalogação-na-Fonte
Sindicato Nacional dos Editores de Livros, RJ.

H191t
v. 1
Hammett, Dashiell, 1894-1961
   Tiros na noite, 1: a mulher do bandido / Dashiell Hammett; tradução Heloísa Seixas, Alexandre Raposo e Roberto Muggiati. – Porto Alegre, RS: L&PM, 2010.
   272p. : . – (L&PM POCKET; 597)

Tradução de: *Nightmare Town*
Apêndice
ISBN 978-85-254-1576-9

1. Ficção policial americana. I. Seixas, Heloísa, 1952-. II. Raposo, Alexandre. III. Muggiati, Roberto, 1937-. IV. Título. V. Título: A mulher do bandido. VI. Série.

07-0850.   CDD: 813
                                CDU: 821.111.(73)-3

© 1999 by Literary Property Trustees sobre o espólio de Lillian Hellman.
© da introdução © 1999 by William F. Nolan.

Todos os direitos desta edição reservados a L&PM Editores
Rua Comendador Coruja 326 – Floresta – 90220-180
Porto Alegre – RS – Brasil / Fone: 51.3225.5777 – Fax: 51.3221-5380

Pedidos & Depto. comercial: vendas@lpm.com.br
Fale conosco: info@lpm.com.br
www.lpm.com.br

Impresso no Brasil
Inverno de 2010

SUMÁRIO

Introdução / 7

Cidade pesadelo / 23
Detetive de plantão / 75
A mulher do bandido / 93
O homem que matou Dan Odams / 112
Tiros na noite / 125
Os ziguezagues da perfídia / 145
O assassino assistente / 188
O guardião do seu irmão / 230
Duas facas afiadas / 248

Agradecimentos / 267

INTRODUÇÃO

*William F. Nolan**

Embora tenha vivido pouco mais de sessenta anos, a carreira de escritor de Samuel Dashiell Hammett cobriu apenas doze breves anos, durante os quais ele escreveu mais de uma centena de histórias. Vinte delas foram reunidas em *Tiros na noite*, exibindo todo o notável talento de Hammett.**

Em seu famoso ensaio de 1944, *A simples arte de matar* (L&PM Editores, 1998), Raymond Chandler reconhecia abertamente o gênio de Hammett. Ele o creditava adequadamente como "o ás dos escritores", o responsável pela criação e pelo desenvolvimento da escola de literatura *noir*, o realista revolucionário do gênero. "Ele tirou o assassinato dos ambientes elegantes e jogou-o nos becos", declarou Chandler. "Hammett devolveu o assassinato ao tipo de pessoas que o cometem por motivos reais, não simplesmente a fim de fornecer um cadáver para uma história."

Ross Macdonald também concedeu a Hammett a posição número um na literatura policial. "Saímos todos de baixo da máscara negra*** de Hammett."

Nascido em 1894 numa família que plantava tabaco em Maryland, Samuel cresceu em Baltimore e abandonou

---

* William Nolan é escritor e roteirista norte-americano. Ganhou duas vezes o prêmio Edgar Allan Poe da Mystery Writers of America. (N.E.)

** Nesta edição da Coleção **L&PM** POCKET, o livro *Tiros na noite* foi dividido em dois volumes: *A mulher do bandido* (*Tiros na noite* vol. 1) com os contos "Cidade pesadelo", "Detetive de plantão", "A mulher do bandido", "O homem que matou Dan Odams", "Tiros na noite", "Os ziguezagues da perfídia", "O assassino assistente", "O guardião do seu irmão", "Duas facas afiadas" e *Medo de tiro* (*Tiros na noite* vol. 2) com os contos "Morte na Pine Street", "O anjo do segundo andar", "Medo de tiro", "Tom, Dick ou Harry", "Uma hora", "Quem matou Bob Teal?", "Um homem chamado Spade", "Foram tantos a viver", Só podem enforcá-lo uma vez", "Um homem chamado Thin" e "O primeiro 'homem magro'". (N.E.)

*** Referência a *Black Mask*, popular revista dos anos 20 e 30, que publicava Hammett e todos os grandes autores *noir* da época.

a escola aos quatorze anos para trabalhar nas ferrovias. Um inconformista sem papas na língua, saltou inquieto de emprego em emprego: foi ferroviário, estivador, operário numa fábrica de caixas, numa indústria de enlatados, operador de cargas, funcionário de uma corretora. Ele se irritava com a autoridade e foi demitido muitas vezes, ou então largava o emprego por tédio. Estava procurando por "algo mais" na vida.

Em 1915, Hammett respondeu a um anúncio sem identificação que dizia que os candidatos deviam ter "ampla experiência de trabalho e disponibilidade para viajar e agir em todas as situações". O emprego em si não era especificado.

Intrigado, Hammett se viu nos escritórios de Baltimore da Agência de Detetives Pinkerton. Nos sete anos seguintes, exceto durante períodos de serviço militar ou de doença, Sam Hammett trabalhou como funcionário da agência. Ao contrário da maioria dos detetives, que trabalhavam num único local, os detetives da Pinkerton, com sedes em várias cidades, cobriam os estados do leste ao oeste, num território bastante amplo. Assim, Hammett se viu envolvido numa série diversificada de casos em todo o país, muitos deles bastante perigosos. No decorrer dos trabalhos, levou pauladas, tiros e facadas; como ele mesmo resumiu, "nunca senti tédio".

Em 1917, sua vida mudou para sempre. Enquanto trabalhava para a Pinkerton como um agente infiltrado na Internacional dos Operários do Mundo, em Butte, Montana, ofereceram-lhe cinco mil dólares para matar o agitador sindical Frank Little. Depois que Hammett se recusou, indignado, Little foi assassinado num crime de vendeta. Como Lillian Hellman observou depois, "aquilo deve ter sido para Hammett um horror indelével. Posso testemunhar a sua convicção, a partir do assassinato de Little, de que vivia numa sociedade corrupta". A consciência política de Hammett foi formada em Butte. Desse ponto em diante, ela permearia sua vida e seu trabalho.

Em 1918, deixou a Agência Pinkerton, pela primeira vez, para se alistar no exército. Lá, diagnosticaram-lhe tuberculose. ("Acho que isso é um mal de família. Minha mãe tinha tuberculose.") Desligado um ano depois, foi forte o suficiente para reintegrar-se à agência. Infelizmente, a perniciosa doença o perseguiria por muitos anos e cobraria um preço devastador sobre sua saúde.

Em 1921, com "maus pulmões", Hammett foi mandado para um hospital em Tacoma, no estado de Washington, onde foi atendido por Josephine Dolan, uma atraente enfermeira que trabalhava na ala de jovens. Essa garota órfã e altruísta achou seu novo paciente "bonito e maduro". Admirava sua postura militar e riu de todas as suas piadas. Em pouco tempo estavam íntimos. Jose (pronuncia-se "Joe's") era muito séria quanto à relação dos dois, mas para Hammett era pouco mais do que uma diversão casual. Nessa altura da vida, ele era incapaz de amar e, na verdade, desconfiava desta palavra.

Ele declarou, num manuscrito inédito: "Nosso amor parecia depender de não ser colocado em palavras. Parecia que, se (eu) dissesse 'Eu te amo', no momento seguinte aquilo seria uma mentira". Hammett manteve essa atitude ao longo da vida. Podia escrever "com amor" numa carta, mas era incapaz de expressá-lo verbalmente.

Com a doença sob controle, Hammett mudou-se para San Francisco, onde recebeu uma carta de Jose dizendo que estava grávida. Será que Sam se casaria com ela? Sim.

Tornaram-se marido e mulher no verão de 1921, com Hammett novamente empregado na Agência Pinkerton. Quando a filha Mary Jane nasceu, em outubro, Hammett estava novamente sofrendo de problemas de saúde, causados pelo frio nevoeiro de San Francisco, que afetava seus pulmões debilitados.

Em fevereiro de 1922, aos 27 anos, ele deixou a agência pela última vez. Um curso no Munson's Business College, uma escola de secretariado, parecia oferecer-lhe uma oportunidade para aprender a escrever profissionalmente. Como agente da Pinkerton, Hammett tinha sido elogiado com freqüência por seus relatórios concisos e bem-estruturados. Agora, era a ocasião de ver se ele podia usar essa capacidade latente.

No final daquele ano, havia vendido alguns textos para a *The Smart Set* e para uma nova revista *pulp* (impressa em papel barato, de polpa de celulose) de contos policiais, *The Black Mask*. Em dezembro de 1922, a revista publicava *The Road Home* [*O caminho para casa*], uma história de Hammett sobre um detetive chamado Hagerdon que era contratado para perseguir um criminoso. Depois de fazer Hagerdon viajar meio mundo, o fugitivo oferece ao detetive parte de "um dos mais ricos veios de pedras preciosas na Ásia" se ele ficasse do seu lado. No clímax da história, a caminho da selva e atrás de sua presa, Hagerdon está pensando no tesouro. O leitor é induzido a acreditar que o detetive foi tentado pela oferta de enriquecimento e que será corrompido quando avistar as jóias. Assim, o tema de toda a carreira de Hammett, a corruptibilidade do homem, é prenunciado aqui, em seu primeiro conto policial.

Em 1923, Hammett criou o detetive Continental Op para *The Black Mask* e vendia sua ficção num ritmo regular. Anos depois, um repórter perguntou qual era o seu segredo. Hammett encolheu os ombros: "Eu fui um detetive, por isso escrevi sobre detetives". Acrescentou: "Todos os meus personagens foram inspirados em pessoas que conheci ou das quais ouvi falar".

Uma segunda filha, Josephine Rebecca, nasceu em maio de 1926, e Hammett se deu conta de que não podia continuar sustentando a família só com as vendas para a *Black Mask*. Deixou o trabalho de escrever prosa para assumir o emprego de gerente de publicidade para um joalheiro local por 350 dólares mensais. Aprendeu rapidamente a apreciar as características peculiares de relógios e de anéis e em pouco tempo fazia o texto dos anúncios semanais da loja para os jornais. Al Samuels, o joalheiro, ficou muito feliz com a capacidade do seu novo empregado em gerar vendas com um anúncio publicitário bem redigido. Hammett era um "escritor nato".

Mas sua tuberculose reapareceu, e Hammett foi forçado a deixar o emprego depois de apenas cinco meses. Agora recebia na íntegra a pensão de invalidez do Departamento dos

Veteranos. Durante essa recaída ficou praticamente o tempo todo acamado, estava tão fraco que tinha de se apoiar numa fileira de cadeiras para caminhar entre a cama e o banheiro. Como sua tuberculose era altamente contagiosa, a mulher e as filhas tiveram de ir morar longe dele.

À medida que a saúde de Hammett melhorava, Joseph T. Shaw, o novo editor da *Black Mask*, conseguiu atraí-lo de volta à revista, prometendo um pagamento melhor (até seis centavos a palavra) e oferecendo-lhe "liberdade criativa" para desenvolver material em formato de romance. "Hammett foi o líder do movimento que levou finalmente a revista ao seu estilo único", afirmou Shaw. "Ele contava suas histórias com um novo tipo de força e autenticidade. E era um dos mais cuidadosos e dedicados artífices que já conheci."

Uma novela em duas partes, *The Big Knockover* [*O grande golpe*], foi seguida pelas histórias da *Black Mask* que levaram aos seus quatro primeiros livros publicados: *Red Harvest* [*Seara vermelha*], *The Dain Curse* [*Maldição em família*], *The Maltese Falcon* [*O falcão maltês*] e *The Glass Key* [*A chave de vidro*]. Elas fizeram de Hammett o mais importante escritor de ficção policial do país.

Em 1930, abandonou a família e mudou-se para Nova York, onde resenhava livros para o *Evening Post*. No final daquele ano, aos 36 anos de idade, viajou de volta à Costa Oeste – depois que *O falcão maltês* foi vendido para Hollywood – a fim de trabalhar no roteiro para a Paramount. Hammett era uma figura imponente na capital do cinema. Elegante e cuidadoso na escolha das roupas, foi apelidado por uma colunista local de "Príncipe Encantado de Hollywood". Alto, com um bigode fino bem aparado e uma postura régia, era também conhecido como um sedutor, ostentando um ar de masculinidade madura que o tornava extremamente atraente para as mulheres.

Foi em Hollywood, no final daquele ano, que conheceu a escritora iniciante Lillian Hellman e começou com ela uma relação intensa e volátil, muitas vezes destrutiva, que durou – com idas e vindas – para o resto de sua vida. Para Hellman, então com vinte e poucos anos, Hammett era algo espetacular.

Bem-sucedido, bonito, maduro, culto e espirituoso – uma combinação que ela achou irresistível.

Hammett trabalhou com Hellman em quase todas as peças dela (a exceção foi *The Searching Wind*). Ele supervisionava laboriosamente estrutura, cenas, diálogo e personagens, orientando-a ao longo de várias produções. Suas contribuições foram enormes, e, depois da morte de Hammett, Hellman nunca mais escreveu uma peça de teatro.

Em 1934, no período que se seguiu à publicação de *The Thin Man* [*O homem magro*], Hammett estava no auge da carreira. Na superfície, o romance, que tem como protagonistas Nick e Nora Charles, era esperto e bem-humorado e inspirou uma legião de imitadores. No fundo, porém, o livro era sobre um homem desiludido que tinha rejeitado a profissão de detetive e não via mais sentido em continuar uma carreira de investigador.

O paralelo entre Nick Charles e Hammett era claro; ele estava prestes a rejeitar o gênero que o havia tornado famoso. Nunca se sentira à vontade como escritor de romances policiais. As histórias de detetive não o atraíam mais.

Ele queria escrever uma peça de teatro original, seguida pelo que chamava de "romances socialmente significativos", mas nunca indicou exatamente o que tinha em vista. No entanto, depois de 1934, e até a sua morte, nenhuma ficção nova de Hammett foi publicada. Ele tentou vários romances, sob vários títulos: *There Was a Young Man* [*Era uma vez um jovem*] (1938), *My Brother Felix* [*Meu irmão Felix*] (1939), *The Valley Sheep Are Fatter* [*Os carneiros do vale são mais gordos*] (1944), *The Hunting Boy* [*O menino caçador*] (1949) e *December 1* [*Primeiro de dezembro*] (1950). O trabalho sempre era abortado depois de um breve início. Sua única obra de ficção de porte, *Tulip* (1952) – inacabada, com dezessete mil palavras –, foi publicada postumamente. Era sobre um homem que não podia mais escrever.

Os problemas de Hammett eram de dupla natureza. Tendo abandonado a ficção policial, nada tinha para colocar em seu lugar. Ainda mais frustrante era o fato de ter se fechado emocionalmente, erguendo uma muralha entre ele e o público. Tinha perdido a capacidade de comunicar, de compartilhar suas emoções. À medida que os anos passavam, Hammett bebia, jogava, cortejava mulheres e se enterrava em doutrinas marxistas. Sua única válvula de escape criativa eram as peças de Hellman. Não há dúvida de que a sua colaboração foi de extremo valor para ela, mas não satisfez o desejo de se impor como um romancista maior.

A ironia persistente da carreira de Hammett é que ele já havia produzido pelo menos três romances importantes: *Seara vermelha, O falcão maltês* e *A chave de vidro* – obras respeitadas no mundo inteiro.

Aqui, nesta coletânea reeditada em dois volumes, publicamos seus contos mais curtos, muitos deles com o tamanho de uma novela. Eles cobrem um leque bastante variado, alguns são melhores do que outros, mas cada um é puro Hammett, e o mínimo que se pode dizer é que são maravilhosamente divertidos.

O que faz a obra de Dashiell Hammett única no gênero da literatura de mistério? A resposta é: a autenticidade.

Hammett conseguiu colocar na página impressa a gíria vibrante das ruas, retratar de maneira realista bandidos, vagabundos, prostitutas, alcagüetes, pistoleiros, manda-chuvas da política e clientes desonestos, deixando-os falar e se comportar no papel da mesma forma como falavam e se comportavam durante os anos em que Hammett caçava criminosos. A experiência como agente da Pinkerton proporcionou-lhe uma sólida base para a sua ficção. Ele havia caçado assasssinos, investigado escroques, vigaristas, reunido provas para julgamentos criminais, seguido ladrões de jóias, tinha se envolvido com arrombadores e assaltantes, perseguido fraudadores, participado de tiroteios nas ruas, flagrado falsários e chantagistas, descoberto um carregamento de ouro desaparecido, localizado uma roda-gigante roubada e atuado como guarda, detetive de hotel e agente infiltrado em movimentos sindicais.

Quando Hammett colocou seus personagens em ação nas sórdidas ruas de San Francisco, os leitores reagiram a essa descrição vigorosa do crime como se fosse de verdade. Nenhum outro escritor de romances policiais da época era capaz de alcançar seu nível de realismo.

Tiros na noite nos leva de volta àqueles anos em que o talento de Hammett era uma chama acesa, os anos em que escrevia com força e vigor num estilo breve e enxuto que se casava com a intensidade do material retratado. Trabalhando principalmente nas páginas da *Black Mask* (na qual dez histórias que fazem parte desta antologia foram originalmente publicadas), Hammett lançou um novo estilo de ficção de detetive na América: amarga, dura e sem sentimentalismo, refletindo a violência da época. A sóbria tradição inglesa do detetive cavalheiro vestido em *tweed* foi desmantelada, e o assassinato saltou do chá nos jardins para o beco escuro. O polido investigador inglês cedeu lugar ao homem de ação empedernido que não se importava em quebrar algumas leis para conseguir fazer seu serviço, que era capaz de punir e ser punido e geralmente jogava em ambos os lados da lei.

O cínico e o idealista estavam combinados nos protagonistas de Hammett: a dureza cuidadosamente preservada permitia-lhes sobreviver. Ninguém podia blefar com eles ou comprá-los. Eles aprenderam a se manter sob rigoroso controle, movendo-se com cautela em uma paisagem sombria (o "oceano aterrador" de Melville) em que a morte, a duplicidade e a corrupção faziam parte do cenário. Ainda assim, idealisticamente esperavam por um mundo melhor e trabalhavam nesse sentido. Hammett deu a esses personagens uma vida orgânica.

O crítico Graham McInnes acha que "a prosa de Hammett (...) tem a polidez e a carne de um ensaio de Bacon ou de um poema de Donne, dois escritores que também viveram numa época de violência e transição".

O tema de uma sociedade corrupta permeia sombriamente a obra de Hammett. A história-título desta coletânea [*Nightmare Town*], que descreve detalhadamente uma "cidade pesadelo" em que todo cidadão é desonesto – do policial ao homem de negócios –, prenuncia a sua saga de gangsterismo de

Poisonville ("Cidade Veneno") em *Seara vermelha*. (O cenário real desse romance foi Butte, Montana, e reflete a corrupção que Hammett lá encontrou com a morte do operário ativista Frank Little em 1917.)

Hammett via o mundo ao seu redor como algo caótico, sem forma nem desígnio. Em meados da década de 1930, estava convencido de que a política radical poderia oferecer uma idéia de ordem e que talvez um idealizado "mundo do povo" fosse possível. O comunismo parecia prometer tal mundo, mas ele acabou descobrindo que se tratava de uma ilusão. Em seus últimos anos, Hammett percebeu que não havia nenhuma solução aparente para o caos do mundo.

Muito se escreveu sobre o "herói hammettiano" típico.

O crítico John Patterson alega que ele é, "em última análise, a apoteose de todo homem de boa vontade que, alienado pelos valores da sua época, busca desesperada e tristemente viver sem ter vergonha, viver sem comprometer a sua integridade".

Philip Durham, que escreveu a primeira biografia de Raymond Chandler, situa o herói hammettiano

> numa tradição que começou no final do século XIX. Esse herói literário americano aparecia sempre nos romances-folhetins do período, pronto para ser usado por escritores do século XX do gênero faroeste, como Owen Wister e Zane Grey. Quando Hammett o esboçou nas páginas de *Black Mask*, suas características heróicas já estavam claramente definidas: coragem, força física, indestrutibilidade, indiferença ao perigo e à morte, uma atitude cavalheiresca, celibato, um pouco violento e uma noção de justiça.

O personagem mais constante de Hammett, o Continental Op (que figura aqui em sete histórias), reflete sua visão sombria do mundo, mas não é abertamente político nem cavalheiresco. É um detetive esforçado que tenta fazer o seu trabalho. O Op descreve a si mesmo como possuindo um rosto que "é um testemunho verdadeiro de uma vida que não foi coberta de refinamento nem de gentileza", acrescentando que é "baixo, de meia-idade e cintura grossa" e teimoso o bastante para ser chamado de "cabeçudo".

Hammett alegava que baseou o Op no homem que o treinou para ser detetive, Jimmy Wright, da Agência Pinkerton em Baltimore. Wright ensinou ao jovem Hammett um código básico de princípios: não engane o seu cliente. Permaneça anônimo. Evite riscos físicos desnecessários. Seja objetivo. Não se envolva emocionalmente com um cliente. E nunca viole a sua integridade. Esse código marcou Hammett; não só lhe serviu quando era detetive atuante, mas também lhe forneceu um conjunto de regras pessoais que modelaram suas ações para o resto da vida.

Claro, apesar de sua idade e aparência física, o Op é o próprio Hammett em disfarce ficcional. Contadas na primeira pessoa, muitas das aventuras do Op são versões ficcionalizadas de casos verdadeiros em que Hammett trabalhou durante sua época como detetive. Quando o jovem Hammett entrou pela primeira vez para a filial de Baltimore da Agência de Detetives Pinkerton, o quartel-general ficava no Edifício Continental – claramente a fonte de inspiração para a agência fictícia do Op.

Hammett deliberadamente restringiu a ficha biográfica do personagem ao mínimo. Como observa o crítico Peter Wolfe, "ele nada nos diz da família, educação ou crença religiosa (do Op)". Naturalmente, o Op *não tem* nenhuma religião no sentido tradicional do termo; sua religião é o jogo eternamente perigoso da caçada humana, um trabalho que ele executa com um zelo quase sagrado.

Se peneirarmos cuidadosamente o cânone (cerca de três dúzias de histórias), revela-se que Op ingressou na Continental como "um jovem rebento de vinte anos" (a idade de Hammett quando se tornou agente da Pinkerton), que ocupou o posto de capitão no serviço secreto militar durante a guerra, que fala um pouco de francês e alemão, faz todas as refeições em restaurantes, fuma cigarros Fatima, gosta de pôquer e de lutas de boxe e evita envolvimentos românticos ("não combinam com o trabalho"). Pragmático, de alma calejada e tenaz, recorre à violência física quando necessário e usa uma arma quando obrigado, mas prefere lançar mão da inteligência. Está tão próximo de um detetive de verdade quanto Hammett foi capaz de fazê-lo.

Hammett apresentou Op em suas primeiras obras mais longas, *Blood Money* (também conhecida como *The Big Knockover* [*O grande golpe*]), *Seara vermelha* e *Maldição em família,* todas elas reelaboradas a partir de novelas publicadas na *Black Mask*.

Outra importante criação que veio a seguir foi o detetive particular de San Francisco Samuel Spade, ao qual Hammett deu o seu primeiro nome (na Pinkerton, era sempre chamado de Sam). Quando começou a escrever, tornou-se simplesmente Dashiell Hammett. Spade fez a sua estréia em *O falcão maltês*, serializado em cinco partes na *Black Mask* e que Hammett cuidadosamente reeditou para publicação em livro por Alfred A. Knopf. A maioria dos críticos coloca essa "saga de um detetive particular" como o melhor romance policial escrito no século XX. Descrevendo seu personagem para uma edição de *O falcão* pela Modern Library, Hammett afirmava:

> Spade não teve nenhum modelo original. É um homem idealizado no sentido em que é o que a maioria dos detetives particulares com os quais trabalhei gostaria de ter sido e o que uns poucos, em seus momentos mais pretensiosos, achavam que quase tinham chegado a ser. Pois nosso detetive particular não quer ser (...) um erudito decifrador de enigmas à maneira de Sherlock Holmes; ele quer ser um sujeito duro e astuto, capaz de cuidar de si mesmo em qualquer situação, capaz de tirar o melhor de qualquer pessoa que encontre, seja ela um criminoso, um passante inocente ou um cliente.

De fato, foi precisamente assim que Hammett descreveu Spade em *O falcão maltês* – com inteligência comparável à do ardiloso gordo, Casper Gutman, que busca o fabuloso pássaro do título; capaz de lidar com a intrusa polícia e capaz de resistir aos avanços da sedutora Brigid O'Shaughnessy enquanto soluciona o assassinato de seu parceiro, Miles Archer. Hammett nunca teve a intenção de fazer de Spade um personagem recorrente em sua obra; ao completar *O falcão maltês* estava "farto dele". No entanto, não tinha previsto a enorme e duradoura popularidade do livro, nem que ele se tornaria uma série radiofônica de imenso sucesso, nem que nada menos do que três filmes seriam produzidos com base no romance publicado.

O público exigia mais histórias de Spade, e o agente literário de Hammett implorou ao autor que escrevesse novas aventuras. Hammett estava relutante, mas estava também sem dinheiro. Ganhou vastas somas em Hollywood como autor de roteiros, mas esbanjava cada dólar com a mesma rapidez com que os ganhava. Dinheiro era para se gastar, e Hammett sempre achava que o dinheiro apareceria magicamente, sempre que precisasse. Finalmente, sentou-se para escrever três novas histórias de Spade, publicando duas na *The American Magazine* e a última na *Collier's*.

As três estão nesta coletânea: *Um homem chamado Spade* (vol. 2), *Foram tantos a viver* (vol. 2) e *Só podem enforcá-lo uma vez* (vol. 2). Os contos são vivos, eficientes e de ação rápida.

As outras histórias reunidas aqui demonstram a ousada experimentação de Hammett com a linguagem e o enredo. Compare a narrativa exagerada e enfeitada em *Um homem chamado Thin* (vol. 2), que apresenta um detetive-poeta, com a narrativa crua e inculta do jovem pugilista em *O guardião do seu irmão* (vol. 1). Ambas são contadas em primeira pessoa, mas estão a quilômetros de distância uma da outra. Hammett ataca um ponto de vista feminino no soberbamente bem escrito *A mulher do bandido* e oferece um final surpresa perfeito em *O anjo do segundo andar* (observe o humor implícito nessa história).

Tanto *Medo de tiro* (vol. 2) como *O homem que matou Dan Odams* (vol. 1) se passam longe da locação costumeira, San Francisco, e demonstram a ampla variedade da ficção de Hammett. *Medo de tiro* tem lugar na região das altas montanhas, e *O homem que matou Dan Odams* (vol. 1) é um faroeste semimoderno passado em Montana. Representam Hammett em plena forma.

Enquanto a maioria dos escritores de narrativas policiais nos anos 1920 e 1930 estava produzindo histórias por dinheiro, Hammett trabalhava como um artista dedicado. Deu a cada história o melhor de si, debruçando-se sobre cada palavra, sobre cada frase de efeito. E estava sempre em busca de novas idéias e de novos personagens. Seu protagonista em *O assassino assistente* (vol. 1) é um exemplo admirável. Com Alec Rush, o autor criou um detetive descrito como incrivelmente feio, um desvio radical do costumeiro herói das revistas. Hammett estava mirando numa nova direção com sua história, que envolve um caso complexo resolvido não por Rush, mas pela confissão do assassino.

O assassino assistente (vol. 1) foi escrito pouco antes que Hammett deixasse temporariamente a *Black Mask*, em sua tentativa malsucedida de começar uma carreira na publicidade. Sentimos que, se ele tivesse permanecido na revista, poderia talvez ter escrito mais histórias em que figurasse esse excêntrico detetive.

Durante a era da *pulp fiction*, os editores constantemente exigiam "ação, mais ação!". Hammett decidiu ver quanta ação seria capaz de compactar numa única novela. Publicada pela primeira vez no *Argosy All-Story Weekly*, *Cidade pesadelo* (vol. 1) é um esforço notável de violência contínua. O herói empunha uma bengala de ébano com uma eficiência devastadora, rachando crânios e quebrando ossos na melhor tradição *pulp*.

Uma importante contribuição em *Tiros na noite* é *O primeiro 'homem magro'* (vol. 2), que tem aqui sua primeira publicação em forma de livro. Essa versão, de 1930, mostra um contraste acentuado com o romance que Hammett finalizou para o editor Alfred A. Knopf três anos depois, com vastas diferenças no enfoque básico, na atmosfera, no enredo e no tom. Um convite de Hollywood e a promessa de dinheiro substancial a ser ganho com o cinema obrigaram Hammett a abandonar o manuscrito original com 65 páginas datilografadas. Quando voltou a ele três anos depois, John Guild, o detetive que lembra o Op – dedicado, estóico, calado –, foi substituído por Nick Charles, um cínico beberrão e festeiro, ex-investigador sem nenhum desejo de desvendar mais crimes; queria apenas outro Martini. Foi a mulher de Nick (inspirada diretamente em Lillian Hellman) quem o pressionou para que voltasse a trabalhar como detetive para solucionar o caso do homem magro desaparecido.

A vida de Dashiell Hammett passou por uma importante mudança entre 1930 e 1933, e Nick Charles marcou o fim da sua carreira como romancista. Como escritor, viu-se num beco sem saída e não acreditava mais que os males criminais da sociedade pudessem ser resolvidos individualmente. Na sua visão, um detetive solitário (como Sam Spade ou John Guild) nada podia fazer para impedir a onda de corrupção social. O código de honra pessoal do detetive não tinha qualquer efeito num mundo desonroso. A amargura e o cinismo na alma de Hammett, que se refletiam de uma maneira menos óbvia em suas primeiras obras, tinham agora ocupado o centro do palco. Ele não era mais capaz de acreditar em heróis. Mesmo heróis trabalhadores, francos e simples.

Em 1951, depois de ser condenado por recusar-se a delatar pessoas suspeitas de exercerem "atividades anti-americanas" por um juiz federal de Nova York*, Hammett passou cinco meses na cadeia em defesa de suas crenças políticas. Mas nunca acreditou na violência política e ficou chocado quando, no julgamento, o senador Joseph McCarthy lhe perguntou se já havia praticado algum ato de sabotagem

---

* Episódio sombrio da história americana ocorrido em plena Guerra-Fria (como ficou conhecido o período de hostilidades diplomáticas entre EUA e União Soviética), entre os anos 1950 e 56. O chamado "macarthismo" ou "caça às bruxas" foi iniciado por Joseph McCarthy, senador pelo estado de Wisconsin, que denunciava uma conspiração comunista no Estado e na sociedade americana. Foi realizado um enorme expurgo, e todos aqueles suspeitos de serem "comunistas" eram presos ou perdiam seus empregos; caso ficassem nos seus empregos, as empresas eram perseguidas pela polícia e pela Receita Federal. Milhares de intelectuais, funcionários públicos e cidadãos comuns foram perseguidos, presos, exilados ou tiveram suas carreiras destruídas sob a acusação de "atividades anti-americanas". Eram comuns a delação em massa e a condenação com provas insuficientes e mesmo sem provas. (N.E.)

contra os Estados Unidos. Tendo servido seu país em duas guerras mundiais como soldado alistado, amava a América, ainda que desprezasse seus políticos capitalistas.

Os últimos anos de Hammett, depois que saiu da prisão, foram tristes. Graças à "caça às bruxas" do senador McCarthy seu nome foi retirado de um filme baseado num de seus personagens; seus programas radiofônicos foram cancelados; e uma coletânea de sua ficção já programada foi colocada na gaveta pelo editor. Passou a maior parte de sua última década isolado numa pequena cabana em Katonah, no estado de Nova York. Em duas ocasiões, tiros atravessaram as janelas da frente, mas Hammett suportou o exílio com estóica resignação.

Doente e frágil, na lista negra como um pária político, incapaz de escrever e acossado pela Receita Federal por causa de impostos de renda sobre dinheiro que não ganhava mais, Samuel Dashiell Hammett morreu de câncer de pulmão em 1961, aos 66 anos de idade.

Ele se considerava um fracasso literário, mas, como estes livros ajudam a provar, era tudo menos isso. Nenhum escritor desde Edgar Allan Poe exerceu maior influência sobre a ficção de mistério. Sua arte é atemporal, e sua obra não ficou datada. No gênero policial, foi um mestre.

Essa maestria fica evidente nestes dois volumes de *Tiros na noite*, a maior coletânea de suas obras curtas e a mais completa de todas.

West Hills, Califórnia
1999

CIDADE PESADELO

Um Ford – branco de poeira do deserto, a tal ponto que parecia fundir-se às nuvens de pó que rodopiavam à sua volta – descia pela rua principal de Izzard. Assim como a poeira, o carro vinha ligeiro, errático, ziguezagueando de um lado a outro da avenida.

Uma mulher baixa – moça de seus vinte anos, com uma roupa de flanela bege – começou a atravessar a rua. Foi por pouco que o Ford não a pegou, só não a atropelando porque o salto que ela deu para trás foi ágil como o de um pássaro. A moça mordeu o lábio inferior com seus dentes muito brancos, enquanto os olhos escuros dardejavam o carro que se afastava. E recomeçou a atravessar a rua.

Quando já se aproximava do meio-fio, do outro lado, o Ford veio de novo em sua direção, embora a manobra para retornar o tivesse feito perder velocidade. Dessa vez, ela só escapou porque atravessou correndo o trecho que faltava e subiu a calçada.

Um homem saltou do carro em movimento. Conseguiu equilibrar-se por milagre, oscilando e tropeçando até que seu braço agarrou-se a um pilar de ferro, que o pôs de pé, de forma abrupta. Era um sujeito grande, com uma roupa cáqui esbranquiçada, alto, forte e com braços musculosos. Seus olhos cinzentos estavam injetados. Tanto o rosto quanto a roupa, pesados de poeira. Numa das mãos, trazia uma bengala preta e grossa. Com a outra, tirou o chapéu, fazendo uma mesura exagerada diante do olhar zangado da moça.

Terminado o cumprimento, jogou o chapéu no meio da rua e deu um sorriso grotesco através da poeira que fazia de seu rosto uma máscara – um sorriso que acentuou o peso de seu maxilar sombreado pela barba por fazer.

– Perdão, por... *favor* – disse. – Acho que, se não tomasse cuidado, teria batido em você. A culpa é do carro. Peguei de um eng... engenheiro. Nunca peça nada emprestado de um engenheiro... Não se pode confiar neles...

A garota olhou na direção do homem como se ele não estivesse ali, como se nunca ninguém tivesse estado ali. Em seguida, virou-lhe as costas magras e se afastou com firmeza.

Ele ficou olhando para ela, surpreso, com um ar de estupidez estampado nos olhos, até que a moça desapareceu por uma porta no meio do quarteirão. Então, coçou a cabeça, deu de ombros e virou-se para observar a rua. Foi quando viu que seu carro, em cima da calçada, com a frente enfiada nos tijolos vermelhos do Banco de Izzard, tremia em estertores, como se estivesse em pânico ao se ver sem motorista.

– Olha só para esse filho-da-mãe – exclamou.

Alguém agarrou seu braço. Ele se virou e, ao fazê-lo, embora fosse um homem de mais de um metro e oitenta, teve de erguer o rosto para olhar nos olhos do gigante que o segurava.

– Vamos dar uma voltinha – disse o gigante.

O homem com a roupa cáqui desbotada olhou o outro de cima a baixo, da ponta dos sapatos largos até o alto do chapéu preto, examinando-o com sincera admiração, transparente em seus olhos avermelhados. Seu interlocutor era uma massa de mais de um e noventa de altura. As pernas pareciam pilares sustentando o barril enorme do corpo, com ombros largos ligeiramente inclinados, como se curvados por seu próprio e imenso peso. Era um homem de seus 45 anos, de feições grosseiras, fleumáticas, e rugas em torno dos olhos pequenos e claros – o rosto de um homem decidido.

– Deus do céu, como você é grande! – disse o homem de cáqui, assim que terminou de examiná-lo. E então seus olhos se iluminaram. – Proponho uma luta. Aposto dez pratas contra quinze que consigo jogar você no chão. Vamos lá!

O gigante deu uma risada abafada pelo peito largo e, agarrando o homem pela parte de trás do colarinho e por um braço, seguiu com ele rua abaixo.

Steve Threefall acordou sem surpreender-se muito com a estranheza à sua volta, pois não era a primeira vez que despertava em locais desconhecidos. Antes de abrir completamente os olhos já sabia alguns dados essenciais sobre o lugar onde estava. Sentindo a dureza da cama de parede e o cheiro forte de desinfetante nas narinas, teve certeza de que estava preso. A cabeça e a boca lhe diziam que estivera bêbado. E a barba de três dias lhe dizia que estivera *muito* bêbado.

À medida que se levantava, virando-se para pôr os pés no chão, começou a se lembrar dos detalhes. Os dois dias de bebedeira em Whitetufts, do outro lado da divisa entre Nevada e a Califórnia, junto com o proprietário do hotel, Harris, e com um engenheiro de irrigação chamado Whiting. A discussão acirrada sobre travessias no deserto, ele contrapondo sua própria experiência em Gobi com a experiência americana dos outros dois. E a aposta de que ele não conseguiria dirigir de Whitetufts até Izzard em pleno dia, com nada para ingerir além da birita amarga que estavam bebendo enquanto conversavam. A partida, no lusco-fusco do dia que nascia, no Ford de Whiting, com Whiting e Harris, cambaleantes, tentando segui-lo pela rua e acordando a cidade inteira com sua gritaria de bêbados, com seus conselhos debochados, até a chegada ao ponto onde o deserto começava. E então a travessia do deserto, pela estrada que era ainda mais quente do que o resto do deserto, além de... E ele achou melhor não pensar mais na travessia. O importante é que tinha conseguido – tinha ganho a aposta. Só não conseguia se lembrar quanto tinha apostado.

– Acordou, finalmente? – trovejou uma voz.

A porta gradeada de aço se abriu e um homem apareceu na entrada da cela. Steve deu um sorriso. Era o gigante que não quis brigar. Agora estava sem o sobretudo e sem o colete, o que o fazia parecer ainda maior. No suspensório, uma plaquinha brilhante trazia escrito XERIFE.

– Fome? – perguntou.

– Eu faria alguma coisa com uma xícara de café preto – admitiu Steve.

– Muito bem. Mas vai ter de engolir rápido. O juiz Denvir está esperando para o acerto de contas, e quanto mais ele esperar, pior para você.

O lugar onde o juiz Tobin Denvir fazia justiça era uma sala grande no terceiro andar de uma construção de madeira. Parcamente mobiliada, tinha apenas uma mesa, uma velha escrivaninha, uma gravura em aço do político Daniel Webster, uma estante de livros soterrados por poeira de várias semanas, uma dúzia de cadeiras desconfortáveis e meia dúzia de escarradeiras de louça, rachadas e sujas.

O juiz estava sentado entre a escrivaninha e a mesa, com os pés sobre esta última. Eram pés pequenos, e ele era um homem baixo. Tinha o rosto congestionado por pequenas linhas de irritação, os lábios finos e apertados, os olhos sem pálpebras, como os de um pássaro.

– Bem, qual é a acusação? – perguntou, com sua voz fina e metálica. Continuava com os pés em cima da mesa.

O xerife deu um longo suspiro e disse:

– Dirigindo na pista errada, ultrapassando o limite de velocidade, dirigindo embriagado e sem carteira de motorista, pondo em perigo a vida de pedestres ao tirar as mãos do volante e estacionando em local proibido... em cima da calçada, em frente ao banco.

O xerife tomou fôlego e em seguida, visivelmente lamentando, completou:

– Havia também uma acusação de tentativa de agressão, mas a srta. Vallance não apareceu. Então, ela foi retirada.

Os olhos da Justiça se voltaram para Steve.

– Como é seu nome? – grunhiu.

– Steve Threefall.

– É seu nome verdadeiro? – perguntou o xerife.

– Claro que é – interveio o juiz. – Você acha que alguém seria tolo o suficiente para dar um nome desses se não fosse verdadeiro? – E virando-se outra vez para Steve: – E então... você é culpado ou inocente?

– Eu estava um pouco...

– Culpado ou inocente?

– Bem, acho que, de fato, eu fiz...

– Isso basta. Vai ter de pagar uma fiança de 150 dólares, mais as custas. As custas são quinze dólares e oitenta centavos, o que dá um total de 165 dólares e oitenta centavos. Vai pagar ou vai para a cadeia?

– Se tiver, vou pagar – respondeu Steve, virando-se para o xerife. – Meu dinheiro está com você. Eu tenho tudo isso?

O xerife balançou a cabeça.

– Tem – disse –, exatamente isso, contando cada centavo. Não é engraçado?

– É... muito engraçado – repetiu Steve.

Enquanto o juiz de paz fazia o recibo da fiança, o xerife devolveu a Steve seu relógio, cigarro, fósforos, um canivete, chaves e, finalmente, a bengala preta. O homenzarrão segurou-a na mão, examinando-a antes de dá-la a Steve. Era grossa, feita de ébano, muito pesada – mesmo para esse tipo de madeira – e com um peso equilibrado, evidenciando que havia chumbo embutido tanto no castão quanto na ponteira. Exceto por um pedaço do tamanho da mão de um homem, bem no meio, a bengala estava marcada com cortes e amassados, como se tivesse sido muito usada – marcas que nem um polimento cuidadoso tinha sido capaz de remover ou encobrir. No pedaço do tamanho de uma mão, sua cor preta era mais suave – tão suave quanto o preto do castão –, como se tivesse tido muito contato com a palma da mão humana.

– Como arma, num assalto, não é nada má – disse o xerife, com um olhar significativo, ao entregar a bengala ao dono.

Steve tomou-a, agarrando-a com a mesma convicção que um homem reserva a uma companhia favorita e constante.

– Nada má – concordou. – E onde está o calhambeque?

– Na garagem da rua principal, depois da esquina. Pete falou que não está totalmente destruído e que pode dar uma consertada, se você quiser.

O juiz entregou o recibo.

– É só isso, então? – perguntou Steve.

– Espero que sim – respondeu o juiz Denvir, amargo.

– Esperamos – concordou Steve. Em seguida, pôs o chapéu, ajeitou a bengala preta debaixo do braço, fez um cumprimento com a cabeça na direção do xerife e saiu da sala.

Steve Threefall estava contente quando desceu as escadas de madeira em direção à rua, pelo menos à medida que o estado de seu corpo – ardendo por dentro, por causa da maldita birita, e por fora, por conta da travessia causticante no deserto – permitia. O fato de a Justiça ter esvaziado seu bolso até o último centavo pouco lhe importava. Era assim mesmo que a Justiça tratava os forasteiros e, além do mais, tinha deixado a maior parte do seu dinheiro com o dono do hotel em Whitetufts. Escapara da cadeia e podia se considerar sortudo. Ia telegrafar para Harris e pedir que lhe mandasse dinheiro, esperar na cidade enquanto o Ford estivesse sendo consertado e depois voltar para Whitetufts – só que dessa vez sem uísque como ração.

– Não vai, não! – gritou uma voz em seu ouvido.

Steve deu um pulo, mas em seguida riu de seus nervos afetados pelo álcool. As palavras não tinham sido dirigidas a ele. Numa curva da escada, bem atrás dele, havia uma janela aberta e, em frente a ela, do outro lado de uma passagem estreita, havia outra, em outro prédio, também aberta. Era a janela de um escritório, onde dois homens discutiam cara a cara, diante de uma mesa de tampo achatado.

Um deles, de meia-idade, era robusto e usava um casacão preto, do qual surgia a barriga protuberante, num colete branco. Estava vermelho de raiva. O homem do outro lado da mesa era mais jovem – tinha talvez seus trinta anos, com um bigodinho preto, feições finas e um cabelo castanho e brilhante como cetim. Seu corpo de atleta estava impecavelmente vestido com um terno cinza, uma camisa cinza e uma gravata cinza e prateada. Na mesa, junto dele, estava um chapéu-panamá com a faixa cinza. Ao contrário do outro, tinha o rosto pálido.

O homem gordo falou – uma dúzia de palavras, só que muito baixo. Não deu para ouvir.

Por cima da mesa, o mais jovem espalmou-lhe uma bofetada no rosto – com a mesma mão que, num segundo, se enfiaria no bolso do paletó, de lá saindo com uma pistola automática já de nariz empinado.

– Sua lata de banha! – gritou o mais jovem, com a voz sibilante. – Você manda suspender ou então vou ser obrigado a estragar a sua roupa!

Espetou a barriga protuberante com a pistola e riu da cara de medo do gordo – riu com um brilho ameaçador, tanto nos dentes certos quanto nos olhos escuros e rasgados. Em seguida, apanhou o chapéu, guardou a pistola e desapareceu de vista. O gordo se sentou.

E Steve desceu em direção à rua.

Steve descobriu a garagem para onde o Ford tinha sido levado e encontrou o mecânico sujo de graxa que atendia pelo nome de Pete. Ficou então sabendo que o automóvel de Whiting estaria pronto para se mover pelas próprias rodas dentro de dois dias.

– Que confusão que você arrumou ontem, hein? – disse Pete, rindo.

Steve riu também e saiu. Foi em direção ao posto telegráfico, ao lado do Izzard Hotel, parando por um instante na calçada para apreciar um carrão Vauxhall-Velox, com sua cor creme brilhante, parado junto ao meio-fio. Naquela cidade industrial, imunda, ele parecia tão deslocado quanto uma opala multicor na vitrine de uma mercearia.

Na porta do posto de telégrafo, Steve parou de novo, de súbito.

Atrás do balcão estava uma garota com um vestido de flanela bege – a garota que ele quase atropelara duas vezes na tarde anterior –, a "srta. Vallance", que deixara de fazer mais uma acusação contra Steve Threefall perante a Justiça. Diante do balcão, debruçado, conversando como se tivesse grande intimidade com a moça, estava um dos dois homens que ele vira da janela da escada meia hora antes – o *dandy* elegante vestido de cinza, que dera um tapa na cara do outro, ameaçando-o com uma automática.

A garota ergueu o rosto, reconheceu Steve e empertigou-se. Steve tirou o chapéu e deu um passo à frente, sorrindo.

– Sinto muito pelo que aconteceu ontem – disse. – Viro um bobalhão quando...

– O senhor quer mandar um telegrama? – perguntou ela, com frieza.

– Quero – disse Steve. – E também gostaria de...

– Os formulários e o lápis estão na escrivaninha, perto da janela. – Ela lhe virou as costas.

Steve sentiu-se corar, mas como era um desses homens que riem quando estão por baixo, deu uma risadinha e se viu encarando os olhos escuros do homem de cinza.

Ele sorriu por baixo do bigodinho castanho e disse:

– A coisa foi boa ontem.

– Foi – concordou Steve, dirigindo-se à mesa indicada pela garota. Lá, redigiu o telegrama:

> *Henry Harris*
> *Harris Hotel, Whitetufts:*
> *Cheguei bem, porém duro. Favor mandar duzentos dólares. Volto sábado.*
> *Threefall*

Mas não saiu logo da escrivaninha. Ficou ali sentado, com o pedaço de papel entre os dedos, observando o homem e a garota, que tinham voltado a conversar baixinho, debruçados sobre o balcão. Steve observou mais a moça.

Era uma garota baixinha, de não mais de um metro e meio, se tanto. E tinha aquela magreza torneada que dá uma falsa aparência de fragilidade. Seu rosto era oval, e a pele branca já mostrava sinais de vir enfrentando o ar poluído de Izzard. O nariz era quase arrebitado, e os olhos escuros, com um matiz violeta, eram quase grandes e teatrais demais. O cabelo castanho-escuro também era um pouco volumoso demais para uma cabeça tão pequena. Mas nem por isso ela deixava de se parecer com uma bela figura saída de um quadro de Monticelli.

Tudo isso Steve Threefall observou enquanto manuseava o telegrama entre os dedos bronzeados. E, ao fazê-lo, percebeu o quanto era importante que a moça aceitasse suas desculpas. Fosse qual fosse a razão para isso – ele próprio não procurou explicar nada –, o fato é que era assim. Num primeiro momento, não havia nada, em nenhum dos quatro continentes que ele conhecia, capaz de sensibilizar Steve Threefall. No momento seguinte, lá estava ele, movido pela necessidade incontrolável de cair nas graças daquela pessoinha de vestido de flanela amarrado nos pulsos e no pescoço.

A essa altura o homem de cinza se debruçou ainda mais sobre o balcão, para cochichar alguma coisa para a garota. Ela ficou vermelha e moveu os olhos. O lápis que trazia na mão caiu sobre o balcão e ela o apanhou entre os dedos pequenos, que pareciam estranhamente pouco à vontade, de repente. Deu um sorriso em resposta, depois continuou escrevendo. Mas o sorriso pareceu forçado.

Steve amassou o telegrama e escreveu outro:

Consegui, passei a noite na cadeia e vou ficar por aqui por um tempo. Gosto de algumas coisas neste lugar. Telegrafe a ordem do dinheiro e mande minhas roupas para o hotel daqui. Compre, o mais barato que puder, o Ford de Whiting para mim.

Steve levou o formulário e colocou-o sobre o balcão.

A garota conferiu o texto com o lápis, contando o número de palavras.

– Quarenta e cinco – disse, num tom que involuntariamente criticava a falta de capacidade de síntese telegráfica.

– É grande, mas está bem assim – garantiu Steve. – Vou mandar a cobrar.

Ela o olhou com frieza.

– Não aceitamos mensagens a cobrar, a não ser que eu tenha garantias de que o remetente vai poder pagar, caso o destinatário recuse. É contra as regras.

– Acho bom você abrir uma exceção desta vez – disse Steve, solene –, caso contrário, vai ter de me emprestar o dinheiro.

– Eu... o quê?

– É isso mesmo – insistiu Steve. – Foi você quem me meteu nessa embrulhada, e agora vai ter de me ajudar a sair dela. Deus sabe o quanto você já custou caro para mim... quase duzentos dólares! Foi tudo culpa sua!

– *Minha culpa*?

– Foi! E estou dando uma chance para que você se recupere. Vamos logo com isso, por favor, porque estou morrendo de fome e preciso fazer a barba. Vou esperar naquele banco lá fora. – E, girando nos calcanhares, saiu do posto.

Tinha alguém sentado na ponta do banco do lado de fora do posto telegráfico, mas Steve sentou-se na outra ponta, sem prestar atenção ao homem que estava ali. Pôs a bengala preta entre as pernas e começou a enrolar um cigarro, pensativo, refletindo sobre a cena que acabara de desempenhar.

Por que será, pensava, que toda vez em que a ocasião exigia uma certa gravidade, ele acabava sendo irreverente? Por que sempre que se via diante de uma situação importante, de algo que tinha um significado especial, ele acabava fazendo papel de palhaço? Acendeu o cigarro e, com certo desdém, decidiu – como já decidira dezenas de vezes antes – que aquilo provinha de uma tentativa infantil de esconder a própria vaidade. Que ao longo de seus 33 anos de vida, dezoito dos quais ombro a ombro com o mundo – por suas esquinas mais polidas e também pelas mais cruéis –, ele, no fundo, ainda se sentia um menino. Um menino grande.

– Foi uma confusão e tanto, aquela em que você se meteu ontem – disse o homem na outra ponta do banco.

– É – admitiu Steve, sem se virar. Já estava conformado em ouvir comentários desse tipo enquanto estivesse em Izzard.

– Aposto que o velho Denvir limpou você, como costuma fazer.

– Hum-hum – resmungou Steve, agora virando-se e olhando para o homem.

Era alto e muito magro, vestido de marrom-escuro, arriado no banco e com as pernas esticadas para a frente, na calçada. Um homem de mais de quarenta anos, cujo rosto, melancólico e descarnado, era marcado por linhas tão profundas que pareciam mais rachaduras do que rugas. Os olhos tinham o castanho triste de um *basset hound* e o nariz era tão grande que parecia uma faca de cortar papel. Fumava um charuto preto, que fazia uma quantidade surpreendente de fumaça, expelida para cima por suas narinas, como duas plumas acinzentadas.

– Já tinha vindo a esta nossa cidadezinha agradável? – perguntou o sujeito melancólico. A voz dele tinha um ritmo monótono que não era desagradável de ouvir.

– Não. É a primeira vez.

O homem magro assentiu, com ironia.

– Vai gostar, se ficar por aqui – disse. – É muito interessante.

– Como assim? – indagou Steve, já um pouco intrigado com seu companheiro de banco.

– Nitrato de sódio. Você retira do deserto, ferve ou cozinha e depois vende para os fabricantes de fertilizantes ou de ácido nítrico. Ou para qualquer outro fabricante de alguma coisa feita com nitrato de sódio. A fábrica na qual, para a qual e da qual você faz isso fica lá mais adiante, depois da linha do trem.

Ele apontou o braço preguiçoso na direção de um conjunto de prédios quadrados, de concreto, que tapavam a visão do deserto, ao final da via pública.

– E se você não trabalhar com sódio? – perguntou Steve, mais pela vontade de manter o homem falando do que por interesse pela vida da cidade. – O que é que se faz, então?

O homem magro deu de ombros.

– Depende – disse – de quem você é. Se você for Dave Brackett – e ele apontou o dedo para o banco, com sua parede de tijolos vermelhos, do outro lado da rua –, você vive cuidando de suas hipotecas, ou seja lá o que for que faz um banqueiro. Se você for Grant Fernie, grande demais para um homem, mas nem tanto para ser um cavalo, você pendura um distintivo no peito e se distrai enfiando forasteiros na jaula, até que eles fiquem sóbrios. Ou, se você for Larry Ormsby, e seu velho for o dono do negócio do sódio, então você pinta e borda com seu carrão – apontou para o Vauxhall de cor creme –, passando os dias atrás das beldades do posto telegráfico. Mas, pelo que sei, você está quebrado, mandou um telegrama pedindo dinheiro e vai ficar esperando para ver no que dá. Não é isso?

– É – respondeu Steve, meio desligado. Quer dizer então que o *dandy* vestido de cinza se chama Larry Ormsby e é o filho do dono da fábrica.

O homem magro recolheu os pés e se levantou.

– Nesse caso, está na hora do almoço e meu nome é Roy Kamp. Estou com fome e não gosto de comer sozinho. Ficaria contente se você quisesse enfrentar junto comigo os perigos grudentos de uma refeição no Finn's.

Steve levantou-se e estendeu a mão.

– Será um prazer – disse. – O café que tomei de manhã já está pedindo companhia. Meu nome é Steve Threefall.

Trocaram um aperto de mãos e saíram juntos pela rua. Na direção deles vinham dois homens, concentrados numa conversa. Um deles era o homem gordo, que tinha levado uma bofetada de Larry Ormsby. Steve esperou até que passassem, em seguida perguntou casualmente a Kamp:

– E esses dois caras com jeito de bacana, quem são?

– O baixinho vestido com o terno xadrez de colegial é Conan Elder, que trabalha com imóveis, seguros e segurança. O que tem pinta de personagem de Wallingford, que estava com ele, é o próprio W.W., o fundador, dono e sei lá mais o que, da cidade, W.W. Ormsby, o honorável papai de Larry.

A cena no escritório, com o tapa na cara e a pistola, havia sido então um caso de família. Um problema entre pai e filho, com o filho fazendo o papel mais pesado. Steve, que agora caminhava prestando mais atenção ao que Kamp, com sua voz de barítono, dizia, pensou com desagrado crescente na cena entre Larry Ormsby e a garota do telégrafo, conversando juntinhos por cima do balcão.

A lanchonete Finn's era pouco mais do que um corredor estreito, entre um salão de bilhar e uma loja de ferramentas, com largura suficiente para conter somente um balcão e uma fila de bancos giratórios. Só havia um freguês lá dentro quando os dois entraram.

– Oi, sr. Rymer – disse Kamp.

– Como vai, sr. Kamp? – respondeu o homem no balcão, virando-se na direção deles.

E, quando ele se virou, Steve notou que era cego. Tinha os grandes olhos azuis recobertos por uma película acinzentada, dando a impressão de que havia buracos escuros no lugar dos olhos.

Era um homem de estatura média, que aparentava uns setenta anos, mas suas mãos, brancas e esguias, eram ágeis, sugerindo menos idade. Uma mecha de cabelos brancos lhe caía na testa, toda marcada por rugas, mas seu rosto era sereno, o rosto de um homem em paz com o mundo. Estava acabando de comer e logo em seguida levantou-se calmamente, indo em direção à porta com a lenta destreza com que um cego circula num ambiente familiar.

– O velho Rymer – disse Kamp para Steve – vive sozinho numa cabana, atrás de onde vai ser construído o novo quartel dos bombeiros. Dizem que ele tem toneladas de moedas de ouro enterradas no chão. É a fofoca local. Um dia, vamos encontrá-lo mumificado. Mas ele não quer nem saber de conselhos. Diz que ninguém lhe faria mal. Dizer isso de uma cidade como esta, cheia de bandidos!

– É uma cidade barra-pesada, então? – perguntou Steve.

– E como poderia deixar de ser? Esta cidade existe há apenas três anos, e uma cidade nova, que floresce no deserto, sempre atrai caras durões.

Quando acabaram de comer, Kamp foi embora, dizendo a Steve que provavelmente voltariam a se encontrar mais tarde e sugerindo que havia muito o que se jogar no salão de bilhar, ao lado.

– Encontro você lá, então – disse Steve, entrando outra vez no posto telegráfico. A garota estava sozinha. – Tem alguma coisa para mim? – perguntou ele.

Ela depôs no balcão um cheque verde e um telegrama, voltando para a escrivaninha. O telegrama dizia:

> *Segue aposta. Paguei a Whiting duzentos pelo Ford. Mando balanço total de 640. Roupas vão por correio. Cuide-se.*
> *Harris*

– Você mandou o telegrama a cobrar ou eu preciso...
– A cobrar. – Ela nem ergueu o rosto.

Steve pôs os cotovelos no balcão e inclinou-se. Seu queixo, que parecia maior por causa da barba crescida, embora ele tivesse lavado o rosto, apontava ainda mais para a frente, graças à sua determinação em manter-se sério, a fim de fazer o que precisava ser feito.

– Agora, ouça uma coisa, srta. Vallance – disse, com firmeza. – Eu fui um grande tolo ontem e lamento muito mais do que você pode imaginar. Mas, afinal, nada de tão grave aconteceu e eu...

– Nada de grave! – explodiu a moça. – Não é nada de grave ser humilhada e perseguida em plena rua, como se fosse um coelho, por um bêbado com a cara cheia de poeira e o carro pior ainda?

– Eu não persegui você. Da segunda vez, eu voltei para pedir desculpas. Mas, de qualquer maneira. – Diante do desconforto provocado pela expressão pouco amistosa da moça, ele desistiu de ficar sério e acabou caindo mais uma vez no deboche, que era sua defensiva –, por mais que você estivesse com medo de mim, devia agora aceitar minhas desculpas e deixar ficar o dito pelo não dito.

– Medo? De você?!

– Eu prefiro que você pare de repetir o que digo – reclamou. – Fez isso hoje de manhã e agora está fazendo de novo. Será que você nunca se expressa por suas próprias palavras?

Ela o olhou, abriu a boca, mas voltou a fechá-la, com um estalo. Seu rosto zangado inclinou-se por cima dos papéis, na escrivaninha, e ela começou a anotar uns números.

Steve fez com a cabeça um sinal de aprovação fingida e saiu com o cheque, em direção ao banco.

Quando entrou, o único homem à vista no banco era um sujeito gorducho, com bigodes grisalhos bem aparados que lhe tomavam quase todo o rosto, redondo e jovial, só deixando de fora os olhos – sagazes e simpáticos.

O homem veio até a boca do caixa e, junto à grade, disse:

– Boa tarde. Posso ajudar?

Steve apresentou o cheque da empresa de telégrafos.

– Quero abrir uma conta.

O banqueiro pegou o pedaço de papel verde, manuseando-o entre seus dedos gordos.

– Você não é o sujeito que bateu com o carro na minha parede ontem?

Steve riu. Os olhos do banqueiro faiscaram e um sorriso repuxou seus bigodes.

– Você vai ficar em Izzard?

– Por um tempo.

– Pode me dar alguma referência? – perguntou o banqueiro.

– Talvez o juiz Denvir ou o xerife Fernie possam dizer alguma coisa sobre mim – respondeu Steve. – Mas se você escrever para o Banco Seaman's, de San Francisco, eles vão lhe dizer que está tudo bem comigo.

O banqueiro enfiou a mão gorducha através da abertura do caixa.

– Muito prazer em conhecê-lo. Meu nome é David Brackett e, se precisar de alguma coisa para se estabelecer na cidade, é só me procurar.

Dez minutos depois, já fora do banco, Steve encontrou o xerife grandalhão, que parou diante dele.

– Ainda por aqui? – perguntou Fernie.

– Agora, sou um izzardense – disse Steve. – Pelo menos por enquanto. Estou gostando da hospitalidade de vocês.

– Não deixe que o velho Denvir o veja saindo de um banco – aconselhou Fernie –, caso contrário, ele mete você na cadeia de vez.

– Não vai haver uma próxima vez.

– Há sempre uma próxima vez... em Izzard – retrucou o xerife com ar enigmático, pondo o corpanzil novamente em movimento.

Naquela noite, barbeado e de banho tomado, mas ainda usando a mesma roupa cáqui desbotada, Steve, com sua inseparável bengala preta, jogava pôquer com Roy Kamp e quatro operários da fábrica. Estavam no salão de bilhar, ao lado da lanchonete Finn's. Izzard era, ao que parecia, uma cidade liberal. Metade do salão era ocupada por uma dúzia de mesas para jogos de dados, pôquer, *red dog* e vinte-e-um. Para conseguir um trago, só se precisava de cinqüenta centavos e um dedo levantado. Não havia nada de sub-reptício no estabelecimento. Obviamente, o dono – um italiano cabeça-de-ovo que os fregueses chamavam de "Gyp" – tinha toda a proteção dos poderes legais de Izzard.

A roda de jogo de que Steve participava seguia sem percalços, como acontece sempre que os jogadores são verdadeiros adeptos. E, embora houvesse, como em quase todos os jogos, alguma roubalheira em potencial, na prática, era honesto. Os seis homens à mesa eram, sem exceção, pessoas do ramo – homens que jogavam calados e atentos, ganhando ou perdendo sem exclamações ou desatenção. Nenhum dos seis – exceto Steve e talvez Kamp – hesitaria em fazer alguma falcatrua, caso tivesse oportunidade. Mas, quando todos à mesa conhecem os truques, geralmente a honestidade prevalece.

Larry Ormsby entrou no salão de bilhar pouco depois das onze e sentou-se numa mesa longe de Steve. Através da fumaça, Steve reconhecia rostos que vira durante o dia.

Quando faltavam cinco minutos para a meia-noite, os quatro operários na mesa de Steve foram embora para o trabalho – estavam no turno "dos vampiros" – e o jogo acabou. Steve, que conseguira se manter equilibrado durante o jogo, constatou que tinha ganho pouco menos de dez dólares. Kamp tinha ganho cinqüenta e poucos.

Recusando convites para sentar em outras mesas, Steve e Kamp deixaram juntos o lugar e saíram para a rua escura e fresca, onde o ar parecia doce depois de tanta fumaça e de tanto cheiro de bebida dentro do salão. Caminharam devagar pela rua escura, em direção ao Izzard Hotel. Nenhum dos dois parecia ter pressa em pôr um ponto final naquela primeira noitada juntos. Já sabiam que aquele banco descascado na frente do posto telegráfico tinha dado, a cada um deles, um camarada. Não haviam dito nem mil palavras um para o outro, mas com certeza se tinham tornado irmãos-em-armas, como se tivessem percorrido juntos um continente inteiro.

Iam assim, passeando, quando de repente uma porta escura vomitou homens sobre eles.

Steve deu um salto para trás e se encostou na parede de um prédio, desviando de um soco na cara, enquanto alguém tentava dominá-lo. O calor de uma lâmina riscou seu braço esquerdo e ele empurrou um corpo com a bengala, evitando assim ser agarrado. Aproveitou a brevíssima trégua para trocar a bengala de posição. Agora, ele a segurava na horizontal, a mão direita agarrando-a pelo meio, com a metade de baixo grudada no braço e a metade de cima projetada para a esquerda.

Encostou o lado esquerdo do corpo na parede e a bengala preta transformou-se numa poderosa arma, girando na noite. O castão bateu com força na cabeça de um homem. O homem levantou um braço para aparar o golpe. Girando no próprio eixo, a bengala mudou de lado – e a ponteira bateu de baixo para cima no braço de guarda, atingindo o queixo com um ruído seco. E, assim que o atingiu, foi em frente, penetrando fundo na garganta. O dono daquele queixo e daquela garganta virou a cara larga, de feições grossas, em direção ao céu, recuou e caiu fora da briga, disparando em direção à rua.

Kamp, que lutava com dois homens no meio da calçada, livrou-se deles e sacou de uma arma. Mas, antes que pudesse usá-la, agarraram-no de novo.

Com a parte de baixo da bengala outra vez grudada no braço, Steve virou-a a tempo de aparar o golpe de um braço que girava uma maça. A bengala rodopiou de lado, com o castão atingindo uma têmpora – e girou de volta, a ponteira só não atingindo a outra têmpora porque a primeira pancada fizera a vítima cair de joelhos. Foi quando Steve viu que Kamp estava caído. Sacudiu e rodou a bengala, abrindo passagem até o homem magro, chutou uma cabeça que estava debruçada sobre ele e montou no atacante. Agora, a bengala de ébano volteava mais rápido em sua mão, como brandiam os cajados na Floresta de Sherwood. Girava até que se ouvisse o som de madeira chocando-se com osso, com armas de metal. Ou o som mais surdo de madeira batendo na carne. Girava, mas nunca em círculos completos, e sim em pequenos arcos – uma ponta, recobrando-se de um golpe, dando mais velocidade para o golpe seguinte. Se um instante antes o castão se movia da esquerda para a direita, agora a ponteira batia da direita para a esquerda – e batia sob braços erguidos, sobre braços abaixados –, formando no ar uma esfera de um metro, cujo raio era como malhas negras em rodopio.

Por trás da bengala, que se tornara quase um pedaço vivo de seu corpo, Steve Threefall estava feliz – aquela felicidade que só o especialista sente, a alegria de fazer aquilo que conhece extremamente bem. As pancadas que levava – socos que o faziam estremecer, balançar –, ele mal notava. Toda sua consciência se concentrava no braço direito e na bengala que brandia. Um tiro de revólver, sacado por uma destroçada mão, disparou três metros acima de sua cabeça, uma faca retiniu como um sino sobre a calçada de tijolos, um homem urrou como um cavalo ferido.

De repente, tão de repente quanto começara, a luta terminou. Ruídos de passos se afastando, formas desaparecendo na escuridão de uma ruela. E Steve se viu de pé, sozinho – sozinho, exceto por um homem, estendido no chão a seus pés, e outro, imóvel na sarjeta.

Kamp arrastou-se de entre as pernas de Steve e ficou de pé, de um pulo.

– Sua habilidade com uma bengala é o que eu chamaria de razoável – disse, com a fala arrastada.

Steve olhou para o magrelo. Era esse o homem que tinha aceito por uma noite como seu camarada! Um homem que ficava caído no chão e deixava o companheiro lutar por dois. Furioso, abriu a boca:

– Seu...

O rosto do magro se contorceu num sorriso estranho, como se ele estivesse prestando atenção em algum som distante, falhado. Levou as mãos ao peito, apertando de um lado e outro. Em seguida, deu meia-volta, caiu sobre um joelho e desabou para trás, com uma das pernas dobradas sobre o corpo.

– Vá... avisar... a...

A quarta palavra foi ininteligível. Steve debruçou-se junto a Kamp, ergueu sua cabeça do chão e viu que o corpo magro tinha sido aberto a faca, da garganta até a linha da cintura.

– Vá... avisar... a... – O homem magro tentava a todo custo tornar a última palavra audível.

Alguém segurou Steve pelo ombro.

– O que diabos está acontecendo aqui? – a voz trovejante do xerife Grant Fernie abafou as palavras de Kamp.

– Cale a boca, por favor! – disparou Steve, aproximando o ouvido da boca de Kamp.

Mas agora o homem moribundo já não articulava mais nenhum som. O esforço o fizera esbugalhar os olhos. De repente, estremeceu de um jeito horrível, tossiu, fazendo esgarçar-se ainda mais o corte em seu peito. E morreu.

– O que está acontecendo? – repetiu o xerife.

– Mais um comitê de recepção – disse Steve, com amargura na voz, pousando o corpo no chão e levantando-se. – Um deles está aqui. Os outros fugiram por aquela esquina.

Começou a apontar com a mão esquerda, mas parou no meio do gesto. Olhando o próprio braço, viu que a manga estava encharcada de sangue.

O xerife agachou-se para examinar Kamp e resmungou:

— Está morto, sem dúvida — erguendo-se e indo até o lugar onde estava caído o homem que Steve pusera a nocaute, na sarjeta.

— Nocaute — confirmou o xerife, levantando-se. — Mas logo vai voltar a si. Como é que você está?

— Sofri um corte no braço e estou meio doído, mas vou sobreviver.

Fernie examinou o braço ferido.

— Não está sangrando muito — decretou. — Mas é melhor ir fazer um curativo. O doutor MacPhail fica logo ali, rua acima. Você consegue ir até lá ou quer uma carona?

— Consigo. E como é que eu encontro o lugar?

— Siga por esta rua e, daqui a duas quadras, vire à esquerda. É a quarta rua. Não tem como errar, é a única casa em toda a cidade com flores na frente. Quando for a hora, entro em contato com você.

Steve Threefall encontrou a casa do dr. MacPhail sem dificuldade — uma construção de dois andares, recuada, com um jardim que se esforçava para ser uma profusão de flores ante a aridez geral de Izzard. A cerca estava escondida atrás de duas trepadeiras barba-branca, cheias de botões alvos, e o caminho até a porta era cercado de rosas, triliáceas, papoulas, tulipas e gerânios, que pareciam fantasmas na luz tênue da noite. O ar era doce e pesado, com a fragrância das margaridas do tamanho de pires, cujos pés cobriam a varanda do médico.

A dois passos da casa, Steve parou, sua mão deslizando até o centro da bengala. De um canto da varanda, viera um sussurro quase inaudível, mas que não era do vento. Um segundo antes um ponto escuro entre as trepadeiras estivera um pouco mais claro, como se ali houvesse surgido um rosto.

— Quem está... — começou a dizer Steve, dando um passo atrás.

Saindo da varanda, escurecida pelas folhagens, surgiu uma figura, que se atirou em cima de Threefall.

— Sr. Threefall — disse a figura. A voz era a da garota do telégrafo. — Tem alguém dentro da casa!

– Um ladrão? – perguntou ele, meio abobado, diante daquele rostinho pálido que o olhava, bem abaixo do seu queixo.

– É! Está lá em cima! No quarto do dr. MacPhail!

– E o médico está lá?

– Não! O dr. MacPhail e a mulher dele ainda não voltaram para casa!

Steve deu-lhe um tapinha no ombro, sentindo um tecido aveludado, mas fez isso no ombro que estava mais longe, para poder passar o braço por trás das costas da moça.

– Vamos resolver isto – prometeu. – Fique aqui escondida. Assim que cuidar de nosso amigo, eu volto.

– Não! – ela se pendurou no ombro dele com os dois braços. – Eu vou com você. Não quero ficar aqui sozinha. Junto de você, não tenho medo.

Steve baixou o rosto para olhá-la nos olhos e seu queixo esbarrou em algo de metal, fazendo-o trincar os dentes. O algo de metal era a ponta de um enorme revólver niquelado que a moça segurava em uma das mãos, na altura do ombro dele.

– Passe essa arma – disse Steve –, que eu deixo você vir comigo. Ela lhe deu o revólver e ele o enfiou no bolso.

– Fique grudada em mim – mandou –, o mais perto que puder, e quando eu disser *Abaixe-se!*, jogue-se no chão e fique quieta.

E, assim, com a moça guiando-o aos sussurros, atravessaram a porta que ela deixara entreaberta e entraram na casa, subindo ao segundo andar. Quando chegaram ao alto da escada, ouviram ruídos furtivos, vindos da direita.

Steve baixou o rosto, seus lábios tocando os cabelos dela.

– Como é que se chega àquele quarto? – sussurrou.

– Pelo corredor, até o fundo. Ele acaba ali.

E foram, pé ante pé, pelo corredor. Steve esticou a mão e tocou na porta.

– Abaixe-se! – disse baixinho.

Os dedos dela soltaram-se do casaco de Steve. Ele escancarou a porta, pulou para dentro e fechou-a atrás de si.

Uma forma oval do tamanho de uma cabeça estava recortada contra o cinza da janela. Steve brandiu a bengala naquela direção. Alguma coisa agarrou a bengala no alto. Um vidro se espatifou, estilhaços atingiram Steve. A forma oval contra a janela havia desaparecido. Steve girou para a esquerda e estendeu o braço na direção de alguma coisa que se movia. Seus dedos deram com um pescoço – um pescoço fino, com a pele seca e quebradiça como papel.

Sentiu um pontapé na canela, bem abaixo do joelho. A nuca de papel escapuliu de suas mãos. Seus dedos foram atrás dela num frenesi, mas, enfraquecidos pelo ferimento no braço, falharam. Baixando a bengala, Steve esticou a mão direita, para ajudar a esquerda. Mas era tarde. A mão enfraquecida tinha soltado a nuca de papel e não havia mais nada para a direita agarrar.

Uma sombra fugidia escureceu a parte central da janela, para em seguida desaparecer, com um som de passos, pelo telhado da varanda dos fundos. Steve correu até a janela a tempo de ver o ladrão levantar-se do chão, depois de pular do telhado da varanda, correndo em direção ao muro dos fundos. Steve já havia posto uma perna por cima do peitoril da janela quando a garota o agarrou por trás.

– Não! Não! – pediu. – Não me deixe aqui sozinha. Deixe ele ir!

– Está bem – disse Steve, relutante. Mas em seguida seu rosto se abriu.

Acabara de se lembrar do revólver que tinha tomado da garota. Tirou-o do bolso no momento em que a sombra chegava ao muro dos fundos. Quando o vulto, apoiando uma das mãos no alto do muro, deu o pulo, Steve apertou o gatilho. O revólver deu um estalo – depois mais outro. Seis estalos, e o ladrão desapareceu no meio da noite.

Steve abriu o revólver no escuro e seus dedos percorreram o fundo do cilindro – seis câmaras vazias.

– Acenda a luz – disse, num tom brusco.

Quando a garota obedeceu, Steve deu um passo atrás e primeiro procurou pela bengala de ébano. Só depois, com ela nas mãos, encarou a moça. Os olhos dela estavam ainda mais escuros, tal sua excitação. Em volta da boca, havia linhas de tensão. Naquele instante em que se olharam, frente a frente, ele viu surgir nos olhos dela, por trás do medo, um encantamento. Steve virou o rosto e olhou em torno.

O quarto tinha sido todo revirado, meticulosamente. As gavetas estavam puxadas para fora, seu conteúdo jogado no chão. A roupa de cama fora arrancada, os travesseiros tirados das fronhas. Perto da porta, um aplique quebrado – o objeto atingido pela bengala de Steve – jazia, pendurado. No chão, no meio do quarto, havia um relógio de ouro e um pedaço de uma corrente de ouro. Steve apanhou-os e mostrou à garota.

– Isto é do dr. MacPhail?

Ela fez que não com a cabeça antes de pegar o relógio e, em seguida, olhando-o com mais atenção, deu um suspiro.

– É do sr. Rymer!

– Rymer? – repetiu Steve, lembrando-se em seguida. Rymer era o homem cego que estivera lanchando na Finn's e que, segundo Kamp, ia acabar tendo que enfrentar encrenca.

– É. Ah, meu Deus, tenho certeza de que aconteceu alguma coisa com ele!

E ela agarrou o braço esquerdo de Steve.

– Temos de ir lá ver! Ele mora sozinho, se lhe fizerem algum mal...

Ela se calou de repente, olhando para o braço que estava segurando.

– Seu braço! Você está ferido!

– Não é nada grave – disse Steve. – Foi por isso que vim até aqui. Mas já parou de sangrar. Quando voltarmos da casa de Rymer talvez o médico já esteja aqui.

E saíram da casa pela porta dos fundos, a garota guiando-o pelas ruas escuras, rumo a locais ainda mais sombrios. Durante os cinco minutos que durou a caminhada, nenhum dos dois falou. A garota andava rápido, sobrando-lhe pouco fôlego para conversa, enquanto Steve mergulhava em pensamentos soturnos.

A cabana do homem cego estava apagada quando chegaram lá, mas a porta da frente estava entreaberta. Steve bateu com a bengala no portal, mas não houve resposta. Ele acendeu um fósforo. Rymer estava caído no chão, de barriga para cima, com os braços abertos.

O único aposento da cabana estava de cabeça para baixo. A mobília fora toda revirada, as roupas estavam espalhadas aqui e ali, e tábuas do chão tinham sido arrancadas. A moça ajoelhou-se junto ao homem, que jazia inconsciente, enquanto Steve procurava luz. Finalmente, ele achou um lampião a óleo que estava intacto e acendeu-o, no mesmo instante em que Rymer abria os olhos anuviados e se erguia do chão, sentando-se. Steve endireitou uma cadeira de balanço emborcada e, com ajuda da garota, apanhou o cego, ofegante, fazendo-o sentar-se. Ele reconhecera de imediato a voz da garota e sorriu para ela com bravura.

– Eu estou bem, Nova – disse –, não me feri, não. Alguém bateu na porta, eu abri e eu ouvi um chiado no ouvido. Não sei de mais nada. Só sei que voltei a mim e encontrei vocês aqui.

De repente, ele franziu o rosto, parecendo ansioso, levantou-se e atravessou a sala. Steve tirou do caminho uma cadeira e uma mesa que estavam caídas. O homem cego caiu de joelhos num canto da sala, remexendo nas tábuas soltas do chão. Suas mãos voltaram vazias. Ele se pôs de pé, com os ombros caídos.

– Foi-se – disse, baixinho.

Steve lembrou-se do relógio e tirou-o do bolso, pondo-o na mão do cego.

– Tinha um ladrão lá em casa – explicou a garota. – Depois que ele saiu, encontramos isso caído no chão. Este é o sr. Threefall.

O homem cego estendeu a mão para Steve, cumprimentando-o. Em seguida, seus dedos ágeis examinaram o relógio e seu rosto se iluminou.

– Fico contente – disse – em ter meu relógio de volta. Muito mesmo. O dinheiro nem era tanto – menos de trezentos dólares. Eu não sou Midas, como dizem. Mas este relógio pertenceu a meu pai.

Guardou-o com cuidado no bolso do colete e, quando a garota começou a arrumar a sala, protestou.

– É melhor você ir para casa, Nova. Já está tarde e eu estou bem. Vou me deitar e deixo para arrumar isso amanhã.

A moça hesitou, mas logo ela e Steve estavam atravessando as ruas escuras, a caminho da casa de MacPhail. Agora, não tinham pressa. Andaram em silêncio por dois quarteirões, Steve olhando a escuridão à frente, grave e pensativo, a garota espiando-o com o canto dos olhos.

– O que há? – perguntou ela, de repente.

Steve sorriu para ela.

– Nada. Por quê?

– Há, sim – insistiu a moça. – Você está pensando em alguma coisa ruim, algo que tem a ver comigo.

Ele balançou a cabeça.

– Nada disso... Coisa ruim e você são duas coisas que não combinam. Mas a moça não aceitou o galanteio.

– Está, sim. Está... – ela parou, na penumbra da rua, tentando encontrar a palavra certa. – Você está na defensiva... Não confia em mim. É isso!

Steve sorriu de novo, dessa vez estreitando os olhos. Ler os pensamentos dele talvez tivesse sido intuitivo, ou talvez significasse algo mais.

Tentou falar a verdade, em parte:

– Não é que eu não confie, estou só refletindo. Pense bem: você me deu um revólver descarregado para enfrentar o ladrão. E não deixou que eu fosse atrás dele.

Os olhos dela faiscaram e ela se empertigou, até o último centímetro de seu metro e meio.

– Quer dizer então que você pensa... – começou a dizer, mostrando indignação. Em seguida encostou-se nele, agarrando-o pela lapela do casaco. – Por favor, sr. Threefall, você precisa acreditar que eu não sabia que o revólver estava descarregado. É do dr. MacPhail. Eu o peguei quando saí correndo da casa, sem nem imaginar que estava vazio. Quanto a não deixá-lo ir atrás do ladrão, é que... eu estava com medo de ficar sozinha. Sou meio covarde. Eu... eu... por favor, acredite em mim, sr. Threefall. Seja meu amigo. Eu preciso de amigos, eu...

Toda sua feminilidade vinha à flor da pele. Ela implorava, seu rostinho como o de uma menina de doze anos – uma menina sozinha e assustada. E Steve se sentia péssimo, porque a verdade é que aquele apelo não o convencia de todo. Sentia vergonha de si mesmo, como se lhe faltasse alguma qualidade que deveria ter.

Ela continuou falando, com a voz mansa, tão baixinho que ele precisou inclinar-se para entender o que dizia. Falava de si mesma, como se fosse uma criança.

– Tem sido terrível! Vim para cá há três meses porque havia uma vaga no posto telegráfico. Tinha ficado sozinha no mundo, com pouco dinheiro, e trabalhar com telégrafo era a única coisa que sabia fazer para ganhar a vida. Este lugar é horrível! A cidade... não consigo me acostumar. É tão desolada. Não há crianças nas ruas. As pessoas são diferentes daquelas que eu conhecia, são mais cruéis, mais rudes. Até mesmo as casas, rua após rua de casas sem cortinas nas janelas, sem flores. Sem grama nos jardins, nem árvores.

"Mas eu precisava ficar aqui, não tinha para onde ir. Pensei em ficar pelo menos até juntar algum dinheiro, o suficiente para poder ir embora. Mas juntar dinheiro demora muito. O jardim do dr. MacPhail tem sido um pedaço de paraíso para mim. Se não fosse por isso, acho que não teria agüentado... teria enlouquecido! O médico e a mulher dele têm sido bons para mim. Algumas pessoas têm sido boas para mim, mas a maioria eu não consigo entender direito. E nem todas são gentis. No início, foi horrível. Os homens diziam coisas, as mulheres também e, se eu mostrava ter receio deles, diziam que eu era convencida. Larry, quero dizer, o sr. Ormsby, foi quem me ajudou. Ele fez com que me deixassem em paz e convenceu o dr. MacPhail a me deixar ir morar na casa dele.

O sr. Rymer também tem me ajudado muito, me encorajando. Mas, assim que me vejo longe dele, de seu rosto e do som de sua voz, perco a coragem outra vez.

"Estou apavorada... com medo de tudo! E principalmente de Larry Ormsby. E olhe que ele me ajudou muito. Mas não posso evitar. Agora, estou com medo dele – da maneira como ele me olha às vezes, das coisas que diz quando bebe. É como se, dentro dele, houvesse algo esperando por sei lá o quê. Talvez eu não devesse dizer isso – afinal, devo ser grata a ele –, mas estou morrendo de medo! Tenho medo de todo mundo, de cada casa, de cada porta por onde passo. É um pesadelo!"

Steve descobriu que uma de suas mãos segurava o rosto arredondado, encostado a seu peito, e que a outra rodeara o ombro da moça, abraçando-a.

– As cidades recém-surgidas são sempre assim, ou até piores – começou ele. – Se você tivesse visto como era Hopewell, na Virgínia, quando os Du Ponts a fundaram... Demora algum tempo até que as figuras desagradáveis, que vêm nas primeiras levas, se mandem. E, no caso de Izzard, perdida aqui no meio do deserto, é natural que a coisa seja ainda pior. Quanto a ser seu amigo... foi justamente por isso que eu fiquei aqui, em vez de voltar para Whitetufts. Vamos ser grandes amigos. Vamos...

Mais tarde, ele nem saberia dizer ao certo o quanto tinha falado, nem o que dissera. Ficaria com a impressão de ter sido muito prolixo, de ter dito um monte de baboseiras. Mas a verdade é que aquilo que dizia não tinha a menor importância. Falava apenas para acalmar a garota, para manter aquele rostinho sob sua mão, junto ao peito, aquele corpinho frágil a seu lado pelo maior tempo possível.

E, assim, foi falando, falando...

Os MacPhail já estavam em casa quando Nova Vallance e Steve atravessaram outra vez o jardim florido. Receberam a moça com evidente alívio. O médico era um homem baixo, com a cabeça redonda e careca, tendo o rosto, também redondo, muito jovial, rosado e brilhante, exceto pelo ponto em que um bigode claro descaía sobre a boca. A mulher era uns dez anos mais nova do que ele, uma loura elegante e de ar felino, por causa de seus olhos azuis e da graça de seus movimentos.

– O carro quebrou a uns trinta quilômetros da cidade – explicou o médico, numa voz grossa e macia, meio engrolada nos erres. – Tive um trabalho e tanto para que voltasse a pegar. Quando chegamos em casa e vimos que você tinha sumido, já estávamos pensando em acordar a cidade inteira.

A moça apresentou Steve aos MacPhail, contando em seguida do ladrão e do que tinham encontrado na casa do homem cego.

O dr. MacPhail balançou a cabeça redonda e careca, dando um muxoxo.

– Parece que o xerife Fernie não está conseguindo controlar as coisas aqui em Izzard.

Foi quando a moça se lembrou do braço ferido de Steve. O médico examinou-o, lavando e enfaixando o ferimento.

– Se tomar cuidado – disse – não vai precisar usar tipóia. O corte não foi fundo e, felizmente, pegou entre o supinador e o palmar longo, sem ferir nenhum dos dois. Foi o ladrão?

– Não. Foi na rua. Estava andando em direção ao hotel junto com um homem chamado Kamp quando pularam em cima da gente. Kamp morreu. E eu recebi isto.

Um relógio rouco, em algum ponto da rua, bateu as três horas quando Steve atravessava o portão da frente dos MacPhail para voltar ao hotel. Caminhou junto ao meio-fio, sentindo o corpo cansado e todos os músculos doloridos.

– Se mais alguma coisa acontecer esta noite – disse a si mesmo –, eu me mando. Já tive o bastante por uma noite.

Na primeira esquina, parou para a passagem de uma corrida de carros. Steve reconheceu um automóvel – era o Vauxhall creme de Larry Ormsby. Atrás dele, vinham cinco caminhões enormes, numa velocidade que evidenciava motores envenenados. Em meio à barulheira dos motores, a uma nuvem de poeira e ao som de janelas se abrindo, a caravana desapareceu na direção do deserto.

Steve foi em frente, rumo ao hotel, pensativo. Sabia que a fábrica trabalhava dia e noite. Mas claro que nenhum pedido de nitrato de sódio justificaria aquela correria toda – se é que eram caminhões da fábrica. Virou na rua principal e teve mais uma surpresa. O Vauxhall creme estava parado perto da esquina, com o dono ao volante. Quando Steve se aproximou, Larry Ormsby abriu a porta do carona e estendeu a mão, num gesto de convite.

Steve parou junto à porta.

– Entre que eu lhe dou uma carona até o hotel.

– Obrigado.

Steve observou com ar interrogativo o rosto do homem, um rosto charmoso, mas descuidado, e em seguida olhou para o hotel mal iluminado, a menos de duas quadras de distância. Depois, voltou-se para o homem. Entrou no carro, sentando-se ao lado dele.

– Ouvi falar que você agora é móveis e utensílios da cidade – disse Ormsby, oferecendo a Steve cigarros de uma cigarreira de verniz, enquanto desligava o motor, que estava em ponto morto.

– Por enquanto.

Steve recusou os cigarros e, tirando do bolso fumo e papel de seda, acrescentou:

– Gosto de algumas coisas por aqui.

– Também ouvi falar que você teve emoções fortes esta noite.

– Um pouco – admitiu Steve, perguntando-se se Ormsby se referia à briga em que Kamp fora morto ou ao assalto à casa dos MacPhail, ou a ambas as coisas.

– Se você continuar nesse passo – continuou o filho do dono da fábrica – vai acabar roubando a cena e ofuscando meu brilho.

Steve sentiu um vibrar de nervos na nuca. As palavras e o tom de Larry Ormsby eram pausados, mas por trás deles havia a sugestão de que queriam levar a algum lugar – a algo muito concreto. Claro que ele não interceptara Steve apenas para bater papo. Acendendo o cigarro, Steve sorriu e esperou.

– A única coisa que recebi do velho até hoje, além de dinheiro – disse Larry Ormsby –, foi um sentido muito estrito de propriedade, daquilo que é meu. Sou muito certinho com isso, com essa coisa de achar que o que é meu, é meu, e deve continuar sendo. Não sei bem como reagir diante de um estranho que chega e, em apenas dois dias, se transforma na principal ovelha negra da cidade. Reputação, mesmo a reputação no mau sentido, também é propriedade, sabe? E acho que não devo abrir mão disso, *nem de qualquer outro direito*, sem briga.

Pronto. Lá estava. Steve entendeu tudo. Não gostava de duplos sentidos. Mas agora já sabia qual era o jogo. O recado era para que ficasse longe de Nova Vallance.

– Uma vez conheci um sujeito em Onehunga – continuou, com a fala arrastada – que pensava ser o dono de todo o Pacífico abaixo do Trópico de Capricórnio – e tinha até papéis provando isso. Tinha ficado daquele jeito depois de receber uma porrada na cabeça de um maori, com um *mele* de pedra. Costumava nos acusar de estar roubando água do oceano dele.

Larry Ormsby jogou fora o cigarro e ligou o motor do carro.

– O negócio é que – e agora ele ria – um homem é inclinado a proteger aquilo que *pensa* que lhe pertence. Claro que talvez esteja enganado, mas isso não afeta o... vigor de seu esforço.

Steve estava cada vez mais furioso.

– Talvez você esteja certo – disse, devagar, disposto a fazer com que aquela conversa desembocasse logo numa crise –, mas nunca tive muitas propriedades, de maneira que não sei bem como me sentiria se perdesse alguma coisa. Mas vamos supor que eu tivesse um... digamos, um colete branco, do qual gostasse muito. E vamos supor que um homem me desse um tapa na cara e ameaçasse estragar minha roupa. Acho que eu não ia nem me lembrar do colete na hora de sair no braço com ele.

Larry deu uma risada aguda.

Steve agarrou no ar o punho que vinha em sua direção, imobilizando Ormsby com seu braço de aço, enrijecido pelo exercício com a bengala.

– Calma – disse, fitando os olhos apertados do outro, que dançavam. – Calminha.

Os dentes brancos de Larry Ormsby faiscaram sob o bigode.

– Está bem – disse, sorrindo. – Se soltar meu braço, vamos trocar um aperto de mão – como forma de selar a paz. Vou com a sua cara, Threefall. Você vai dar uma grande contribuição material aos prazeres de Izzard.

Já no quarto, no terceiro andar do Hotel Izzard, Steve Threefall tirou a roupa devagar, tolhido pelo braço esquerdo, imobilizado, e pelos pensamentos que lhe passavam pela cabeça. Tinha muito no que pensar. Larry Ormsby dando um tapa na cara do pai e ameaçando-o com uma automática. Larry Ormsby e a garota, numa conversinha íntima. Kamp morrendo numa rua escura, suas últimas palavras perdidas em meio à chegada do xerife. Nova Vallance dando-lhe um revólver descarregado e convencendo-o a deixar o ladrão fugir. O relógio caído no chão e o roubo das economias do cego. A caravana que Larry Ormsby conduzira até o deserto. A conversa dentro do carro, com a troca de ameaças.

Será que havia alguma conexão entre cada uma dessas coisas? Ou seriam apenas acontecimentos isolados? Se houvesse uma conexão – e aquilo que no homem leva à simplificação de todos os fenômenos da vida, a unidade, fazia Steve acreditar que a conexão existia –, qual seria? Ainda intrigado, caiu na cama. E pulou fora outra vez. Uma inquietação, que até então fora algo vago, agora se materializava em sua mente. Foi até a porta, abriu-a e em seguida fechou-a. Era uma porta de carpintaria barata, mas abria e fechava silenciosamente, pois as dobradiças estavam bem azeitadas.

– Talvez eu esteja parecendo uma velhinha – disse baixinho –, mas acho que por hoje chega.

Bloqueou a porta com a penteadeira, deixou a bengala ao alcance da mão e voltou a se deitar, adormecendo.

Acordou com uma batida na porta, às nove da manhã seguinte. Quem batia era um dos subordinados de Fernie, dizendo que Steve devia se apresentar dentro de uma hora, para depor no inquérito sobre a morte de Kamp. Steve percebeu que o braço ferido não o incomodava. Pior estava um machucado que tinha no ombro – outra lembrança da briga de rua na noite anterior.

Vestiu-se, tomou café no hotel e foi para a "geladeira" de Ross Amthor, onde o inquérito teria lugar.

O magistrado era um homem alto, de ombros estreitos, com um rosto balofo e pálido, que examinava os processos sem se deter muito em aspectos técnicos da lei. Steve contou sua história. O xerife contou a dele e em seguida surgiu com um acusado – um austríaco muito forte, que parecia nem falar nem entender a língua deles. Tinha o pescoço e o queixo enfaixados.

– Foi esse o homem que você derrubou? – perguntou o magistrado.

Steve olhou para a parte visível da cara do austríaco, acima do curativo.

– Não sei. Não consigo ver a cara dele direito.

– Foi esse o cara que eu peguei caído na sarjeta – disse Grant Fernie –, seja ele o que você derrubou ou não. Imagino que você não tenha olhado muito bem para ele. Mas que foi esse o cara, foi.

Steve franziu o rosto, em dúvida.

– Eu o reconheceria – disse –, se ele levantasse o rosto para eu dar uma boa olhada.

– Tirem uma parte das faixas para que a testemunha possa vê-lo – ordenou o magistrado.

Fernie obedeceu, fazendo surgir um queixo machucado e inchado.

Steve olhou para o homem. Podia até ser um do bando, mas quase com certeza não era o cara que tinha posto a nocaute. Será que estava confundindo os rostos da briga?

– Você o identifica? – perguntou o magistrado, já impaciente.

Steve balançou a cabeça.

– Não me lembro de tê-lo visto.

– Escute só, Threefall – começou o xerife, acercando-se de Steve –, este é o cara que eu apanhei caído no chão. Um dos homens que, segundo seu relato atacou você e Kamp. Qual é, agora? Vai me dizer que esqueceu?

Steve respondeu devagar, teimando:

– Eu não sei. Só sei que esse aí não é o primeiro que eu atingi, aquele que botei a nocaute. Era um americano, tinha cara de americano. Era da altura desse aí, mas era outro.

O magistrado mostrou os dentes amarelos, num esgar de riso, e o xerife fuzilou Steve com os olhos, enquanto os jurados o olhavam com franca desconfiança. O magistrado e o xerife se retiraram para um canto da sala e lá conferenciaram aos sussurros, lançando olhares na direção de Steve.

– Muito bem – disse o magistrado quando terminou a conversa. – Isso é tudo.

Saindo do inquérito, Steve caminhou devagar de volta ao hotel, a mente fervilhando com mais esse entre os muitos mistérios de Izzard. Que explicação poderia haver para o fato de o homem apresentado pelo xerife não ser o mesmo que ele levantara da sarjeta na noite anterior? Outra coisa: o xerife tinha chegado imediatamente após a briga com os homens que haviam atacado ele e Kamp, e chegara fazendo barulho, o que impedira Steve de ouvir as últimas palavras do moribundo. Aquela chegada oportuna e o barulho por ela provocado seriam acidentais? Steve não sabia. E, por não saber, voltou para o hotel mergulhado em profundas reflexões.

No hotel, soube que sua mala chegara de Whitetufts. Levou-a para o quarto e trocou de roupa. Em seguida, carregou suas perplexidades para perto da janela, onde se sentou e, fumando um cigarro atrás do outro, observou a ruela lá embaixo, a testa franzida sob o cabelo castanho. Seria possível que tantas coisas explodissem em torno de um homem em tão curto espaço de tempo, numa cidadezinha do tamanho de Izzard, sem que houvesse uma conexão entre elas – e entre elas e ele? E se ele estivesse sendo envolvido numa terrível rede de crime e intrigas, o que ela significaria? O que a provocara? Qual era a chave para entendê-la? A garota?

Pensamentos confusos brotavam de sua cabeça. Levantou-se.

Do outro lado da rua, um homem caminhava – um homem forte, vestido de azul manchado –, um homem com o pescoço e o queixo enfaixados. E a parte visível de seu rosto era da cara que Steve vira de cima para baixo, na luta. Era o rosto do homem que ele derrubara.

Steve disparou para a porta e dali desceu correndo os três lances de escada, atravessando a portaria e saindo pela porta dos fundos do hotel. Chegou à ruela a tempo de ver uma perna vestida de calça azul desaparecer por uma porta, no quarteirão seguinte. Foi para lá.

A porta dava para um prédio de escritórios. Steve procurou pelos corredores, para cima e para baixo, e não encontrou nem sinal do homem enfaixado. Voltou para o térreo e descobriu um canto escondido, junto à porta dos fundos, perto da escada. Da escada e da maior parte do corredor, não dava para ver o canto, pois este ficava escondido por um armário, onde se guardavam vassouras e esfregões. O homem tinha entrado pelos fundos do prédio. E provavelmente sairia por ali. Steve esperou.

Quinze minutos se passaram e ninguém apareceu diante do esconderijo de Steve. Foi quando ele ouviu, vindo da porta da frente, um risinho de mulher, seguido de passos, em sua direção. Encolheu-se ainda mais em seu canto empoeirado. Os passos seguiram em frente – um homem e uma mulher rindo e caminhando juntos. Subiram as escadas. Steve espiou na direção deles e voltou a se encolher, mais de surpresa do que de medo, porque os dois subiam as escadas abraçados.

O homem era Elder, o agente de seguros e imóveis. Steve não viu seu rosto, mas a roupa xadrez e o corpo gordo eram inconfundíveis. Era o "baixinho com terno de colegial", como Kamp o descrevera. Enquanto o casal subia a escada, o braço de Elder enlaçava a cintura da mulher, que olhava para ele toda coquete, o rosto encostado em seu ombro. Era a esposa de gestos felinos do dr. MacPhail.

– Que mais? – perguntou-se Steve, assim que eles sumiram de vista. – Será que há algo errado com a cidade inteira? O que será que vem por aí agora?

A resposta foi imediata – um som alucinado de passos, bem acima da cabeça de Steve. Passos que podiam ser de um bêbado ou de um homem lutando com um fantasma. Acima do barulho de sapatos no chão de madeira, surgiu um grito – um grito que deu um toque de horror e dor àquele som, que já parecia assombrado justamente por ser, sem dúvida, produzido por um ser humano.

Steve saiu dali de um salto e subiu os degraus de três em três, girando no corrimão ao chegar ao segundo andar e dando de cara com David Brackett, o banqueiro.

As pernas grossas de Brackett estavam abertas e ele balançava nelas. Seu rosto, por trás da barba, estava agônico e pálido. Havia grandes claros na barba, como se ela tivesse sido arrancada ou queimada. De seus lábios retorcidos, saíam fios de vapor.

– Eles me envenenaram... os malditos...

De súbito, ele ficou na ponta dos pés, seu corpo arqueou-se e ele desabou para trás, como um peso morto.

Steve ajoelhou-se a seu lado, mas sabia que não havia nada a ser feito. Sabia que Brackett morrera antes mesmo de cair ao chão. Por um instante, enquanto estava ali junto ao cadáver, uma chispa de pânico varreu seu cérebro, toldando-lhe a razão. Será que não haveria um fim para aquele permanente empilhar de mistério sobre mistério, de violência sobre violência? Steve sentia-se como se estivesse preso a uma teia monstruosa – uma teia sem fim nem começo, cuja trama estivesse pejada de sangue. Sentia-se nauseado – uma náusea física e espiritual – e impotente. E então ouviu um tiro.

Ficou de pé num pulo e disparou para o corredor, na direção do disparo, tentando, num frenesi de atividade física, fugir do horror que há pouco o tomara.

Ao fim do corredor havia uma placa dizendo CORPORAÇÃO DE NITRATO ORMSBY, W.W. ORMSBY, PRESIDENTE. Steve não tinha dúvidas de que o tiro viera de trás daquela placa.

Enquanto corria até lá, ouviu novo disparo e o baque de um corpo, caindo contra a porta.

Steve escancarou-a e pulou para dentro, evitando pisar no homem que estava caído no chão. Junto à janela, Larry Ormsby estava de pé, de frente para a porta, com uma automática preta na mão. Seus olhos se moviam num regozijo alucinado e a boca estava retorcida por um sorriso contido.

– Olá, Threefall – disse. – Vejo que você continua no olho do furacão.

Steve olhou para o homem que estava caído no chão. Era W.W. Ormsby. Havia dois buracos de balas no bolso superior esquerdo de seu colete. Os buracos, distantes pouco mais de dois centímetros um do outro, tinham sido feitos com tal precisão que não podia haver dúvida de que o homem estava morto. Steve lembrou-se da ameaça de Larry a seu pai: "Vou estragar sua roupa!".

Desviou os olhos do morto e observou o assassino. Os olhos de Larry Ormsby, duros, faiscavam. A pistola estava leve em sua mão, segura com um certo relaxamento, típico dos pistoleiros profissionais.

– Não é nada pessoal com você, é? – perguntou ele.

Steve balançou a cabeça. E ouviu uma confusão de passos e vozes excitadas no corredor.

– Ótimo – continuou o assassino. – E eu sugiro que você...

Ele se calou quando vários homens entraram no escritório. Grant Fernie, o xerife, estava entre eles.

– Está morto? – perguntou, mal olhando para o homem no chão.

– Bastante – respondeu Larry.

– Como foi?

Larry Ormsby umedeceu os lábios, não nervoso, mas pensativo. Depois sorriu para Steve e contou sua história.

– Threefall e eu estávamos conversando junto à porta da frente, quando ouvimos um tiro. Achei que tinha vindo daqui, mas Threefall achou que tinha sido do outro lado da rua. Na dúvida, subimos para dar uma olhada – não sem antes fazermos uma aposta. Sendo assim, Threefall me deve um dólar. Subimos até aqui e, assim que chegamos no andar, ouvimos outro tiro. E Bracket saiu correndo daqui de dentro, com este revólver na mão.

Ele deu a automática para o xerife e continuou:

– Deu alguns passos, gritou e caiu. Você o viu lá fora?

– Vi – disse Fernie.

– Bem, Threefall foi dar uma olhada nele enquanto eu entrava para ver se estava tudo bem com meu pai, e o encontrei morto. Foi isso.

Assim que as pessoas saíram do escritório do homem assassinado, Steve foi caminhando devagar pela rua. Não tinha nem desmentido nem confirmado a versão criada por Larry Ormsby. Ninguém lhe perguntara nada. No início, ficara estupefato demais com a desfaçatez do assassino. E, recobrando a verve, decidira ficar de bico calado por um tempo.

E se tivesse contado a verdade? Será que teria ajudado a Justiça? Existiria um meio de ajudar a Justiça em Izzard? Se ele soubesse o que havia por trás daquela fieira de crimes, talvez pudesse ter decidido o que fazer. Mas não sabia – não sabia sequer se havia de fato alguma coisa por trás de tudo. E, assim, ficou quieto. O inquérito só começaria no dia seguinte – e seria então a ocasião para falar, após uma noite para pensar no assunto.

Por enquanto, só conseguia entender um fragmento da história de cada vez. As lembranças, confusas, giravam em seu cérebro, formando imagens desconexas. Elder e a sra. MacPhail subindo a escada – para onde? E o que acontecera com eles? O que acontecera ao homem com o queixo e o pescoço enfaixados? Será que os três tinham alguma coisa a ver com o crime? Será que Larry tinha matado tanto o banqueiro quanto o próprio pai? E como é que o xerife tinha aparecido por acaso na cena do crime, logo depois de tudo acontecer?

Com esses pensamentos tumultuados, Steve foi para o hotel e se estendeu na cama, ali ficando por cerca de uma hora. Em seguida, levantou-se e foi até o Banco de Izzard, tirou o dinheiro que tinha, colocou-o cuidadosamente no bolso e voltou para o hotel, deitando-se de novo na cama.

Nova Vallance, envolta em crepe amarelo, estava sentada no primeiro degrau da varanda dos MacPhail quando Steve atravessou o jardim florido naquela noite. Ela lhe deu boas-vindas calorosas, sem tentar esconder o fato de que o esperava com impaciência. Steve sentou-se no degrau ao lado dela, virando-se um pouco para poder observar melhor o oval melancólico de seu rosto.

– Como está seu braço? – perguntou ela.

– Ótimo! – Steve abriu e fechou a mão esquerda, num segundo. – Imagino que você tenha ouvido falar da confusão de hoje.

– Claro! Que o sr. Bracket matou o sr. Ormsby e em seguida morreu de ataque cardíaco.

– Hein? – perguntou Steve.

– Mas você não estava lá? – surpreendeu-se a moça.

– Estava. Mas quero que você me conte direitinho o que foi que ouviu.

– Ah, eu ouvi de tudo! Mas o que realmente sei é o que o dr. MacPhail me contou, depois de examinar os dois corpos.

– E o que foi que ele contou?

– Que o sr. Brackett matou o sr. Ormsby com um tiro, embora ninguém saiba por quê. E então, antes que pudesse sair do prédio, teve um ataque cardíaco e morreu.

– E ele sofria do coração?

– Sofria. O dr. MacPhail tinha dito a ele um ano atrás que tivesse cuidado, porque qualquer emoção forte que tivesse poderia ser fatal.

Steve segurou-a pelo pulso.

– Pense bem – ordenou –, alguma vez você ouviu o dr. MacPhail comentar que o sr. Brackett tinha um problema cardíaco, antes do dia de hoje?

Ela o encarou, curiosa, e um brilho de encantamento faiscou em seus olhos.

– Não – respondeu devagar. – Acho que não. Mas é claro que não havia nenhuma razão para que ele tivesse me falado sobre isso antes. Por que você está perguntando?

– Porque – disse Steve – Brackett *não atirou* em Ormsby. E qualquer ataque cardíaco que tenha matado Brackett foi causado por envenenamento – por um veneno que lhe queimou o rosto e a barba.

Ela soltou um grito de horror.

– Você acha que – e parou, dando uma olhada por cima do ombro para a porta da casa e em seguida inclinando-se e sussurrando – ...você não... você não disse que o homem morto na briga de ontem à noite se chamava Kamp?

– Disse.

– Bem, o relatório, ou seja lá o que for que o dr. MacPhail fez depois de examiná-lo, traz o nome de Henry Cumberpatch.

– Tem certeza? Tem certeza de que é o mesmo homem?

– Tenho. O vento jogou o relatório no chão e, quando fui apanhá-lo e o dei de volta ao doutor, ele brincou – ela corou, dando um risinho. – Brincou dizendo que por pouco aquele relatório não era seu e não de seu companheiro. Foi quando eu dei uma olhada no papel e vi que estava em nome de Henry Cumberpatch. O que significa isso? O que será que...

O portão da frente se abriu com barulho e um homem entrou vacilante. Steve levantou-se, segurou a bengala com força e deu um passo à frente, interpondo-se entre a garota e o homem. O rosto do homem surgiu da penumbra. Era Larry Ormsby. Quando falou, sua voz estava pesada de bebida, o que combinava com o jeito vacilante – não totalmente descontrolado, mas quase – com que andava.

– Escuta aqui... – disse. – Eu estou... bem perto...

Steve foi na direção dele.

– Se a srta. Vallance nos desculpar – disse – vamos até o portão para poder conversar melhor lá fora.

Sem esperar por uma resposta de quem quer que fosse, Steve enfiou o braço no braço de Ormsby e carregou-o rumo à calçada. No portão, Larry se desvencilhou dele e, livre, confrontou Steve.

– Não tenho tempo para bobagens! – rosnou. – Você tem de se mandar! Dar o fora de Izzard!

– Mesmo? – perguntou Steve. – E por quê?

Larry encostou-se na cerca e ergueu uma das mãos, num gesto de impaciência.

— A vida de vocês não vale um tostão... de nenhum dos dois.

Vacilou novamente e tossiu. Steve agarrou-o pelo ombro e encarou-o.

— O que há com você?

Larry tossiu outra vez e levou a mão ao peito, perto do ombro.

— Uma bala... lá em cima... no Fernie. Mas eu o agarrei... o bandido. Atirei-o de uma janela... despencou de lá como um garoto pulando para pescar moedas – deu uma risada estridente e em seguida empertigou-se. – Pegue a garota... e se mande... agora! Agora! Agora! Mais dez minutos e será tarde. Eles estão vindo!

— Quem? Como? Por quê? – disparou Steve. – Fale sério! Não confio em você. Tenho boas razões para isso.

— Razões, Deus do céu! – gritou o homem ferido. – Você vai ter suas razões. Pensa que estou tentando assustar você, para que saia da cidade antes do inquérito. – Deu uma risada insana. – Inquérito! Seu idiota! Não vai haver inquérito algum! Não vai haver amanhã... para Izzard! E você...

Controlando-se com esforço, pegou uma das mãos de Steve entre as suas.

— Ouça – disse. – Vou lhe contar tudo, mas estamos perdendo tempo! Mas se você quer saber, então ouça.

"Izzard é um embuste! A maldita cidade inteira é uma farsa. Birita, é o nome da coisa. O homem que eu matei hoje à tarde, aquele que você pensou que fosse meu pai, foi quem começou tudo. Para fabricar nitrato de sódio, é preciso ferver o nitrato em tanques, com serpentinas aquecidas. Ele teve a idéia de fazer uma usina de nitrato que seria na verdade a fachada para uma fábrica ilegal de bebida. E concluiu também que, se a cidade inteira estivesse trabalhando junto com ele, ninguém ia poder botar areia na história.

"Você bem pode imaginar o quanto de dinheiro existe neste país na mão de pessoas interessadas em investir num negócio de contrabando de bebida que tenha uma fachada legal. Não estou falando só dos vigaristas, mas também de homens que se consideram honestos. Pegue seu palpite, qualquer que seja ele, e dobre, e mesmo assim ainda vai estar a vários milhões de distância. Existem homens que... Bem, mas o fato é que Ormsby levou seu esquema para o Leste e conseguiu apoio – um sindicato que poderia ter levantado dinheiro suficiente para construir uma dúzia de cidades.

"Ormsby, Elder e Brackett eram os caras que comandavam tudo. Eu estava aqui para ter certeza de que eles não estavam passando o sindicato para trás. Abaixo deles, vem um bando de paus-mandados, todos muito confiáveis, como Fernie, MacPhail e Heman – que é o chefe do correio – e Harker – outro médico, que dançou na semana passada – e Leslie, que posava de pastor. Não foi difícil conseguir a população que queríamos. Correu a notícia de que a nova cidade era um lugar onde qualquer vigarista podia se dar bem, desde que fizesse o que lhe fosse mandado. As favelas de todas as cidades americanas, e metade das de outros lugares, esvaziaram – veio todo mundo para cá. Cada bandido que estava a ponto de ser apanhado e que tinha como chegar até aqui veio e ganhou guarida.

"Claro que, com toda essa gente barra-pesada vindo para cá, muitos detetives vieram atrás. Mas eles não eram muito difíceis de se lidar e, na pior das hipóteses, nós deixávamos a lei prender um cara ou outro. Mas era fácil cuidar dos tiras. Temos banqueiros, pastores, médicos e chefes de correio, um monte de homens proeminentes para dar um jeito nos policiais, fosse com uma bala perdida, fosse fazendo com que caíssem numa armadilha. Na penitenciária estadual, você vai achar um monte de caras que vieram aqui – a maioria agentes de combate às drogas e ao contrabando de bebidas – e que, antes de abrir o olho, já estavam enredados.

"Nunca houve um plano tão perfeito! Não tinha como falhar – exceto se nós mesmos jogássemos areia. E foi o que fizemos. Era bom demais para nós. Tinha dinheiro demais envolvido – e isso nos subiu à cabeça! Primeiro, fizemos tudo direitinho com o sindicato. Fabricávamos a bebida e entregávamos o produto – em vagões de carga, em caminhões, fazíamos tudo e, com isso, obtínhamos dinheiro suficiente para o sindicato e para nós. Até que tivemos uma idéia – a grande idéia! Continuamos a fabricar a bebida, mas essa grande idéia era coisa só para nós. O sindicato ficaria de fora.

"Em primeiro lugar, veio o plano para fraudar o seguro. Elder cuidou de tudo, com três ou quatro ajudantes. Lá entre eles, esses caras se tornaram agentes de metade das seguradoras do país e começaram a forjar apólices em Izzard. Escolhiam alguém que nunca tivesse vivido aqui, faziam um seguro no nome dele e em seguida o cara era morto – às vezes, a pessoa morria só no papel, às vezes alguém que morria de verdade tinha seu nome usado, mas havia outras ocasiões em que encomendávamos o assassinato de um ou outro. Era moleza. Tínhamos conosco os agentes de seguro, os médicos, o magistrado, o dono da funerária, todos os funcionários da cidade. Tínhamos uma máquina bem azeitada, capaz de pôr em movimento qualquer plano. Você estava com Kamp na noite em que ele foi morto. Esse foi um dos bons. Era investigador de uma companhia de seguros – as empresas estavam começando a desconfiar. Veio para cá e cometeu o erro de mandar relatórios pelo correio. São raras as cartas de forasteiros que são mandadas daqui sem que sejam lidas por nós. Lemos os relatórios, ficamos com eles e, no lugar, mandamos relatórios falsos, dizendo qualquer bobagem. Depois, apagamos o Kamp e trocamos o nome dele no atestado de óbito, para encaixar numa apólice de seguro da própria companhia dele. Genial, não acha?

"O golpe do seguro não se resumia a homens – incluía também carros, casas, móveis, qualquer coisa que pudesse ser segurada era forjada. No último censo – distribuindo as pessoas com as quais podíamos contar, uma em cada casa, com uma lista de cinco ou seis nomes – conseguimos para os registros uma população pelo menos cinco vezes maior do que a verdadeira. Isso nos deu espaço para muitas apólices, muitas mortes, muitos seguros de propriedades, muita coisa. E nos deu tanta influência política no condado e no estado que nos garantiu um alcance cem vezes maior, tornando todo o esquema ainda mais seguro.

"Você vai encontrar ruas e ruas de casas que não têm nada dentro, exceto aquilo que se vê da janela da frente. Custa caro construí-las, mas o dinheiro já foi todo recuperado e, quando chegar a hora, elas vão dar muito lucro.

"Aí, quando o golpe do seguro já estava rolando, inventamos a história das promoções. Há centenas de corporações em Izzard que são apenas nomes e fachadas – mas seus certificados de ações e bônus têm sido vendidos de um lado a outro dos Estados Unidos. E as empresas compram mercadorias, pagam por elas e depois as embarcam, para se livrar delas – talvez no prejuízo –, ao mesmo tempo em que fazem mais e mais encomendas, até terem um tal crédito com os fabricantes que você ficaria tonto só de ouvir. Fácil! Afinal, o banco de Brackett não estava aqui para dar as referências que eles queriam? Não custava nada. As empresas iam recebendo cada vez mais crédito, até alcançar o ponto máximo. Então, com as mercadorias embarcadas para serem vendidas por debaixo do pano, bingo! A cidade é destruída por um incêndio. Os estoques de mercadorias seriam supostamente queimados. Os elegantes edifícios que os investidores de fora pensam existir também. Os livros e registros, *idem*. Tudo queimado.

"Que jogada! Tive de me virar para tapear o sindicato, tentando evitar a todo custo que eles descobrissem os nossos planos. Eles são muito desconfiados para levar a coisa por mais tempo. Mas está quase tudo pronto para o grande incêndio – o fogo, que vai começar na fábrica e lamber a cidade inteira –, e o dia que tínhamos marcado é o próximo sábado. É o dia em que Izzard será transformada num monte de cinzas – num monte de valiosas apólices de seguro.

"O povinho da cidade não vai saber de nada sobre a melhor parte do plano. Aqueles que suspeitam de alguma coisa pegam sua grana e calam o bico. Quando a cidade virar fumaça, vai haver centenas de corpos encontrados nos escombros – todos segurados – e vão surgir provas da morte de outros tantos – igualmente segurados –, cujos corpos jamais serão encontrados.

"Nunca houve um golpe igual! Mas era bom demais para nós. Foi culpa minha – pelo menos em parte –, mas teria ido para o buraco de qualquer maneira. A gente sempre dava um jeito nas pessoas que chegavam aqui com cara de honestas demais, ou sabidas demais. E queríamos ter absoluta certeza de que não haveria uma dessas pessoas nem no correio, nem no armazém da ferrovia, nem no posto telegráfico ou na companhia telefônica. Se a ferrovia, os telégrafos ou a companhia telefônica mandavam alguém para trabalhar aqui e nós percebíamos que era alguém que não podíamos enquadrar no esquema, aí dávamos um jeito de tornar o lugar desagradável para eles – e geralmente eles desapareciam rapidinho.

"Mas aí os telégrafos mandaram Nova para trabalhar aqui, e eu gostei dela. No início, só a achava bonita. Há mulheres de todo tipo aqui em Izzard, mas geralmente elas eram só isso, mulheres de todo tipo. Nova, não. Nova era diferente. Já fiz muita merda na vida, mas nunca consegui me livrar de um certo fastio no meu gosto por mulheres. Eu... bem, o fato é que os outros – Brackett, Ormsby, Elder e o bando – queriam dar um jeito em Nova. Eu os convenci do contrário. Disse que deixassem a garota quieta, que eu a faria passar para o nosso lado em breve. Achava mesmo que podia fazer isso. Ela gostava de mim, ou pelo menos parecia gostar, mas o fato é que eu não consegui ir muito além disso. Não fiz nenhum progresso. Os caras começaram a ficar impacientes, e eu enrolando, dizendo que tudo ia dar certo, que se fosse preciso eu me casaria com ela, para não haver mais risco de ela abrir a boca. Eles não ficaram nada satisfeitos. Não foi nada fácil evitar que ela descobrisse o que estava acontecendo – trabalhando no posto telegráfico –, mas, de um jeito ou de outro, nós conseguimos.

"O próximo sábado seria o dia escolhido para o fogaréu. Ormsby foi me ver ontem – e disse na minha cara que se eu não conseguisse que Nova ficasse do nosso lado, eles iam acabar com ela. Não sabiam o quanto ela já tinha descoberto e não queriam correr riscos. Eu disse a ele que o mataria se ele tocasse na garota, mas sabia que não ia conseguir convencê-los a mudar de idéia. Hoje, a coisa estourou. Soube que ele tinha dado ordem para acabarem com a garota esta noite. Fui até o escritório dele tirar as coisas a limpo. Brackett estava lá. Ormsby me cumprimentou e negou que tivesse dado a ordem para acabar com a garota. Em seguida, serviu bebida para nós três. Achei a bebida estranha. Esperei para ver o que ia acontecer. Brackett tomou a sua de um gole. Estava envenenada. Ele saiu pela porta, caindo morto lá fora, enquanto eu acabava com Ormsby.

"O jogo estava terminado! Era bom demais para nós. Todo mundo agora quer beber o sangue do outro. Não consegui encontrar Elder – mas o Fernie tentou me empurrar de uma janela. E ele é o braço direito de Elder. Quero dizer, era... porque ele também virou presunto. Acho que esse troço no meu peito é dos grandes... estou... mas você ainda pode tirar a garota daqui. Você tem de fazer isso! Elder vai querer ir em frente com o golpe, fazer tudo sozinho. Vai pôr fogo na cidade hoje à noite. É agora ou nunca para ele. Ele vai tentar..."

Um grito cortou a escuridão.

– Steve! *Steve*! *Steve*!

Steve contornou o portão, pulou os canteiros de flores e atravessou a varanda. Num segundo, estava dentro da casa. Atrás dele, ouvia o ruído dos passos de Larry Ormsby. Um vestíbulo vazio, uma sala vazia, mais outra. Não havia ninguém ali no térreo. Steve subiu as escadas. Havia uma nesga de luz embaixo de uma das portas. Ele a abriu, sem saber nem se importar se estava ou não trancada. Simplesmente se jogou de ombro contra a porta e entrou. Encostado a uma mesa no centro do quarto estava o dr. MacPhail, lutando com a garota. Agarrava-a por trás, com os braços, tentando imobilizá-la. A garota se contorcia e gritava, parecendo um gato enlouquecido. Diante dela, a sra. MacPhail erguia no ar uma maça.

Steve voou no braço alvo da mulher, um vôo cego, sem direção nem intenção. A arma escura atingiu-lhe braço e ombro, e ele cambaleou para trás. Largando a garota, o dr. MacPhail pulou nas pernas de Steve, agarrou-as e derrubou-o. Os dedos de Steve escorregavam pela cabeça calva do médico, sem conseguir agarrá-lo pelo pescoço grosso, até que encontraram uma orelha, cravando-se na carne embaixo dela.

O médico bufava e se contorcia, tentando se libertar dos dedos de Steve. Mas este tinha um joelho livre – e enfiou-o na cara do médico. A sra. MacPhail debruçou-se sobre ele, erguendo a maça preta que ainda trazia nas mãos. Steve tentou agarrar-lhe o tornozelo e não conseguiu, mas o golpe da maça veio oblíquo, atingindo-o de raspão no ombro. Steve torceu-se para o lado e se pôs de quatro, imediatamente caindo de barriga no chão, ante o impacto do corpo do médico, que acabara de pular em suas costas.

Rolou no chão e conseguiu passar para cima, ainda sentindo a respiração quente do médico na nuca. Ergueu então a cabeça e deu com ela uma pancada para trás – com toda a força. Mais uma vez, bateu, atingindo o rosto de MacPhail com a parte de trás da cabeça. Os braços do médico afrouxaram e Steve, de um pulo, ficou de pé, vendo que a luta tinha terminado.

Larry Ormsby, junto à porta, sorria um sorriso maléfico, enquanto apontava a pistola para a sra. MacPhail, emburrada, perto da mesa. A maça estava no chão, aos pés de Larry.

Encostada ao outro extremo da mesa, estava a garota, mal conseguindo manter-se de pé, com uma das mãos no pescoço machucado, os olhos esbugalhados de medo. Steve foi até ela.

– Vai nessa, Steve! Não há tempo para teatrinho. Você está de carro? – A voz de Larry Ormsby era ríspida.

– Não – respondeu Steve.

Larry xingou – uma explosão de nomes sujos – e em seguida disse:

– Vamos no meu. Ele corre mais do que qualquer outro. Mas você não pode ficar aqui esperando enquanto eu vou buscá-lo. Leve Nova até a cabana do cego Rymer. Eu pego vocês lá. Ele é a única pessoa na cidade em quem você pode confiar. Vá logo, droga! – gritou.

Steve olhou para a cara amarrada da sra. MacPhail, depois para o marido, agora se levantando devagar, com o rosto todo ensangüentado.

– E eles?

– Não se preocupe com eles – respondeu Larry. – Pegue a garota e vá para a casa do Rymer. Deixe que eu cuido do casal. Em quinze minutos, estarei lá com o carro. Vá!

Steve franziu os olhos, observando o homem encostado à porta. Não confiava nele, mas como em Izzard tudo era igualmente perigoso, não faria diferença ir ou não ir. E talvez pudesse afinal acreditar em Larry Ormsby dessa vez.

– Está bem – respondeu, virando-se para a garota. – Pegue um casaco pesado.

Cinco minutos depois, os dois estavam correndo pelas mesmas ruas escuras que tinham atravessado na noite anterior. A menos de um quarteirão da casa, ouviram ao longe um estampido, depois outro. A garota olhou rápido para Steve, mas não disse nada. Ele esperou que ela não tivesse entendido o que os dois tiros significavam.

Não viram ninguém. Rymer ouvira e reconhecera os passos da garota na calçada e abrira a porta antes que eles batessem.

– Entre, Nova – disse ele, caloroso. Em seguida, estendeu a mão para Steve. – É o sr. Threefall, não é?

Fez com que os dois entrassem na cabana escura e em seguida acendeu a lâmpada de óleo sobre a mesa. Steve se apressou em dizer, em resumo, o que Larry Ormsby lhe contara. A garota ouvia a tudo com olhos arregalados e uma expressão abatida. O rosto do cego perdeu a serenidade. Enquanto ouvia, ele pareceu de repente mais velho e cansado.

– Ormsby disse que pegaria o carro e viria nos encontrar – disse Steve. – Se ele vier mesmo, o senhor virá conosco, sr. Rymer. Se o senhor disser o que quer levar, nós podemos ir recolhendo as coisas. Assim, não vamos perder tempo quando ele chegar... se chegar. – Virou-se para a garota: – O que você acha, Nova? Ele vem? E, se vier, será que podemos confiar nele?

– Eu... espero que sim. Ele não é de todo mau, eu acho.

O cego foi até um guarda-roupa, no outro extremo do quarto.

– Não tenho nada para levar comigo – disse –, mas vou vestir um agasalho.

Abriu a porta do guarda-roupa no canto do quarto, para trocar-se protegido por ela, como se fosse um biombo. Steve foi até a janela e ficou parado, entre a cortina e a esquadria, espiando a rua escura lá fora, onde nada se movia. A garota estava junto dele, agarrada a seu braço, os dedos cravados na manga de seu casaco.

– Será que nós vamos... vamos...?

Ele a trouxe para si e respondeu à pergunta sussurrada, que ela sequer conseguira terminar.

– Vamos, sim – disse. – Com ou sem a ajuda de Larry, vamos conseguir.

Um rifle foi disparado, em algum ponto da rua principal. Seguiu-se uma saraivada de tiros de pistola. O Vauxhall creme surgiu do nada e parou na calçada, a dois passos da porta. Larry Ormsby, sem chapéu e com a camisa toda aberta, deixando à mostra um buraco de bala abaixo da clavícula, saiu do carro aos trambolhões e entrou pela porta, que Steve acabara de abrir.

Larry fechou a porta atrás de si com o pé, caindo na risada.

– Izzzard está fervendo, numa boa! – gritou, batendo palmas. – Vamos, vamos! O deserto espera!

Steve virou-se para chamar o homem cego. Rymer deu um passo, saindo de trás da porta do armário. Em cada uma das mãos, trazia um revólver pesado. A névoa em seus olhos desaparecera.

Com seu olhar agora penetrante e frio, observava os dois homens e a garota.

– Mãos para cima, todos vocês – ordenou, ríspido.

Larry Ormsby deu uma risada insana.

– Você alguma vez já viu um louco em ação, Rymer? – perguntou.

– Mãos para cima!

– Rymer – disse Larry –, eu estou morrendo. Vá para o inferno!

E num segundo tirou uma pistola automática preta do bolso interno do casaco.

Os revólveres nas mãos de Rymer sacudiram a cabana, com uma detonação atrás da outra.

Caindo sentado no chão por causa da rajada de balas que praticamente lhe destroçara o corpo, Larry encostou as costas na parede, enquanto o ruído agudo e estalado de sua arma, mais leve, mesclava-se ao barulho dos revólveres do falso cego.

Tendo pulado instintivamente para o lado no primeiro tiro, levando a garota com ele, Steve atirava-se agora para cima de Rymer. Mas, assim que o agarrou, o barulho cessou. Rymer oscilava e até os revólveres em suas mãos de repente pareciam bambos. Ele se desvencilhou – seu pescoço, seco como papel, escapando à mão de Steve – e num instante era apenas um volume sem vida no chão.

Steve afastou com um chute os dois revólveres caídos no chão e em seguida foi para junto da moça, ajoelhada ao lado de Larry Ormsby. Larry sorriu para Steve, seus dentes brancos cintilando.

– Já fui, Steve – disse. – Aquele Rymer... nos enganou a todos... aquela membrana de mentira nos olhos... pintada... espião do sindicato do rum.

Ele se contorceu e seu sorriso tornou-se rígido, tenso.

– Você se importa se apertarmos as mãos, Steve? – perguntou em seguida.

– Você é um cara legal, Larry. – Foi tudo o que Steve conseguiu dizer.

O moribundo pareceu satisfeito. Seu sorriso tornou-se outra vez real.

– Sorte sua... Vai conseguir dar 160 por hora no Vauxhal – conseguiu dizer.

Então, parecendo ter esquecido a garota por quem dera a vida, deu mais um sorriso para Steve e morreu.

A porta da frente escancarou-se – e duas caras espiaram para dentro. Os donos das caras entraram.

Ficando de pé num segundo, Steve girou a bengala. Um osso estalou como uma chicotada, um homem recuou, levando a mão à testa.

– Fique colada em mim! – gritou Steve para a garota, e sentiu as mãos dela nas costas.

Vários homens surgiram na porta. Um revólver invisível disparou e um pedaço do teto veio ao chão. Steve girava a bengala, abrindo caminho em direção à porta. Atrás dele, a luz da lâmpada brilhava, refletindo-se no bastão de madeira, que rodopiava. Ele batia de trás para a frente, da esquerda para a direita, da direita para a esquerda. A bengala movia-se como uma coisa viva, parecendo dobrar-se a partir do meio, onde a mão a agarrava, como se feita de molas de aço. O brilho dos meios círculos crescia, fundindo-se numa esfera mortal. O ritmo incessante dos golpes contra a carne e o estalar de ossos tornaram-se a melodia de fundo, em meio aos grunhidos dos homens em luta, gemidos e xingamentos dos que eram golpeados. Steve e a garota atravessaram a porta.

Em meio a um tumulto de pernas e braços, viram o Vauxhall cor de creme. Havia homens trepados em cima do carro para, do alto, lutar melhor. Steve foi em frente, brandindo a bengala contra canelas e coxas, arrancando os homens de cima do automóvel. Com a mão esquerda, puxou a garota para junto de si. O corpo dele balançava ante o peso dos golpes, vindo de homens que estavam próximos demais para conseguir bater direito e cujas pancadas caíam sobre Steve meio abafadas.

De repente, ele perdeu a bengala. Num segundo, tinha o bastão nas mãos e girava-o. No instante seguinte, seu punho estava fechado sobre o vazio – e a bengala de ébano desaparecera como num passe de mágica. Steve lançou a garota por cima da porta do carro, enfiando-a lá dentro – empurrando-a sobre as pernas de um homem que estava ali –, ouviu um estalo de osso e viu o homem desabar. Mãos o agarravam de todos os lados. Mãos o golpeavam. Ele deu um grito de alegria quando viu que a garota, espremida no chão do carro, tentava, com suas mãos ridiculamente pequenas, dar a partida no motor.

O carro começou a andar. Segurando-se com as duas mãos, Steve chutou para fora e para trás com as pernas. Depois pulou de volta no estribo. Com a mão aberta, porque não tivera tempo nem de fechar o punho, deu um golpe por cima da cabeça da garota, atingindo com a ponta dos dedos uma cara larga e vermelha.

O automóvel se movia. Uma das mãos da garota conseguiu se esgueirar para cima e agarrar o volante, mantendo o carro em linha reta pela rua que ela não enxergava. Caiu um homem em cima dela. Steve tirou-o fora – arrancando-lhe pedaços, arrancando cabelos e pele. O automóvel deu uma guinada, raspou a parede de um prédio.

Os homens que estavam daquele lado caíram todos. As mãos que estavam seguras em Steve se desprenderam dele, levando com elas boa parte de sua roupa. Steve arrancou um homem do banco de trás e atirou-o na rua, que passava sob eles. E só então sentou-se no carro, ao lado da garota.

Tiros de pistola explodiram atrás deles. De uma casa, alguns metros à frente, um rifle foi esvaziado, com estrondo, na direção dos dois, crivando o pára-choques de balas. Então, de repente, o deserto – branco e macio como uma gigantesca cama de hospital – estava em torno deles. Fosse o que fosse que os perseguia, havia ficado para trás.

Depois de um tempo, a garota diminuiu a marcha e parou o carro.

– Você está bem? – perguntou Steve.

– Estou. Mas você...

– Está tudo no lugar – garantiu ele. – Deixe que eu dirijo.

– Não, não – protestou a moça. – Você está sangrando e...

– Não, não! – debochou ele, imitando a garota. – É melhor irmos andando, até chegarmos a algum lugar. Não estamos longe o suficiente de Izzard para ter certeza de que estamos seguros.

Steve tinha medo de que, se a moça tentasse cuidar de seu ferimento, ele acabasse se desfazendo em seus braços. Era o que tinha vontade de fazer.

Ela deu partida no carro e foram em frente. Steve sentiu uma sonolência. Que luta! Que luta!

– Olhe só para o céu – disse a moça.

Steve abriu os olhos pesados. À frente e acima deles, o céu estava se iluminando – de azul-escuro para violeta, então para malva e cor-de-rosa. Steve virou-se e olhou para trás. No ponto em que ficava Izzard, queimava uma gigantesca fogueira, pintando o céu com um brilho de jóia.

– Adeus, Izzard – disse Steve, sonolento, afundando no banco do carro.

Deu mais uma espiada no céu rosado à frente.

– Minha mãe cultiva prímulas em seu jardim em Delaware que parecem um pouco com isso – disse, já meio dormindo. – Você vai gostar de vê-las.

Sua cabeça escorregou para o ombro da garota e ele adormeceu.

DETETIVE DE PLANTÃO

O detetive do Hotel Montgomery recebera a mixaria da semana anterior em forma de mercadoria, em vez de dinheiro, das mãos do contrabandista de bebidas. Em seguida, bebeu tudo e adormeceu no *hall* do hotel. Resultado: foi despedido. Como eu era o único dando sopa na filial de San Francisco da Agência de Detetives Continental, fui encarregado de dar plantão no hotel durante três dias, enquanto eles procuravam alguém em definitivo.

O Montgomery era um hotel calmo, de boa qualidade, e eu acabei tendo uma temporada muito tranqüila – até o terceiro e último dia. Aí, tudo mudou. Desci até o *lobby* naquela tarde e encontrei Stacey, o subgerente, doido atrás de mim.

– Uma das arrumadeiras acabou de ligar. Parece que tem alguma coisa errada no 906 – disse.

Subimos juntos até lá. A porta estava aberta. No meio do quarto, uma arrumadeira olhava com olhos arregalados para a porta fechada do guarda-roupa. Da fresta da porta, saía um rio de sangue, serpenteando em nossa direção por quase meio metro.

Tomando a frente da arrumadeira, fui até o armário e forcei a porta. Estava destrancada. Abri. Lentamente, duro como um pau, caiu nos meus braços um homem – caiu de costas –, e em suas costas o sobretudo, empapado e pegajoso, exibia um rasgão de quinze centímetros.

Aquilo não me surpreendeu: o sangue no chão já havia me preparado para alguma coisa do tipo. Mas quando outro cadáver caiu do guarda-roupa – este, de frente para mim, olhando-me com seu rosto escuro, desfigurado –, eu deixei cair o primeiro e dei um pulo para trás.

E, assim que pulei, um terceiro homem caiu lá de dentro, por cima dos outros.

Atrás de mim, ouvi um grito e um baque. Era a arrumadeira desmaiando. Eu próprio não estava lá muito bem das pernas. Não sou um cara delicado, e já vi um bocado de coisas feias na vida, mas nas semanas seguintes eu guardaria nas retinas a imagem daqueles três cadáveres pulando de dentro do armário e caindo nos meus pés. E caindo devagar, quase como se fizessem de propósito, numa brincadeira macabra de "faça-tudo-o-que-seu-mestre-mandar".

Olhando aqueles homens, não poderia restar dúvida de que estavam mortos. Cada detalhe daquela queda e cada detalhe da pilha em que jaziam agora guardavam uma certeza horripilante de morte.

Virei-me para Stacey, que, branco como um papel, mantinha-se de pé apoiando-se no pé de metal da cama.

– Tire a moça daqui! Vá chamar um médico... A polícia!

Desfiz a pilha de corpos, colocando-os lado a lado numa fila horripilante, com os rostos para cima. Em seguida, examinei rapidamente o quarto.

Um chapéu mole, que cabia em um dos mortos, fora jogado sobre a cama, que não fora desfeita. A chave estava na porta, do lado de dentro. Não havia sangue pelo quarto, a não ser o que escorrera de dentro do guarda-roupa, e o quarto não tinha sinais de luta.

A porta para o banheiro estava aberta. No fundo da banheira, havia uma garrafa de gim quebrada. Pelo cheiro forte e pela maneira como a banheira estava molhada, imaginei que tivesse sido quebrada ainda bem cheia. Num dos cantos do banheiro havia um copo pequeno de uísque e outro sob a banheira. Estavam secos, limpos e não tinham cheiro.

A parte interna da porta do guarda-roupa estava toda suja de sangue, da altura do meu ombro até o chão. E, no fundo, havia dois chapéus em meio à poça pegajosa. Cada um cabia certinho num dos homens mortos.

E era tudo. Três cadáveres, uma garrafa de gim quebrada, sangue.

Stacey voltou em pouco tempo trazendo um médico. Enquanto ele examinava os homens mortos, chegaram os detetives da polícia.

O trabalho do médico foi rápido.

– Este aqui – disse ele, apontando um dos caras – levou uma pancada na parte de trás da cabeça com um instrumento pequeno e rombudo. Em seguida, foi estrangulado. Este outro – apontou o do lado – foi só estrangulado. E o terceiro levou uma facada nas costas, com uma lâmina de aproximadamente doze centímetros de comprimento. Estão mortos há cerca de duas horas, desde o meio-dia, por aí.

O subgerente identificou dois dos corpos. O homem esfaqueado – o primeiro a cair do guarda-roupa – tinha chegado ao hotel três dias antes, registrando-se como Tudor Ingraham, de Washington, e estava hospedado no quarto 915, três portas adiante.

O último cara a cair do guarda-roupa – o que só tinha sido estrangulado – era o ocupante do quarto. Chamava-se Vincent Develyn. Era um corretor de seguros e morava no hotel desde a morte da mulher, cerca de quatro anos antes.

O terceiro homem era sempre visto na companhia de Develyn, e um dos empregados do hotel lembrou-se de que eles tinham entrado juntos pouco depois do meio-dia. Cartas e cartões que levava no bolso nos disseram que seu nome era Homer Ansley, sócio da firma de advocacia Lankershim e Ansley, cujo escritório no Edifício Miles ficava ao lado do escritório de Develyn.

Nos bolsos de Develyn havia qualquer coisa entre 150 e 200 dólares. Na maleta de Ansley, mais de cem. Os bolsos de Ingraham estavam recheados com quase 300 dólares e numa bolsa camuflada em forma de cinto, em sua cintura, encontramos mais 2.200 dólares, além de dois diamantes de tamanho médio, sem engaste. Os três levavam relógios – o de Develyn era valioso – nos bolsos, e Ingraham usava ainda dois anéis, ambos caros. A chave do quarto de Ingraham estava em seu bolso.

Além do dinheiro – cuja presença indicava que o triplo crime não fora um latrocínio –, não encontramos mais nada com os mortos que nos fornecesse qualquer pista. Tampouco fizemos progresso ao examinar, meticulosamente, os quartos de Ingraham e Develyn.

No quarto de Ingraham encontramos uma dúzia ou mais de pacotes com cartas marcadas, alguns dados adulterados, além de grande quantidade de informação sobre corridas de cavalos. Também descobrimos que ele tinha mulher morando em Buffalo, na East Delavan Avenue, e um irmão em Dallas, na Crutcher Street. Encontramos ainda uma lista de nomes e endereços, que guardamos para posterior investigação. Mas nada, em qualquer um dos dois quartos, cheirava, nem de leve, a assassinato.

Phels, o "Bertillon"* do Departamento de Polícia, encontrou várias impressões digitais no quarto de Develyn, mas não se podia saber se elas teriam algum valor enquanto ele não terminasse de examiná-las. Embora Develyn e Ansley aparentemente tivessem sido estrangulados por mãos, Phels não conseguiu obter impressões digitais de seus pescoços ou colarinhos.

A arrumadeira que tinha descoberto a mancha de sangue contou que arrumara o quarto de Develyn entre dez e onze da manhã, mas que não tinha trocado as toalhas, razão pela qual voltara de tarde. Estivera lá antes – entre 10h20 e 10h45 – com tal intuito, mas Ingraham ainda não saíra do quarto.

O ascensorista que vira Ansley e Develyn subirem pouco depois do meio-dia lembrava de que eles, no elevador, tinham comentado, entre risadas, os pontos obtidos numa partida de golfe no dia anterior. Ninguém vira nada suspeito no hotel perto da hora em que o médico calculara terem ocorrido os crimes. Mas isso já era esperado.

O assassino podia ter saído do quarto, fechando a porta atrás de si e caminhando calmamente na certeza de que um homem andando pelos corredores do Montgomery ao meio-dia não despertaria qualquer atenção. Se estivesse hospedado no hotel, seria só entrar em seu quarto. Se não, bastaria ter descido

---

* Provável referência a Alfonse Bertillon, grafólogo francês que deu um parecer errado no famoso caso Dreyfus, em 1894. (N.T.)

até o *hall* e saído pela porta ou então ter descido dois ou três lances de escada, para em seguida pegar o elevador.

Nenhum dos empregados do hotel jamais vira Ingraham e Develyn juntos. Não havia a mínima evidência de qualquer relação entre eles. Ingraham geralmente ficava no quarto até o meio-dia, não voltando até tarde da noite. Nada se sabia sobre seus negócios.

No Edifício Miles, nós – quero dizer, Mary O'Hara e George Dean, da Seção de Homicídios do Departamento de Polícia, e eu – interrogamos os sócios de Ansley e os empregados de Develyn. Os dois, ao que parecia, eram homens comuns, levando vidas comuns: vidas que não tinham pontos obscuros ou excentricidades. Ansley era casado e tinha dois filhos. Morava na Lake Street. Ambos tinham muitos amigos e parentes espalhados por várias cidades do país. E, até onde pudemos averiguar, estava tudo em ordem com seus negócios.

Tinham saído dos respectivos escritórios naquele dia para almoçar juntos, com a intenção de passar primeiro no quarto de Develyn a fim de tomar um drinque, de uma garrafa de gim que alguém contrabandeara da Austrália.

– Bem – disse O'Hara, quando já estávamos de novo na rua –, uma coisa é certa. Se eles subiram até o quarto de Develyn para um drinque, está na cara que foram mortos assim que chegaram lá. Os copos de uísque que você encontrou estavam secos e limpos. Quem quer que tenha feito aquela bagunça devia estar esperando por eles. Estou desconfiando desse tal de Ingraham.

– Eu também – concordei. – Pela posição em que eles estavam quando abri aquela porta, Ingraham parece ser a chave de tudo. Develyn estava de costas para a parede, com Ansley na frente dele, ambos de frente para a porta. Ingraham estava virado para os dois, com as costas para a porta. O guarda-roupa era grande o suficiente para manter os três em pé – mas pequeno demais para que um deles despencasse com a porta fechada.

– Não havia sangue no quarto, a não ser o que tinha escorrido do guarda-roupa. Ingraham, com aquela facada nas costas, só pode ter sido golpeado depois que estava dentro do guarda-roupa, caso contrário teria sujado tudo de sangue. Estava colado nos dois homens quando foi esfaqueado, e aquele que o golpeou fechou a porta em seguida com ele lá dentro.

– Agora, por que ele estaria de pé naquela posição? Será que ele e outro camarada mataram os dois amigos e quando ele estava arrumando os corpos no armário foi atingido pelo comparsa por trás?

– Talvez – disse Dean.

E aquele "talvez" era o máximo a que tínhamos chegado, depois de três dias de investigação.

Havíamos mandado e recebido um monte de telegramas, interrogando parentes e conhecidos dos mortos. E isso sem encontrar nada que parecesse ter relação com os assassinatos. Tampouco achamos qualquer conexão entre Ingraham e os outros dois. Tínhamos feito um levantamento da vida deles até quase o berço. Também havíamos levantado cada passo dado por eles desde que Ingraham chegara a San Francisco – o suficiente para nos convencer de que nenhum dos dois se encontrara com ele.

Ingraham, ficamos sabendo, era um *bookmaker* e trapaceava no jogo. Estava separado da mulher, mas fora uma separação amigável. Uns quinze anos antes, ele fora condenado por "assalto com intenção de matar" em Newark, New Jersey, cumprindo uma pena de dois anos de prisão. Mas o cara que tentara assassinar tinha morrido de pneumonia em Omaha, em 1914.

Ingraham tinha chegado a San Francisco para abrir um clube de jogo, e todas as nossas investigações mostravam que, desde sua chegada à cidade, ele só se movimentara nesse sentido.

No fim das contas, as impressões digitais obtidas por Phels eram de Stacey, da arrumadeira, dos detetives ou minhas. Resumindo: não tínhamos descoberto nada!

E isso era tudo, apesar de nosso esforço para descobrir o motivo por trás daquele triplo assassinato.

Deixamos, então, essa abordagem para lá e decidimos nos prender aos detalhes, dedicando-nos a uma caçada paciente atrás dos rastros do assassino. Entre qualquer crime e seu autor existe um rastro. Pode até ser – e era esse o caso – obscuro. Mas como uma matéria não pode se mover sem movimentar outra matéria em seu curso, sempre existe – e sempre existirá – um rastro de algum tipo. Encontrar e seguir esses rastros é aquilo para o qual os detetives são pagos.

No caso de um assassinato, às vezes é possível cortar caminho em direção à extremidade do rastro, simplesmente descobrindo o motivo. Conhecer o motivo em geral reduz as possibilidades. Às vezes, leva-nos direto ao culpado.

Até então, tudo o que sabíamos sobre o motivo para o caso com o qual estávamos lidando era que não tinha sido roubo. A não ser que alguma coisa sobre a qual não tínhamos conhecimento tivesse sido roubada – alguma coisa valiosa o suficiente para fazer com que o assassino deixasse para trás um monte de dinheiro nos bolsos de suas vítimas.

Claro que não tínhamos desistido completamente de seguir a pista do assassino, mas – como seres humanos – é óbvio também que estávamos tentando a todo custo achar uma forma de cortar o caminho. Agora, íamos partir atrás do homem, ou homens, sem levar em conta o que o levara, ou os levara, a cometer os crimes.

Entre as pessoas registradas no hotel no dia do assassinato havia nove homens de cuja inocência tínhamos alguma razão para duvidar. Quatro deles ainda estavam hospedados no hotel, e apenas um nos interessava. Tínhamos descoberto que esse – um cara magro e comprido, de seus 45, 50 anos, que se registrara como J. J. Cooper, vindo de Anaconda, em Montana – não era, de jeito algum, um minerador, como alegara. Nossas comunicações telegráficas com Anaconda nos tinham mostrado que ninguém o conhecia por lá. Assim sendo, decidimos segui-lo – com parcos resultados.

Entre os tais nove homens, cinco tinham ido embora do hotel depois dos assassinatos. Três haviam deixado na portaria os endereços para onde estavam indo. Gilbert Jacquemart, que ocupava o quarto 946, dera ordem para que sua correspondência fosse enviada para um hotel em Los Angeles. W. F. Salway, que estava no quarto 1.022, deixara instruções para que mandassem suas cartas para um endereço na Clark Street, em Chicago. Ross Orrett, do quarto 609, pedira que sua correspondência fosse enviada para o posto local dos correios.

Jacquemart tinha chegado ao hotel dois dias antes dos crimes, indo embora na tarde da ocorrência. Salway chegara na véspera e fora embora no dia seguinte. Orrett chegara no próprio dia do crime e deixara o hotel um dia depois.

Depois de mandar telegramas para que os dois primeiros fossem localizados e investigados, fui por minha conta atrás do tal de Orrett. Na ocasião, estava sendo anunciada na cidade uma grande comédia musical chamada *Para quê?*, com panfletos muito bem impressos, na cor roxa, para distribuição. Peguei um deles e encontrei, na papelaria, um envelope que combinasse. Em seguida, enviei por correio para Orrett no Hotel Montgomery. É praxe procurar saber nos hotéis os nomes das pessoas que estão chegando à cidade, a fim de mandar propaganda para elas. Com isso, eu tinha certeza de que Orrett não desconfiaria de nada quando visse meu vistoso envelope, mandado para o hotel, chegar até as mãos dele através do guichê do correio.

Dick Foley – especialista da agência em seguir pessoas – ficou de plantão no posto do correio, a fim de espiar quando um envelope roxo fosse entregue através do buraco em forma de "O" do guichê, para então seguir o destinatário.

Passei o dia seguinte tentando decifrar o jogo do misterioso J. J. Cooper, mas, ao final do dia, não tinha conseguido avançar nada. Pouco antes das cinco da manhã do dia seguinte, Dick Foley apareceu no meu quarto a caminho de casa para me acordar e dizer o que tinha descoberto.

– O tal Orrett é o camarada que procuramos – disse. – Flagrei o cara pegando o envelope ontem à tarde. Tinha uma outra carta para ele, além da sua. Ele está num apartamento na Van Ness Avenue. Alugou no dia seguinte ao dos crimes, com o nome de B. T. Quinn. Carrega uma arma embaixo do braço esquerdo, percebi o volume característico. Foi para casa dormir. Tem dado umas buscas em todas as espeluncas de North Beach. E sabe de quem ele está atrás?

– De quem?

– De Guy Cudner.

Aquilo, sim, era uma notícia! O tal de Guy Cudner, conhecido como "o Sombra", era o bandido mais perigoso de toda a costa, quiçá do país. Só tinha sido preso uma vez, mas, se recebesse pena por todos os crimes que se sabia que tinha cometido, ia precisar de meia dúzia de vidas para cumprir as sentenças, além de mais meia dúzia para ser enforcado. Só que ele tinha costas quentes – o suficiente para fazer com que tivesse nas mãos testemunhas, álibis, até mesmo jurados e um ou outro juiz.

Não sei o que deu errado uma vez, mas nessa ocasião ele foi preso, no Norte, com uma acusação que lhe daria entre um e quatorze anos de prisão. Mas logo ele deu um jeitinho e, quando os jornais com as notícias ainda estavam com a tinta fresca, já estava sendo libertado sob condicional.

– Cudner está na cidade?

– Não sei – respondeu Dick –, mas o tal de Orrett, ou Quinn, ou seja lá qual for o seu nome, está doido atrás dele. Foi no Rick's, no "Wop" Healey's e no Pigatti's. Quem me deu a pala foi o Porco Grout. Segundo ele, Orrett não conhece Cudner de vista, mas está atrás dele. O Porco não soube me dizer o que o cara quer com Cudner.

O tal de Porco Grout era um sujeito nojento, capaz de vender a família – se um dia tivesse tido uma – pelo preço de uma banana. Mas, com esses caras que fazem jogo duplo, nunca se sabe se eles estão mesmo do seu lado.

– Tem certeza de que o Porco está falando a verdade? – perguntei.

– Parece que está, mas com ele não se pode brincar.

– Orrett conhece muita gente por aqui?

– Pelo visto, não. Ele sabe aonde quer ir, mas precisa perguntar como se chega lá. E não falou com ninguém que parecesse conhecer.

– Como é que ele é?

– Não é nenhuma flor que se cheire, se você quer saber. Ele e Cudner fariam um par e tanto. Fisicamente, não se parecem nada. O tal cara é alto e magro, mas é bem socado, com músculos ágeis. A cara é sulcada, sem ser fina, se é que você me entende. Quero dizer, as linhas do rosto são duras. Não há curvas. Queixo, nariz, boca, olhos, é tudo reto, com linhas e ângulos retos. Parece um cara do mesmo tipo de Cudner. Fariam um bom par, sim. É bem-vestido, não parece um vagabundo, não, mas é duro como uma pedra! Uma boa bisca! É o cara que procuramos, pode acreditar!

– Nada mal – concordei. – Chegou ao hotel na manhã do crime e foi embora na manhã seguinte. Num piscar de olhos, muda de nome. E agora está de par como "Sombra". Nada mal, nada mal.

– Estou lhe dizendo – insistiu Dick –, o cara tem um jeito de que não perderia o sono com três assassinatos. Só queria saber onde é que Cudner se encaixa...

– Não tenho idéia. Mas se ele e Orrett ainda não se encontraram, então Cudner não participou dos assassinatos. Mas talvez ele possa nos dar a resposta.

Pulei da cama.

– Vou me arriscar a acreditar que o Porco Grout falou a verdade. Como é que você descreveria Cudner?

– Você o conhece melhor do que eu.

– Eu sei, mas se eu não o conhecesse e você tivesse de descrevê-lo, o que diria?

– Um cara gordo e baixinho, com uma cicatriz vermelha na bochecha esquerda. Por quê?

– Isso – concordei. – Aquela cicatriz faz toda a diferença do mundo. Se ele não tivesse cicatriz, você teria de dar detalhes da aparência dele. Mas, já que tem, você só diz "Um cara gordo e baixinho, com uma cicatriz vermelha na bochecha esquerda". Aposto que foi assim que descreveram ele para Orrett. Eu não me pareço com Cudner, mas tenho o mesmo corpo e a mesma altura que ele. Com uma cicatriz no rosto, Orrett vai pensar que eu sou ele.

– Para quê?

– Não sei direito. Mas, se Orrett pensar que eu sou Cudner, vou ouvir um bocado de coisas. Seja como for, vale a pena tentar.

– Você não vai conseguir... não em San Francisco. Cudner é muito popular.

– Que diferença faz, Dick? Orrett é o único que eu quero enganar. Se ele acreditar que eu sou Cudner, ótimo. Se não, ótimo também. Não vou insistir.

– E como é que você vai arranjar uma cicatriz de mentira?

– Moleza! Temos fotos do Cudner na polícia, com a cicatriz bem à vista. Arrumo um pouco de colódio, é vendido nas farmácias, de várias marcas diferentes, para se botar em cortes e arranhões, e pinto, dando o formato da cicatriz de Cudner. Quando seca, o colódio fica com a superfície meio brilhante, vai ficar igualzinho a uma cicatriz antiga.

Na noite seguinte, pouco depois das onze horas, Dick me ligou dizendo que Orrett estava no Pigatti's, na Pacific Street, com ar de quem tinha chegado para se demorar. Com minha cicatriz falsa já pronta, corri para pegar um táxi. Poucos minutos depois, estava conversando com Dick na esquina do Pigatti's.

– Ele está na última mesa, no fundo, à esquerda. Até a hora em que saí, estava sozinho. Não tem como você não vê-lo. É o único cara nesta espelunca que está usando uma roupa limpa.

– É melhor você esperar aqui fora, a meio quarteirão daqui, dentro de um táxi – disse a Dick. – É provável que eu e o nosso amiguinho Orrett saiamos juntos e, quando isso acontecer, seria ótimo ter você por perto para o caso de alguma coisa dar errado.

O Pigatti's é um estabelecimento comprido e estreito, de teto baixo, sempre muito enfumaçado. No centro, entre as mesas, há um espaço estreito sem tapete, usado para dançar. O resto do lugar é todo entupido de mesas, muito próximas umas das outras, com toalhas sempre manchadas.

A maioria das mesas estava ocupada quando eu entrei, e havia meia dúzia de casais dançando. Poucos rostos ali eram estranhos às filas matinais do quartel da polícia.

Espiando através da fumaça, vi Orrett imediatamente, sentado sozinho num canto, observando os casais que dançavam, com aquela cara neutra que fazem aqueles que estão prestando atenção em tudo à sua volta. Entrei pelo outro lado do salão e atravessei a pista de dança bem debaixo da luz, para que minha cicatriz de mentira ficasse visível para ele. Em seguida, escolhi uma mesa vazia não muito longe de onde ele estava e me sentei, encarando-o.

Durante uns dez minutos, ele fingiu estar interessado nos casais que dançavam e eu fingi olhar com grande concentração para a toalha suja que cobria a minha mesa. Mas nenhum de nós perdia nem um único movimento um do outro.

Após algum tempo, os olhos dele – olhos cinzentos, pálidos mas não rasos, com pupilas negras que faiscavam como uma lâmina – acabaram encontrando os meus. Foi um olhar frio, firme, inescrutável. E, muito lentamente, ele se pôs de pé. Uma das mãos – a direita – estava enfiada no bolso de seu paletó escuro, enquanto ele atravessava em direção à minha mesa, para afinal sentar-se.

– Cudner?

– Ouvi falar que está procurando por mim – respondi, tentando fazer a mesma entonação suavemente gelada da voz dele, assim como tentava manter a mesma firmeza de seu olhar.

Ele se sentara com o lado esquerdo ligeiramente virado para mim, com o braço direito posto numa determinada posição, de forma que facilitasse sacar uma arma com rapidez de dentro do bolso onde a mão continuava enfiada.

– Você também andou atrás de mim.

Eu não sabia qual seria a resposta certa e, por isso, dei apenas uma risadinha. Mas aquele riso não teve convicção. Logo percebi que tinha cometido um erro – um erro que poderia me custar caro, antes mesmo que tivéssemos acertado os ponteiros.

O cara não estava atrás de Cudner por amizade, como eu pensara, inocentemente, mas sim em clima de guerra.

E de repente visualizei aqueles três homens caindo de dentro do guarda-roupa no quarto 906.

Minha arma estava enfiada no cós da calça, de onde poderia sacá-la com rapidez, mas a dele já estava na mão. Por isso, tomei cuidado para manter as mãos imóveis, na quina da mesa, enquanto abria ainda mais o meu sorriso.

Agora os olhos dele se modificavam e, quanto mais eu olhava para eles, menos gostava do que via. O cinza tinha ficado mais escuro e mais neutro, as pupilas estavam dilatadas, o branco em forma de meia-lua crescendo sob as íris cinzentas. Eu já vira em duas ocasiões olhos assim – e não esquecera o que eles significavam: eram os olhos de um assassino nato!

– Vamos supor que você dissesse o que tem a dizer – comecei, depois de algum tempo.

Mas ele não estava para conversa. Balançou a cabeça apenas alguns centímetros, deixando cair os cantos da boca de forma quase imperceptível. A meia-lua branca na parte de baixo dos olhos cresceu mais, empurrando as íris cinzentas para baixo das pálpebras superiores.

Era a hora! E eu não tinha por que esperar.

Enfiei um pé nas canelas do cara, sob a mesa, ao mesmo tempo em que empurrava a própria mesa sobre ele, saltando. A bala que saiu do revólver dele foi para um dos lados. Outra bala – que não veio de sua arma – cravou-se na mesa que estava entre nós dois.

Eu o segurava pelos ombros quando um segundo tiro, vindo de trás, atingiu seu braço esquerdo, bem abaixo da minha mão. Larguei-o e me joguei no chão, rolando em direção à parede e me virando para ficar de frente para o lugar de onde partiam os tiros.

Virei-me exatamente a tempo de ver – desaparecendo por trás da quina de um corredor que ia dar num reservado – o rosto de Guy Cudner, com sua cicatriz. E, assim que desapareceu, um novo disparo, agora da arma de Orrett, espatifou o gesso que recobria a parede de onde ele surgira.

Dei um risinho ao pensar no que estaria se passando na cabeça de Orrett, jogado no chão e enfrentando dois Cudners ao mesmo tempo. Mas nesse segundo ele me deu mais um tiro e eu parei de rir. Por sorte, Orrett teve de se contorcer para mirar em mim, botando todo o peso em cima do braço ferido, o que o fez encolher-se por causa da dor, perdendo o ímpeto.

Antes que ele pudesse se ajeitar melhor, eu já tinha me arrastado em direção à cozinha do Pigatti's – que ficava a poucos metros dali –, escondendo-me num lugar seguro, atrás de uma quina da parede. Só meus olhos e o topo de minha cabeça eram visíveis, de forma que eu pudesse ver o que acontecia.

Orrett estava agora a três ou quatro metros de mim, deitado no chão, encarando Cudner, com uma arma na mão e outra no chão a seu lado.

Do outro lado da sala, a uns dez metros mais ou menos, Cudner espiava por trás de uma quina, expondo-se de quando em quando para trocar tiros com o homem que estava no chão, e vez por outra atirando também em minha direção. Tínhamos agora o lugar todo só para nós. Havia quatro saídas no Pigatti's e os outros fregueses tinham desaparecido por elas.

Eu estava de arma na mão, mas na verdade esperava para ver no que ia dar. Cudner, imaginei, tinha ficado sabendo que Orrett estava atrás dele e chegara ali sem a menor dúvida quanto às intenções deste último. O que acontecera entre os dois e qual a relação de tudo aquilo com as três mortes no Montgomery, isso continuava sendo um mistério para mim. Mas aquela não era hora de tentar desvendar mistérios.

Os dois atiravam em uníssono. Cudner aparecia por trás da parede e as duas armas eram disparadas ao mesmo tempo, para em seguida ele voltar a se esconder. Orrett estava agora sangrando perto da cabeça e tinha uma das pernas aberta para trás, meio torta. Quanto a Cudner, eu não saberia dizer se fora ou não atingido.

Cada um já tinha dado pelo menos uns oito tiros, talvez nove, quando de repente Cudner saiu de trás da parede, atirando sem parar com o revólver que trazia na mão esquerda, tão depressa quanto permitia o mecanismo da arma, mas sem disparar o que levava na mão direita. Orrett tinha mudado de arma e agora estava de joelhos, com a nova mantendo o mesmo ritmo da do inimigo.

Aquilo não ia durar muito.

Cudner baixou a arma da mão esquerda e, enquanto erguia a outra, avançou, caindo também de joelhos. Orrett parou de atirar de repente, caindo de costas – esticado. Cudner deu mais um tiro – atirando a esmo, no teto – e caiu de cara no chão.

Corri para junto de Orrett e chutei seus dois revólveres para longe. Ele estava imóvel, mas de olhos abertos.

– É você que é Cudner, ou era ele?

– Ele.

– Ótimo! – disse, antes de fechar os olhos.

Fui até onde Cudner estava caído e virei-o de barriga para cima.

Tinha o torso destroçado.

Seus lábios grossos se moveram e eu aproximei meu rosto.

– Eu o peguei?

– Pegou – menti. – Já está frio.

Seu rosto moribundo se contorceu num esgar de riso.

– Desculpe... aqueles três no hotel... – sussurrou. – Foi um engano... o quarto errado... peguei um... e... tinha outros dois... tinha de... me proteger. – E, com um estremecimento, estava morto.

Uma semana depois, o pessoal do hospital me deixou falar com Orrett. Contei a ele o que Cudner dissera antes de morrer.

– Foi assim que eu saquei tudo – disse Orrett, das profundezas de suas bandagens. – Foi por isso que me mandei e troquei de nome no dia seguinte. – E, depois de algum tempo, acrescentou: – Acho que você já entendeu tudo agora.

– Não – admiti. – Ainda não. Tenho uma idéia do que aconteceu, mas não seria mal se você me contasse mais alguns detalhes.

– Sinto por não poder lhe contar todos os detalhes, porque, afinal de contas, preciso me proteger. Mas vou lhe contar uma história que talvez possa lhe ajudar. Era uma vez um canalha de alta classe – um daqueles que os jornais chamam de "cérebro" dos crimes. Chegou uma hora em que ele decidiu que já tinha ganho fortuna suficiente e que já podia largar o jogo, a fim de se estabelecer como um homem honesto.

"Mas ele tinha dois comparsas – um em Nova York, outro em San Francisco – que eram as únicas duas pessoas no mundo que sabiam que ele era um crápula. Além disso, estava com medo dos dois. Assim sendo, o cara imaginou que teria mais sossego caso eles saíssem de seu caminho. E acontece que esses comparsas não se conheciam de vista.

"Bem, o tal manda-chuva convenceu cada um dos dois caras de que o outro havia passado a perna nele, e que devia ser eliminado para a segurança geral. E os dois caíram como patinhos. O cara de Nova York foi para San Francisco para pegar o outro, e o de San Francisco soube que o de Nova York ia chegar em tal e tal dia e se hospedar em tal e tal hotel.

"O manda-chuva imaginou que havia uma boa chance de os dois homens morrerem nesse encontro – e ele estava quase certo. Sabia que, no mínimo, um morreria e que o outro, mesmo que escapasse da forca, seria um só, ficando mais fácil livrar-se dele no futuro."

Não havia tantos detalhes na história quanto eu gostaria, mas aquilo explicava muita coisa.

– E como foi que você descobriu que Cudner tinha ido parar no quarto errado? – perguntei.

– Foi gozado! Deve ter acontecido o seguinte: eu estava no quarto 609 e as mortes aconteceram no 906. Imagine o Cudner entrando no hotel no dia em que sabia que eu iria chegar e dando uma olhada nos registros. Ele não ia querer ser visto fazendo isso, portanto teve de agir rápido, e deve ter olhado o livro de cabeça para baixo.

"Quando você lê números de três algarismos de cabeça para baixo, precisa pensar que número formam na posição certa. Como 123, por exemplo. Você lê 321 e vira os algarismos ao contrário na sua cabeça. Foi o que Cudner fez com o número do meu quarto. Só que ele estava fissurado, pensando no serviço que tinha pela frente, e não prestou atenção ao fato de que 609, em qualquer posição, é 609. Sendo assim, ele desvirou o número em pensamento e chegou a 906 – o número do quarto de Develyn.

– Foi o que deduzi – disse eu –, e acho que foi isso mesmo. Com certeza, depois ele deu uma olhada no quadro de chaves e viu que a do 906 não estava lá. Então achou que podia acabar logo com tudo de uma vez, para depois se esgueirar pelos corredores do hotel sem ser notado. Talvez ele tenha ido até o quarto antes que Ansley e Develyn chegassem, mas duvido muito.

"Acho mais provável que, por acaso, ele tenha chegado ao hotel poucos minutos depois de Ansley e Develyn. Provavelmente Ansley estava sozinho no quarto quando Cudner abriu a porta destrancada e entrou – Develyn devia estar no banheiro, pegando os copos.

"Ansley era mais ou menos da sua idade e tamanho, com uma aparência que podia perfeitamente bater com uma descrição superficial sua. Cudner então voou em cima dele e Develyn, ouvindo aquilo, largou a garrafa e os copos e saiu correndo do banheiro – para dar no que deu.

"Cudner, do jeito que era, com toda certeza devia achar que uma morte ou duas era algo que não faria a menor diferença, além, é claro, do fato de que não queria testemunhas.

"E foi por isso também que provavelmente Ingraham entrou na história. Devia estar passando pelo corredor, indo pegar o elevador, quando ouviu a barulheira e parou para investigar. E Cudner deve ter apontado a arma para ele, obrigando-o a enfiar os dois corpos no guarda-roupa. Em seguida, enfiou a faca em suas costas e fechou a porta. Deve ter sido assim que..."

Uma enfermeira inconveniente veio por trás de mim e me pediu que fosse embora, acusando-me de estar deixando o paciente agitado.

Orrett me segurou quando eu ia me virando.

– Fique de olho nas notícias de Nova York – disse – e talvez você descubra o resto da história. Ela ainda não acabou. Ninguém pode ter nada contra mim. O tiroteio no Pigatti's foi em legítima defesa. E, assim que eu estiver andando de novo e de volta à Costa Leste, vai haver um manda-chuva segurando o maior rabo-de-foguete. É uma promessa!

E eu acreditei nele.

A MULHER DO BANDIDO

Margaret Tharp costumava passar do sono profundo à vigília total sem sonolência intermediária. E, naquela manhã, não havia nada de estranho na maneira como acordara, exceto pela falta do apito triste da barca de San Francisco, que saía às oito. Do outro lado do quarto, os ponteiros do relógio, como uma única mão comprida, marcavam poucos minutos depois das sete. Margaret se mexeu sob as cobertas, virando as costas para a parede banhada de sol, do lado oeste, e voltou a fechar os olhos.

Mas o sono desaparecera. Estava completamente desperta, atenta ao burburinho das galinhas da vizinhança, ao ruído de um carro saindo em direção à barcaça, à fragrância pouco usual de magnólia que a brisa trazia, tocando seu rosto através das pontas soltas dos cabelos. Levantou-se, enfiou os pés nos chinelos macios, vestiu um roupão e desceu, a fim de preparar as torradas e o café antes de trocar de roupa.

Encontrou um homem gordo, vestido de preto, saindo da cozinha.

Margaret gritou, apertando com as duas mãos o roupão contra o peito.

Reflexos vermelhos faiscaram na mão com a qual o homem gordo tirou o chapéu preto. Segurando a maçaneta da porta, ele se virou na direção de Margaret. Fez isso devagar, com a precisão de um globo que fizesse sua rotação preso a um eixo fixo, movendo a cabeça com todo o cuidado, como se levasse um fardo invisível.

– Você... é... a... senhora... Tharp.

Expirava aos arrancos entre uma palavra e outra, e aqueles sopros acolchoavam as palavras, fazendo-as parecerem pedras preciosas que tivessem sido colocadas, separadas, sobre chumaços de algodão. Era um homem de pouco mais de quarenta anos, cujos olhos, de um cintilar opaco, tinham um negror que se repetia em vários detalhes, como o bigode e os cabelos, o terno bem-passado e os sapatos engraxados. A pele escura de seu rosto – um rosto redondo, surgindo acima do colarinho engomado – tinha uma rudeza e um granulado peculiares, como se tivesse sido assada. Em meio a isso, sua gravata era um pedaço de vermelho vivo, como uma chama.

– Seu... marido... não... está... em... casa.

Assim como fizera ao mencionar o nome dela, não falava em tom de pergunta, mas de qualquer forma fazia uma pausa, à espera. Margaret, de pé onde estacara, no corredor que levava das escadas à cozinha, estava ainda chocada demais para não dizer "não".

– Você... está... esperando... por... ele.

Por enquanto, não havia nada de ameaçador na atitude do homem, que não deveria estar em sua cozinha, mas que, por outro lado, parecia desconcertado pelo fato de ela tê-lo flagrado ali. As palavras de Margaret saíram com facilidade.

– De fato, eu... eu estou esperando por ele, sim, mas não sei direito quando ele virá.

O chapéu e os ombros pretos, movendo-se juntos, pareceram fazer um cumprimento, sem que com isso se registrasse qualquer movimento na posição da cabeça.

– A... senhora... poderia... fazer... o... favor... de... dizer-lhe... que... eu... o... espero... no... hotel? – os sopros entre as palavras prolongavam as frases indefinidamente, transformando-as em amontoados de vocábulos de sentido enganoso. – Diga... que... Leonidas... Doucas... espera... por... ele. Ele... vai... saber. Somos... muito... amigos. Por... favor... não... esqueça... o... nome... Leonidas... Doucas.

– Eu digo, sim, com certeza. Mas eu de fato não sei quando ele virá.

O homem que dizia chamar-se Leonidas Doucas assentiu devagar, sob o peso daquela coisa invisível que parecia carregar. O negror do bigode e da pele acentuavam a brancura dos dentes. O sorriso desapareceu, tão esticado quanto surgira, e com a mesma elasticidade.

– Pode... esperar... por... ele. Está... vindo... agora.

Deu as costas para ela, devagar, saindo da cozinha e fechando a porta.

Margaret correu na ponta dos pés e passou a chave na porta. O mecanismo interno da fechadura rodou, frouxo, a lingüeta não encaixava. O aroma doce de magnólia envolveu-a. Ela desistiu da fechadura quebrada e atirou-se numa cadeira junto à porta. Sentia alguns pontos úmidos nas costas. Sob a camisola e o roupão, suas pernas estavam frias. Doucas, não a brisa, trouxera para dentro de casa o cheiro de magnólia, que ela sentira na cama. Fora aquela presença inesperada em seu quarto que a acordara. Ele estivera lá em cima, procurando, com seus olhos brilhantes, por Guy. E se Guy estivesse em casa, dormindo a seu lado? Veio-lhe à mente a cena de Doucas curvando-se sobre a cama, a cabeça ainda esticada para cima, uma lâmina faiscante na mão enfeitada de jóias. Ela estremeceu.

Em seguida, riu. Bobinha! Como poderia Guy – um homem forte, com nervos de aço, para quem a violência era como somar um mais um – ser ameaçado por um gordo perfumado e asmático? Estivesse Guy dormindo ou acordado, se Doucas viesse como inimigo, pior para ele – um vira-lata rosnando para o lobo ruivo que era seu marido!

Erguendo-se da cadeira, Margaret começou a remexer na tostadeira e na panela de café. Já não pensava em Leonidas Doucas, e sim nas novas que ele lhe trouxera: Guy estava voltando para casa. O gordo vestido de preto tinha dito que sim, e falara com toda a segurança. Guy estava voltando para casa, para encher a casa de risadas desabridas, de blasfêmias ditas aos gritos, de histórias fora-da-lei passadas em lugares exóticos; do cheiro de fumo e bebida; para espalhar pela casa suas armas de pirata, que nunca podiam ser guardadas no quarto ou no guarda-roupa, mas que acabavam enchendo a casa, do chão até o teto. Cápsulas chutadas rolariam pelo assoalho; botas e cintos surgiriam nos lugares mais inusitados; charutos, guimbas de charutos, cinza de charutos estariam por toda parte; garrafas vazias, permitidas ou não, surgiriam no portão da frente, para escândalo da vizinhança.

Guy estava voltando para casa e havia tanto a fazer num lugar tão pequeno; janelas, quadros e coisas de madeira a serem lavadas, mobília e assoalho a serem encerados, cortinas a serem penduradas, tapetes a serem limpos. Tomara que ele ainda demorasse uns dois dias. Ou três.

As luvas de borracha que ela pusera de lado por achar incômodas – será que estavam no guarda-roupa do corredor ou lá em cima? Precisava encontrá-las. Havia tanta coisa para esfregar, e ela não queria ter as mãos ásperas quando Guy chegasse. Franziu o rosto para a mãozinha que levava torrada à boca, acusando a aspereza. Precisava comprar outro pote de creme. Se tivesse tempo, depois de terminar o trabalho, iria até a cidade por uma tarde. Mas primeiro a casa devia estar limpa e brilhante, para que Guy pudesse puxar uma cortina engomada e rir:

– Que ninhozinho gostoso este que um bezerrão como eu achou para se esconder!

E talvez falar do mês que passara na espelunca da Ilha dos Ratos junto com dois indianos asquerosos, dormindo os três na mesma cama porque não havia coberta para todo mundo.

Os dois dias que Margaret desejara se passaram sem Guy, e depois outro, e mais outro. Seu hábito de dormir até ouvir o apito da barca das oito fora quebrado. Já estava de pé, vestida, andejando pela casa às sete, às seis, às cinco e meia numa manhã, bruindo de novo as ferragens já avermelhadas, lavando alguma coisa que fora levemente suja na véspera, inspecionando os cômodos da casa sem cessar, meticulosamente, feliz.

Sempre que passava pelo hotel a caminho das lojas da baixa Water Street, ela via Doucas. Geralmente ele estava no *lobby* envidraçado na parte da frente, sentado na maior poltrona, diante da rua, gordo, imóvel, vestido de preto.

Certa vez, veio até o lado de fora do hotel quando Margaret passou.

Não olhou para ela, mas tampouco se esquivou, não pareceu querer ser reconhecido, nem tentou evitá-lo. Margaret sorriu contente, cumprimentou-o satisfeita e seguiu rua abaixo de cabeça erguida, afastando-se do chapéu tirado pela mão cheia de anéis. A fragrância de magnólia, que seguiu com ela pela rua, reforçou a sensação de graça divertida, embora indulgente, que sentia.

A mesma sensação de benevolência acompanhou-a pelas ruas, pelas lojas, pela visita que fez a Dora Milner, até seu próprio portão, onde cumprimentou Agnes Peppler e Helen Chase. Construía frases orgulhosas para si mesma enquanto proferia outras, ou as escutava. *Guy atravessa continentes com a mesma facilidade com que Tom Milner sai do balcão da drogaria para o bar*, pensava, enquanto Dora discorria sobre os tecidos do quarto de hóspedes. *Ele carrega a própria vida com a mesma displicência com que Ned Pepler leva sua maleta*, sussurrou para o chá que despejava para Agnes e Helen, *e vende seus destemores do mesmo jeito que Paul Chase vende lotes na esquina*.

Essas mesmas pessoas, amigos e vizinhos, comentavam entre si sobre "a pobre da Margaret", "a pobre sra. Tharp", cujo marido era notoriamente um bandido, sempre sumido pelo mundo afora, metido em sabe Deus que tipo de falcatruas. Tinham pena dela, ou fingiam ter, esses donos de dóceis animaizinhos de estimação, porque o homem dela era um bicho feroz que não podia ser domado, porque não usava o uniforme tolo da respeitabilidade, porque não trilhava caminhos suaves e seguros. Pobre sra. Tharp! E ela levava a xícara à boca para esconder o riso que ameaçava explodir na cara de Helen, enquanto esta encenava sua interpretação fingida sobre um ponto de *bridge*.

– Não tem importância, desde que todos conheçam a regra a ser seguida antes de o jogo começar – dizia Helen, fazendo uma pausa, como se pedisse de Margaret uma palavra, para em seguida continuar com seus pensamentos secretos.

Como seria, pensava ela, com uma certeza presunçosa de que isso seria impossível, caso ela tivesse por marido um homem manso, caseiro, que viesse regularmente para as refeições e para a cama, cujo vôo mais ousado fosse um joguinho ocasional de cartas, um fim de semana nos subúrbios de San

Francisco ou, no máximo, uma aventurazinha com alguma estenógrafa, manicure ou modista?

Bem tarde, no sexto dia desde que Margaret começara a esperar, Guy apareceu.

Ela estava preparando o jantar na cozinha quando ouviu o ruído de um carro freando na porta da frente. Correu até a porta e espiou pela janela envidraçada. Guy estava de pé na calçada, com as costas largas viradas para ela, tirando as malas de couro do carro que o trouxera desde a barcaça. Margaret arrumou o cabelo com as mãos frias, ajeitou o avental e em seguida abriu a porta.

Guy virou-se de costas para o carro, com uma mala em cada mão e outra debaixo do braço. Deu um sorriso, toldado por uma barba de dois dias, e acenou com uma das malas, como se acenasse com um lenço.

Uma boina meio torta estava enfiada sobre seu cabelo vermelho e emaranhado, seu peito envergava um paletó velho de veludo piquê e ele vestia calças cáqui encardidas e vincadas, apertadas na coxa. Sapatos de lona, que um dia tinham sido brancos, tentavam conter os pés que eram feitos para sapatos maiores, e falhavam, o que se manifestava na forma de um dedão aparecendo, envolto numa meia marrom. Um *viking* corpulento metido na roupa de um mendigo. Haveria outras roupas nas malas. Aqueles trapos eram seu disfarce para chegar em casa, uma espécie de fantasia do trabalhador-exausto-que-vem-de-longe. Ele caminhou pela calçada desatento, amassando os gerânios e capuchinhos com as malas.

Margaret sentia um aperto na garganta. O nevoeiro borrava tudo, menos seu rosto afogueado. Um choro contido sacudia-lhe o peito. Queria correr até ele como se corre para os braços de um amante. E queria fugir dele como se foge de um raptor. Mas continuou imóvel junto à porta, sorrindo hesitante, com a boca seca.

Os pés dele tocaram os degraus, a varanda. As malas foram ao chão. E os braços grossos se estenderam para ela.

O cheiro de álcool, suor, maresia e fumo penetrou-lhe as narinas. A pele áspera pela barba crescida arranhou seu rosto.

Ela sentiu faltarem-lhe as pernas, o ar, e agarrou-se a ele, sendo abraçada, apertada, ferida por seus lábios duros. Com os olhos cerrados para esconder a dor que havia neles, atracou-se com o marido, ele próprio firmemente plantado no chão, em meio a um universo que girava. Carícias fúteis, palavras de amor profanas chegaram a seus ouvidos. Mas algo soou ainda mais perto – um arrulho gutural. Ela gargalhava.

Guy estava de volta.

A noite já envelhecia quando Margaret lembrou-se de Leonidas Doucas.

Estava sentada nos joelhos do marido, debruçada sobre as jóias, as pilhagens do Ceilão, empilhadas sobre a mesa. Brincos de conchas encobriam suas orelhas, incongruências de ouro maciço destacavam-se sobre suas roupas simples, de andar em casa.

Guy – lavado, barbeado e todo vestido de branco – parecia confortável dentro da camisa, tendo uma das mãos livres. Um cinto de guardar dinheiro surgiu indolentemente de seu corpo e foi posto sobre a mesa, onde ficou, esticado, grosso e apático como uma cobra saciada.

Os dedos sardentos de Guy mexiam nos bolsos do cinto. Cédulas verdes surgiram, moedas rolaram, sendo barradas pelas notas, notas verdes que farfalhavam, terminando por soterrar as moedas.

– Puxa, Guy! – exclamou ela. – Tudo isso?

O homem deu um muxoxo, balançando-a nos joelhos, e remexeu nas notas sobre a mesa, como uma criança brincando com folhas secas.

– Tudo isso. E cada uma delas custou um galão do sangue vermelho de alguém. Pode ser que a seus olhos elas pareçam verdes e limpas, mas vou lhe dizer uma coisa: cada uma, cada uma mesmo, está vermelha e quente como as ruas de Colombo, se você pudesse vê-las.

Ela se recusou a estremecer ante o riso que enxergou nos olhos injetados do marido. Antes, sorriu, esticando um dedinho vacilante na direção de uma das notas.

– Quanto tem aqui, Guy?
– Não sei. Estava com pressa quando as peguei – jactou-se. – Não tive tempo de ficar fazendo conta. Foi pá, pum e pé na tábua. Naquela noite, pintamos o sete na cidade de Yoda-ela. Era só lama por baixo, escuridão por cima, chuva por todo lado, e um demônio marrom para cada gota de chuva. Um cabeça-de-penico durão atrás de nós com uma lanterna, que acabou não achando nada, exceto um Buda de pescoço duro, no alto de uma rocha, antes que nós acabássemos com ele.

O "Buda de pescoço duro" fez Margaret lembrar-se de Doucas.

– Ah! Veio um cara aqui procurar você na semana passada. Está esperando por você no hotel. O nome dele é Doucas, um homem decidido com...

– O grego!

Guy Tharp tirou a mulher dos joelhos. Não a tirou nem com gentileza nem de forma brusca, mas com uma simples mudança no foco de atenção, que é o destino dos brinquedos quando um homem tem trabalho sério à frente.

– E o que mais ele falou?

– Foi só isso, e também que era seu amigo. Foi de manhã cedo, e eu o encontrei na cozinha, e sei que antes ele tinha estado lá em cima. Quem é esse cara, Guy?

– Um cara – disse o marido, mordendo com ar vago os nós dos dedos. Ele parecia não se importar, não demonstrava o menor interesse pelo fato de o homem ter entrado furtivamente em sua casa. – Depois disso, você o viu mais alguma vez?

– Não cheguei a conversar com ele, mas vejo-o sempre que passo pelo hotel.

Guy tirou os nós dos dedos de entre os dentes, esfregou o queixo com o polegar, encurvou os ombros, depois afrouxou-os e foi para junto de Margaret. Jogou-se confortavelmente na cadeira, abraçando outra vez a mulher com seus braços fortes, e recomeçou a rir, a brincar, a contar vantagens, a voz outra vez suave, um som gutural sob a cabeça dela. Mas os olhos dele não recobraram sua cor normal de safira. Por trás das brincadeiras e dos gracejos, havia ao longe uma reflexão.

Naquela noite, depois de adormecido, ele parecia uma criança ou um animal, mas ela sabia que tinha demorado a pegar no sono.

Pouco antes de o dia amanhecer, Margaret esgueirou-se para fora da cama e levou o dinheiro para o outro quarto, a fim de contá-lo. Eram doze mil dólares.

De manhã, Guy estava satisfeito, rindo e muito falante, sem que houvesse qualquer seriedade escondida por trás de sua atitude. Tinha histórias para contar sobre uma briga numa rua de Madras, ou sobre outra, numa casa de jogos em Saigon; sobre um finlandês que encontrou no Queen's Hotel, em Kandy, que mandou rebocar uma enorme jangada até um ponto no meio do Pacífico, porque pensava que ali poderia viver sem sentir o barulho inconveniente da Terra girando.

Guy falava, ria e tomava seu café com muito gosto, como se não soubesse quando iria ter oportunidade de comer outra vez. Terminada a refeição, acendeu um charuto escuro e se levantou.

– Acho que vou ter de dar um pulo lá embaixo para me encontrar com seu amigo Leonidas Doucas, para saber o que ele anda pensando.

Quando ele a agarrou contra o peito para beijá-la, Margaret sentiu a rigidez de um revólver sob o paletó. Foi até a janela da frente para vê-lo sair. Guy desceu a rua calmamente, balançando os ombros, assobiando *Bang away, my Lulu*.

De volta à cozinha, Margaret dedicou-se à tarefa de lavar os pratos, limpando-os como se isso fosse uma coisa complicadíssima, sendo feita pela primeira vez. A água espirrou em seu avental, por duas vezes o sabão caiu no chão, a alça de uma xícara descolou-se em sua mão. Mas logo lavar a louça tornou-se algo comum, e não mais uma ocupação para afastar pensamentos intrusos. Os pensamentos vieram, sobre a inquietação de Guy na noite anterior, de sua risada, que escondia a sinceridade.

Imaginou uma canção comparando um cão doméstico a um lobo vermelho. Comparando um homem para quem a violência era apenas parte do jogo com outro, que era asmático e gordo. Com a repetição, a canção não dita foi ganhando ritmo, e o ritmo foi acalmando-a, afastando-lhe a mente da cena que talvez estivesse se desenrolando no hotel lá embaixo.

Tinha acabado de lavar os pratos e estava areando a pia quando Guy voltou. Ergueu o rosto e deu um sorriso para ele, voltando a concentrar-se no trabalho, para esconder as perguntas que sabia trazer nos olhos.

Guy ficou em pé na porta, olhando-a.

– Mudei de idéia –, disse, depois de um tempo. – Vou deixar que ele mesmo dê as cartas. Se quiser me ver, que venha até aqui. Ele conhece o caminho.

E afastou-se da porta. Margaret ouviu-o subindo as escadas.

Suas mãos vazias descansavam dentro da pia. A louça branca da cuba estava como neve. O frio que vinha dela subia por seus braços, tomando-lhe todo o corpo.

Uma hora mais tarde, quando Margaret subiu, Guy estava sentado na beira da cama passando um pano no cano de seu revólver preto. Ela andejou pelo quarto, fingindo estar ocupada com isso e aquilo, esperando que ele respondesse às perguntas que não ousava fazer. Mas Guy falava de outros assuntos. Limpou e poliu o revólver com toda a calma e todo o perfeccionismo de um entalhador afiando sua faca, enquanto conversava sobre coisas que nada tinham a ver com Leonidas Doucas.

Passou o resto do dia em casa, de tarde fumando e bebendo na sala. Quando se recostava, o revólver fazia volume sob seu braço esquerdo. Parecia contente, profano, contava vantagens. Pela primeira vez, Margaret via naqueles olhos seus 35 anos vividos, que marcavam também com clareza cada músculo de sua face.

Depois do jantar, ficaram na sala de visitas sem ligar a luz, apenas com a luminosidade do dia que morria. Quando a noite caiu por completo, nenhum dos dois se levantou para acender o interruptor junto ao portal do vestíbulo. Guy estava mais falante do que nunca. Margaret não encontrava o que dizer, mas o marido nem parecia notá-lo. Na verdade, ela nunca conseguia falar muito quando estava ao lado dele.

Estavam sentados na mais completa escuridão quando a campainha da porta tocou.

– Se for Doucas, mande-o entrar – disse Guy. – E depois é melhor você se mandar e ir lá para cima.

Margaret acendeu a luz antes de sair da sala, virando-se para olhar o marido. Ele estava pondo de lado a guimba apagada do charuto que estivera mastigando. Deu uma risadinha debochada para ela.

– E se ouvir uma barulheira – sugeriu –, é melhor enfiar a cabeça debaixo do travesseiro e pensar na melhor maneira de limpar sangue do tapete.

Margaret manteve-se muito ereta enquanto se encaminhava para a porta.

O chapéu preto e redondo de Doucas se inclinou para a frente junto com seus ombros numa mesura falsa que a impregnou com o aroma de magnólia.

– Seu... marido... está... em... casa.

– Está – ela mantinha o queixo erguido, de forma que parecia sorrir para ele, embora o gordo fosse um palmo mais alto que ela. E tentava fazer com que o sorriso parecesse doce e gentil. – Entre. Ele está esperando por você.

Sentado no mesmo lugar onde ela o deixara, com um novo charuto aceso, Guy não se levantou ao ver Doucas entrar. Tirou o charuto da boca e deixou a fumaça escapar por entre os dentes, enfeitando a bem-humorada insolência de seu sorriso.

– Bem-vindo a este lado do mundo – disse.

O grego não respondeu, permanecendo de pé junto à porta. Margaret deixou-os assim, atravessando a sala e subindo a escada dos fundos. Enquanto subia os degraus, ouvia o som da voz do marido, um rumor cujas palavras não conseguia discernir. Se Doucas disse alguma coisa, ela não conseguiu ouvir.

Ficou de pé no quarto escuro, amparando-se no pé da cama com as duas mãos, o tremor de seu corpo fazendo a cama tremer também. Do fundo da noite, surgiam perguntas que a atormentavam, questões sombrias que se embaraçavam, mesclavam-se e enredavam-se numa profusão que mudava com tal rapidez que ela não conseguia analisá-las com clareza, mas todas tendo alguma relação com um orgulho que em oito anos se transformara em algo muito querido para ela.

Tinham a ver com o orgulho que ela sentia diante da coragem e da dureza de um homem, coragem e dureza que podiam resultar em roubos, assassinatos, em crimes que ela apenas vislumbrava, erros que não eram mais repreensíveis do que os de um garotinho que roubasse uma maçã. Tinham a ver com a existência ou não dessa coragem glamorizada, sem a qual um pirata não passaria de um batedor de carteira, só que em escala geográfica maior, um ladrão de galinhas que se esgueirasse em terras alheias assim como se entra numa casa, uma figura furtiva, sorrateira, com aptidão para uma autobiografia espetacular. Dessa forma, o orgulho seria uma coisa tola.

Do chão, subiu um murmúrio, a distância e os tapetes intervindo para abafar as palavras ditas lá embaixo, em sua sala de parede bege. O rumor a fez encaminhar-se em direção à sala, atraiu-a fisicamente, enquanto se fazia mil perguntas.

Deixou os chinelos no quarto. Bem devagar, passo a passo, seus pés, só de meias, levaram-na através da escada social, mergulhada na escuridão. Segurando as saias com força e no alto para que não fizessem barulho, ela desceu a escada em direção à sala onde os dois homens – por um instante, igualmente estranhos – negociavam, sentados.

Junto à cortina, vinda de ambos os lados, via-se a pálida luz amarela projetada no chão do vestíbulo, formando um U distorcido. Ouviu-se a voz de Guy.

– ...não lá. Viramos a ilha de cabeça para baixo, de Dambulla até Kala-wewa, e nada. Falei para você que era uma furada. Flagrar os marujos deixando todo aquele pitéu debaixo do nariz deles!

– Dahl... disse... que... estava... lá.

A voz de Doucas era suave, com a doçura infinitamente paciente daqueles cuja paciência está quase no fim.

Esgueirando-se até a porta, Margaret espiou através da

cortina. Os dois homens, e a mesa entre eles, surgiram em cena. O ombro encasacado de Doucas virado para ela. Sentado ereto, as mãos gordas inertes sobre as coxas, seu perfil empertigado também imóvel. E os braços de Guy, vestidos na camisa branca, sobre a mesa. Ele se debruçava sobre eles, e eram visíveis as veias em sua testa e em seu pescoço, menores e mais vívidas junto aos olhos, de um azul-escuro. Diante dele, o copo estava vazio. O de Doucas ainda cintilava, com o líquido negro do licor.

– Estou pouco ligando para o que diz o Dahl – a voz de Guy era ríspida, mas pareceu inconclusa. – Estou lhe dizendo que o negócio não estava lá.

Doucas sorriu. Seus lábios deixaram entrever dentes muito brancos, voltando a encobri-los e mantendo um sorriso contido que nada tinha de graça ou espontaneidade.

– Mas... você... não...voltou... do... Ceilão... mais... pobre... do... que... foi.

A ponta da língua de Guy surgiu por entre os dentes, depois desapareceu. Ele observou as próprias mãos sardentas sobre a mesa. Depois, ergueu os olhos para Doucas.

– Não. Eu trouxe quinze mil paus comigo, se é que isso lhe interessa – disse, para em seguida fazer sua própria frase perder a sinceridade, ao transformá-la, com uma explicação, em mera bazófia. – Fiz o que um homem precisa fazer. Não teve nada a ver com o nosso jogo. Foi um negócio em que entrei depois que a nossa coisa furou.

– Sei. Eu... me... reservo... o... direito... de... duvidar.

Suaves, envoltas em suspiro, aquelas palavras traziam a violência de um tapa, equivalente a se ele tivesse gritado *É mentira!*

Os ombros de Guy se encurvaram, ouviu-se um rilhar de dentes. O sangue pulsou nas veias que riscavam seu rosto. Os olhos flamejaram, vermelhos, diante da máscara encardida que estava à sua frente, flamejaram até a respiração contida no peito de Margaret transformar-se em pura agonia.

O fogo nos olhos púrpura amainou-se. Os olhos baixaram. Guy apertou as mãos, os nós dos dedos, muito brancos.

– Tenha modos, meu irmão – disse ele, escandindo as palavras.

Margaret vacilou por trás da cortina que a protegia, a razão mal percebendo a mão que instintivamente ela estendia para agarrar-se, em busca de equilíbrio. Seu corpo parecia uma concha fria e úmida, envolvendo um vazio que contivera até então – até aquele exato instante, apesar da desconfiança que surgia –, o orgulho acumulado ao longo de oito anos. As lágrimas molharam-lhe o rosto, lágrimas pelo orgulho que ostentara e que agora lhe parecia algo ridículo. Agora se enxergava como uma criança no meio de adultos, caminhando com sua tiara de papel laminado e gritando alto:

– Olhem minha coroa de ouro!

– Estamos... perdendo... tempo. Dahl... disse... meio... milhão... de... rupias. Duvido... que... tenha... sido... menos. Mas... pelo... menos... metade... disso... estava... lá – o intervalo de respiração antes e depois de cada palavra repetia-se sem variação, soando ao mesmo tempo completamente antinatural. Cada palavra perdia o vínculo com a seguinte, transformando-se num símbolo ameaçador que pairava na sala. – Sem... levar... em... conta... os... extras... minha... parte... seria... vamos... dizer... setenta... e cinco... mil... dólares. É... o... que... eu... quero.

Guy não tirava os olhos dos nós dos dedos, brancos. A voz dele saiu abafada.

– E de onde você espera tirar essa grana?

Os ombros do grego se moveram uma fração de centímetro. Como ele estava completamente imóvel há muito tempo, aquela mínima movimentação pareceu um estremecimento.

– Você... vai... me... dar... a... grana. E... não... dar... um... pio... ao... cônsul... inglês... sobre... um... tal... de... Tom... Berkey... que... existiu... no... Cairo... algum... tempo... atrás.

A cadeira de Guy foi jogada para trás. E ele se atirou por cima da mesa.

Margaret tapou a boca com a mão, contendo na garganta o grito que não tinha forças para soltar.

A mão direita do grego sacudiu suas jóias na cara de Guy. A mão esquerda materializou no ar uma pistola, saída do nada.

– Sentado... meu... amigo.

Debruçado por cima da mesa, Guy pareceu subitamente pequeno, como acontece com os corpos parados em sua trajetória. Por um instante, ficou paralisado. Em seguida, grunhiu, recuperou o equilíbrio, apanhou a cadeira e sentou-se. Seu peito expandia-se e murchava, lentamente.

– Ouça, Doucas – começou, muito grave –, você está enganado. Eu tenho no máximo uns dez mil dólares comigo. São meus, mas se você está pensando que vai levar um beiço, vou fazer um acerto. Você pode ficar com a metade dos dez mil.

As lágrimas de Margaret tinham desaparecido. A pena de si mesma se transformara em raiva daqueles dois homens que estavam sentados em sua sala de jantar, transformando seu orgulho em uma bobagem. Ainda tremia, mas agora de raiva, de desprezo por aquele maldito lobo vermelho que tinha por marido, tentando comprar o gordo que o ameaçava. O desdém que sentia pelo marido era grande o suficiente para incluir Doucas. Tinha vontade de avançar sala adentro, para exibir-lhes seu desprezo. Mas o impulso não resultou em nada. Ela não teria sabido o que fazer, o que dizer a eles. Não pertencia àquele mundo.

Apenas seu orgulho estivera no lugar de seu marido naquele universo.

– Cinco... mil... dólares... não... são... nada. Vinte... mil... rupias... eu... gastei... preparando... o... Ceilão... para... você.

A impotência de Margaret transformou-se em desprezo por ela própria. E a amargura daquele desprezo fez com que ela tentasse se justificar, recapturar pelo menos uma parte do orgulho que sentia por Guy. Afinal de contas, o que sabia ela daquele mundo? Que padrões tinha para julgar seus valores? Será que algum homem poderia sair-se vencedor em todos os embates? O que mais Guy poderia fazer diante da pistola de Doucas?

A futilidade das perguntas que fazia a si mesma enraiveceram-na. A verdade pura e simples era que ela nunca enxergara Guy como um homem, mas sim como um semideus. A fragilidade que supunha ver em sua atitude defensiva estava no simples fato de ele precisar defender-se. Não sentir vergonha por ele era um lamentável substituto para a forma exultante com que o encarava. Mesmo que se convencesse de que ele não era um covarde, ainda assim deixaria vazio o espaço antes ocupado pela excitação que sentia em ver suas ousadias.

Para além das cortinas, os dois homens barganhavam diante da mesa.

– ... cada... centavo. Ninguém... obtém... lucro... me... passando... a... perna.

Margaret espiou pela fresta junto ao portal, observando o gordo Doucas com a pistola em cima da mesa, observando o ruivo Guy, que fingia ignorar a arma. Sentia muita raiva – uma raiva impotente, desarmada. Seria desarmada? O botão da luz ficava junto da porta. Doucas e Guy estavam entretidos um com o outro...

A mão dela se moveu antes mesmo que compreendesse o motivo do impulso. A situação era intolerável. A escuridão mudaria tudo, ainda que de forma sutil, portanto a escuridão era necessária. A mão se moveu entre a cortina e o portal, inclinou-se como se tivesse o dom de enxergar e levou seu dedo para o interruptor.

A escuridão tempestuosa foi cortada por uma tênue chama cor de bronze. Guy gritou, um rugido animal, sem significado. Uma cadeira foi ao chão. Ouviu-se o som confuso de passadas, rumores de luta, baques. Rosnados pontuados por grunhidos.

Escondidos pela noite, os dois homens e o que faziam tornaram-se, pela primeira vez, reais para Margaret, fisicamente presentes. Já não eram figuras cuja substância estava naquilo que faziam com seu orgulho. Um deles era seu marido, um homem que podia ser ferido, morto. Doucas era um homem que podia ser morto. Um deles podia morrer, ou ambos, por causa da vaidade de uma mulher. Uma mulher, ela mesma, os empurrara para a morte, só para não ter de confessar que não era a mulher de um gigante.

Soluçando, ela avançou pela porta e com ambas as mãos buscou o interruptor que comparecera tão prontamente ante seus dedos um minuto antes. Suas mãos correram pela parede que estremecia, com o baque de corpos. Atrás dela, ossos e carne se batiam. Pés lutavam em meio a respirações entrecortadas. Guy xingava. Os dedos dela caminhavam para a frente e para trás, de um lado a outro, pela superfície do papel de parede que lhe surgia lisa, inteira, sem sinal do interruptor.

Os pés em luta silenciaram. O xingamento de Guy foi interrompido em meio a uma sílaba. A vibração de um gorgolejar se fez ouvir na sala, engolindo todos os outros sons, dando densidade e peso à escuridão, aumentando o frenesi dos dedos de Margaret na parede.

Sua mão direita encontrou o portal. Ela a manteve ali, pressionando-o até que a quina de madeira cortou-lhe a pele, agarrando-se, interrompendo a busca frenética enquanto se obrigava a imaginar o desenho exato da parede. O interruptor estava um pouco abaixo de seu ombro, decidiu.

– Bem abaixo de meu ombro – sussurrou com voz áspera, tentando obrigar-se a ouvir as palavras acima do gorgolejar. Com o ombro encostado ao portal, espalmou ambas as mãos na parede, movendo-as.

O gorgolejar cessou, deixando em seu lugar um silêncio ainda mais opressivo, o silêncio de um vazio selvagem.

Sentiu na palma a frieza do metal. Um dedo encontrou o botão, buscou sua forma com excessiva ansiedade, escorregou. Agarrou o botão com as duas mãos. E fez-se a luz. Ela se virou, encostando-se à parede.

Do outro lado da sala, Guy estava enganchado em Doucas, segurando-lhe a cabeça acima do chão, as mãos grossas encobrindo o colarinho branco do outro. A língua de Doucas era um pingente azulado, saindo de uma boca azulada. Os olhos estavam saltados, perdidos. A ponta de uma liga de seda vermelha saía de uma das pernas de sua calça, por cima do sapato.

Guy virou-se para Margaret, piscando com a luz.

– Boa menina – elogiou. – Este grego não era nenhuma florzinha para ser agarrado à luz do dia.

De um lado do rosto de Guy, o sangue corria de um corte vermelho. A mulher tentou concentrar-se naquela ferida, para não pensar no tempo verbal usado pelo marido – não *era*.

– Você está ferido!

Guy tirou as mãos do pescoço do grego e esfregou uma delas no rosto. Ela saiu tinta de vermelho. A cabeça de Doucas bateu no chão com um baque surdo, sem vibrar.

– Foi só um corte – disse Guy. – É bom para eu mostrar que foi em legítima defesa.

A reiteração levou o olhar de Margaret para o homem que jazia no chão, e depois para longe dele.

– Ele está...?

– Mortinho da silva – garantiu Guy.

A voz dele era leve, com um toque de satisfação.

Margaret olhou-o horrorizada, as costas pressionando a parede, sentindo-se nauseada por ter tomado parte naquela morte, nauseada com a brutalidade calejada na voz e no semblante de Guy. Guy não notava nada disso. Olhava pensativo para o morto.

– Eu avisei que acabava com ele se me provocasse – jactou-se. – Disse isso a ele próprio há cinco anos, em Malta.

Com cuidado, cutucou Doucas com o pé. Margaret apoiava-se na parede, com a sensação de que ia vomitar.

O pé de Guy mexia no morto devagar, como se refletisse. Os olhos de Guy estavam embotados, como se seus pensamentos vagassem longe dali, presos em coisas que podiam ter acontecido cinco anos antes, num lugar que para ela era apenas um nome no mapa, vagamente associado às Cruzadas e a bichinhos de estimação. O sangue corria da face dele, encorpando-se em gotas elásticas, antes de pingar no paletó do morto.

O pé que cutucava suspendeu sua brincadeira macabra. Os olhos de Guy ficaram maiores e mais brilhantes, seu rosto descarnado pela ansiedade. Bateu com o punho na palma da mão e gritou para Margaret.

– Meu Deus! O cara tinha uma concessão de pérolas lá em La Paz! Se eu conseguir chegar lá antes que fiquem sabendo da morte dele, eu posso... Ei, o que há?

Olhou para ela, a surpresa anulando a animação em seu rosto.

O olhar de Margaret se desviou do dele. Ela olhou para a mesa virada, no chão da sala. Evitou erguer os olhos, para que Guy não visse o que havia neles. Se ele de repente compreendesse – mas ela não ia ficar ali de pé, olhando para Guy, esperando que aquilo que tinha nos olhos inflamasse afinal a consciência dele.

Também procurou não deixar que aquilo transparecesse na voz.

– Vou fazer um curativo no seu rosto, antes de ligarmos para a polícia – disse.

O HOMEM QUE MATOU DAN ODAMS

Quando a luz que entrava na cela por sua única janela – um quadrado de mais ou menos um metro, cortado de barras – abrandou-se a ponto de ele não poder mais ver as iniciais e os rabiscos desenhados por seu predecessor na parede em frente, o homem que tinha matado Dan Odams ergueu-se do catre e caminhou até a grade de aço da porta.

– Ei, chefe! – gritou, sua voz troando por entre as paredes estreitas.

Uma cadeira arranhou o chão na parte da frente da construção, passos decididos se aproximaram e o xerife de Jingo surgiu no corredor entre seu escritório e a cela.

– Quero falar com você – disse o homem dentro do cubículo.

O xerife estava perto o suficiente para ver que, na luz mortiça, brilhava o cano de um revólver curto e pesado, ameaçando-o bem junto à cintura do prisioneiro, do lado direito.

Sem esperar pela ordem tão conhecida, o xerife ergueu as mãos, até que suas palmas chegaram à altura das orelhas.

O homem por trás das grades foi lacônico ao sussurrar:

– Vire-se! De costas para a grade!

Quando as costas do xerife se encostaram nas barras de metal, uma mão ergueu-se até sua axila esquerda, puxou o paletó desabotoado e tirou o revólver do coldre.

– Agora, destranque esta porta.

A arma do prisioneiro tinha desaparecido e, no lugar dela, estava o revólver tomado do xerife. Este se virou e baixou uma das mãos, onde tilintavam as chaves, e a porta da cela foi aberta.

O prisioneiro deu alguns passos para trás, convidando o outro com um movimento feito com o cano da arma.

– Deite na cama, de barriga para baixo.

Em silêncio, o xerife obedeceu. O homem que tinha matado Dan Odams inclinou-se sobre ele. O revólver preto e comprido foi baixado numa trajetória rápida, indo parar na base da cabeça do xerife.

Suas pernas se arquearam – e ele ficou imóvel.

Com grande agilidade, mas sem pressa, os dedos do prisioneiro exploraram os outros bolsos, pegando dinheiro, fumo e seda de cigarro. Ele tirou também o coldre que estava encaixado no ombro do xerife, colocando-o em si próprio. E fechou a porta da cela ao sair.

Não havia ninguém no escritório do xerife. A escrivaninha forneceu dois pacotes de fumo, fósforos, uma pistola automática e dois punhados de munição. Pendurados na parede, havia um chapéu, que caiu abaixo das orelhas do prisioneiro, e um impermeável de borracha preta, que ficou comprido e apertado demais nele.

Vestido com a capa e o chapéu, esgueirou-se pela rua.

A chuva, depois de três dias de soberania, tinha parado, por enquanto. Mas a rua principal de Jingo estava deserta – os habitantes da cidade comiam entre cinco e seis da tarde.

Os olhos castanhos e fundos do prisioneiro – cuja animalidade era enfatizada pela falta de cílios – perscrutaram os quatro quarteirões da rua, com suas calçadas de madeira. Havia uma dúzia de automóveis parados, mas nenhum cavalo.

Na primeira esquina, ele saiu da rua principal e, meio quarteirão depois, enveredou por uma ruela enlameada, paralela à primeira. Sob uma marquise, nos fundos de um salão de bilhar, encontrou quatro cavalos, com suas selas e arreios pendurados ali perto. Escolheu um animal atarracado e forte – porque é impossível correr pela lama de Montana –, arreou-o e se dirigiu ao fim da ruela.

Ali, montou na sela e deu as costas para as luzes de Jingo, que começavam a despertar.

Algum tempo depois, remexeu no impermeável e tirou do bolso da cintura a arma com a qual rendera o xerife: uma pistola de mentira, feita de sabão esculpido, coberta com papel laminado tirado de maços de cigarro. Descascou a lâmina, apertou o sabão na mão até que perdesse a forma e atirou-o fora.

Depois de um tempo, o céu clareou e as estrelas apareceram. Ele descobriu que a estrada por onde estava indo levava ao sul. Viajou a noite toda, tocando sem trégua o cavalo pelo chão úmido e arenoso. Quando o dia raiou, o animal não podia mais continuar se não descansasse. O homem desceu uma ravina – por segurança, longe da estrada – e levou-o para a sombra de uns choupos.

Depois, subiu a encosta e deitou-se no chão encharcado, os olhos avermelhados e sem cílios presos na paisagem que acabara de percorrer: colinas tintas de negro, verde e cinza, cujos domínios eram divididos entre o solo molhado, a grama nascida e a neve suja – esses três elementos vencidos aqui e ali pela tira sépia da estrada do condado, serpenteando até perder-se de vista.

Não viu ninguém enquanto permaneceu ali, mas a região estava por demais coalhada de marcas humanas para que ele se sentisse seguro. Cercas de arame farpado, na altura do ombro, ladeando a estrada, um atalho aberto na encosta de uma colina próxima, postes telefônicos com seus braços abertos contra o céu cinzento.

Lá pelo meio-dia ele voltou a selar o cavalo e seguiu pela ravina. Vários quilômetros à frente, deu com uma fieira de pequenos postes sustentando um fio de telefone. Saiu do fundo da ravina, localizou o rancho para onde iam os fios, contornou-o e foi em frente.

Mas, à tarde, já não teve tanta sorte.

Estava mais desatento – não via fios telefônicos havia mais de uma hora – e, de repente, ao atravessar uma colina, se encontrou praticamente no meio de um conjunto de construções. Indo em direção a elas, partindo do lado oposto, havia um fio.

O homem que tinha matado Dan Odams parou, desviou para outra colina e, quando descia, do outro lado, um rifle disparou às suas costas, do ponto por onde tinha passado.

Ele se inclinou, enfiando o nariz no lombo do cavalo e açoitando-o com pés e mãos para que corresse. O rifle disparou de novo.

O homem rolou do cavalo quando este caiu, e continuou rolando até que os montes de grama e artemísia o fizeram parar. Então engatinhou, escalou o morro e foi em frente.

O rifle não voltou a atirar. E ele não tentou localizá-lo.

Desviou-se do sul e seguiu rumo a oeste, suas pernas curtas, pesadas, empurrando-o para a frente, onde o monte Tiger se recortava contra o céu como um imenso gato preto e verde se arrastando, com tiras de branco sujo marcando os pontos onde a neve se acumulava nas ravinas e fissuras.

O homem sentiu uma dormência no ombro esquerdo, dormência que logo foi substituída por uma dor que queimava. O sangue escorria por seu braço, manchando-lhe a mão suja de lama. Ele parou para abrir o casaco e a camisa, ajeitando o curativo sobre o ferimento no ombro – a queda do cavalo reabrira a ferida, fazendo-a voltar a sangrar. E foi em frente.

A primeira estrada que encontrou subia em direção ao monte Tiger. Seguiu por ela, abrindo caminho a custo pelo chão de lama, melado e pegajoso.

Somente numa ocasião ele quebrou o silêncio que vinha mantendo desde que saíra da prisão em Jingo. Parou no meio do caminho, com as pernas bem abertas e, com olhos injetados, olhou em torno, de um lado a outro, do chão até o céu, e em seguida, sem qualquer emoção, mas convicto, maldisse a lama, a cerca, os fios de telefone, o homem cujo rifle o deixara a pé, as cotovias do prado cujo canto jocoso, de notas flauteadas, parecia uma provocação permanente acima de sua cabeça.

Depois foi em frente, parando de vez em quando para tirar o excesso de lama das botas, aproveitando cada alto de colina para perscrutar o campo que deixava para trás, em busca de sinais de perseguição.

A chuva voltou a cair, cobrindo os cabelos ralos, empapados de barro – o chapéu se fora junto com a montaria. O impermeável, que mal cabia nele, toldava-lhe os movimentos, apertando-o nas ancas, mas era necessário para proteger da chuva o ferimento que tinha no ombro.

Por duas vezes, teve de sair da estrada para deixar passar veículos – de uma vez um Ford fumacento, de outra uma carroça meio cheia de feno, que passou sacolejando, puxada por quatro cavalos.

O melhor caminho era através das terras cercadas, onde estaria menos exposto. Havia casas aqui e ali, com espaços de alguns quilômetros entre elas. E a perda do cavalo era para ele a prova de que os fios telefônicos funcionavam. Ele não comia desde o meio-dia da véspera, mas – embora aparentemente não estivesse sendo seguido – não podia fazer pilhagens ali.

A noite caía quando ele deixou a estrada e começou a subir a encosta do monte Tiger. Quando estava completamente escuro, parou. A chuva continuou por toda a noite. Ele se sentou e enfrentou-a – encostado a uma grande pedra, com o impermeável na cabeça.

A choupana, descascada e em ruínas, jazia numa ponta da ravina. Acima do telhado, havia um fio de fumaça parado no ar, encharcado e sem vida, que sequer tentava elevar-se, sendo afinal transformado em nada pela chuva. As estruturas em torno da cabana e de sua chaminé tinham ainda menos encanto. O conjunto parecia ter sucumbido ao terror que sentia ante o imenso gato formado pela colina, em cujo flanco se encontrava.

Mas para os olhos vermelhos do homem que tinha matado Dan Odams – de bruços no topo da colina diante da qual se estendia a ravina – a falta de fios telefônicos dava àquela cabana miserável uma beleza que transcendia arquitetos ou pintores.

Naquela manhã, enquanto ele observava, por duas vezes uma mulher estivera à vista. De uma vez, ela saíra da choupana, fora até um outro galpão e depois voltara. Da segunda vez, surgira na porta e ali ficara por um instante, observando a ravina. Era uma mulher pequena, de compleição e idade impossíveis de determinar em meio à chuva, e vestia um vestido simples, cinza.

Mais tarde, um garoto de uns dez anos surgiu dos fundos da casa, os braços carregando uma enorme pilha de lenha, e desapareceu.

Depois de algum tempo, o homem saiu de seu esconderijo no topo da colina, deu a volta e voltou a observar a cabana, agora pelos fundos.

Meia hora tinha se passado. Viu o garoto carregando água de um poço logo abaixo, mas não voltou a ver a mulher.

O fugitivo se aproximou da casa com cuidado, suas pernas carregando-o com movimentos rígidos, sem elasticidade. De vez em quando, os pés lhe faltavam. Mas sob a camada de barro e a barba de três dias, suas mandíbulas vibravam, e não havia nelas nenhum sinal de fraqueza.

Mantendo-se a distância, ele explorou as construções externas – estruturas miseráveis e frágeis, oferecendo uma pretensa e falsa proteção a uma égua caquética e a uma confusão de ferramentas do campo, todas tendo saído perdendo em sua luta contra a terra. Apenas a aplicação generosa, embora não especialmente inteligente, do material, que valia a galpões como aquele a descrição de "apetrechos de amarrar feno", salvava-os da completa derrocada.

Em nenhum ponto do terreno havia pegadas maiores que as do pé da mulher ou do garoto de dez ou doze anos.

O fugitivo atravessou o quintal da casa, dando passadas largas para disfarçar o tremor em seu caminhar. Com o ritmo calmo e inexorável das batidas de um relógio, grossas gotas de sangue pingavam-lhe dos dedos da mão esquerda, sendo marteladas no chão pegajoso pela chuva que caía.

Através do vidro sujo de uma janela, ele viu a mulher e o garoto, sentados juntos num catre, de frente para a porta.

O rosto do garoto estava lívido quando o homem escancarou a porta e entrou na cabana sem divisões internas, e seus lábios tremiam. Mas o rosto fino e pálido da mulher não exibia qualquer expressão – exceto o fato de mostrar, pela falta de surpresa, que ela o vira aproximar-se. Sentada ereta na cama, a mulher trazia as mãos vazias e imóveis sobre o colo e, em seus olhos apagados, não havia medo ou interesse.

O homem ficou parado por um instante – junto à porta, de um dos lados – como uma estátua grotesca de barro modelado. Baixo, corpulento, com seus ombros largos e encurvados.

Nada se via de sua roupa ou cabelo, completamente emplastrados de lama, pouco se vendo do rosto e das mãos. O revólver do xerife, limpo e seco em sua mão, impunha-se por virtude própria sobre a pureza discrepante e a implacabilidade exagerada da cena.

Os olhos do fugitivo perscrutaram a sala: dois catres encostados à parede nua, de pranchas de madeira, uma mesa tosca de madeira no centro, cadeiras bambas de cozinha aqui e ali. Uma escrivaninha velha e arranhada, um baú, uma fieira de cabides cheios de roupas femininas e masculinas misturadas, uma pilha de sapatos a um canto, uma porta aberta dando para uma cozinha minúscula.

O homem caminhou até a porta da cozinha, sendo seguido pelo olhar da mulher.

Estava vazia. Ele interpelou a mulher.

– Onde está seu homem?

– Foi-se.

– Volta quando?

– Não volta.

A voz neutra e sem expressão da mulher parecia confundir o fugitivo, da mesma forma que sua frieza ao vê-lo entrar. Ele franziu a testa, virando os olhos – agora mais injetados de sangue do que nunca – do rosto dela para o do garoto, e depois de volta ao dela.

– E o que isso quer dizer? – perguntou.

– Quer dizer que ele se cansou da vida no rancho.

Ele mordeu os lábios, pensativo. Em seguida foi até o canto onde estava a pilha de sapatos. Havia dois pares de sapatos masculinos, gastos – secos, sem qualquer sinal de lama fresca.

Ele se endireitou, repôs o revólver no coldre e, com um gesto desengonçado, tirou o impermeável.

– Me arruma qualquer coisa para comer.

A mulher saiu do catre sem dizer palavra e foi até a cozinha. O fugitivo empurrou o menino atrás dela e ficou esperando na porta enquanto ela fazia café e preparava bolo de chapa com bacon. Depois, voltaram para a sala. A mulher botou a comida na mesa e sentou-se outra vez na cama, com o garoto junto dela.

O homem engoliu a comida sem olhar – seus olhos estavam ocupados com a porta, a janela, a mulher, o garoto, o revólver junto do prato. O sangue continuava pingando de sua mão esquerda, manchando a mesa e o chão. Pedaços de barro se desprendiam de seu cabelo, do rosto e das mãos, caindo no prato, mas ele nem parecia notar.

A fome aplacada, enrolou e acendeu um cigarro, a mão esquerda desempenhando mal seu papel.

Pela primeira vez, a mulher pareceu notar o sangue. Veio até junto dele.

– Você está sangrando. Deixe eu fazer um curativo.

Os olhos dele – agora pesados de fadiga e pela fome satisfeita – observaram-na com suspeita. Em seguida, ele se reclinou na cadeira e afrouxou as roupas, mostrando o ferimento de bala feito uma semana antes.

Ela trouxe água e toalhas, limpando o ferimento e pondo-lhe uma atadura. Nenhum dos dois disse nada até que ela voltou a sentar-se na cama.

Então:

– Você tem recebido alguma visita?

– Não vejo ninguém há seis ou sete semanas.

– Onde fica o telefone mais próximo?

– Em Nobel, oito milhas ravina acima.

– Você tem mais algum cavalo além daquele no telheiro?

– Não.

Ele se levantou, com ar cansado, e foi até a escrivaninha, puxando as gavetas e enfiando as mãos lá dentro. Na primeira, encontrou um revólver e enfiou-o no bolso. No baú não achou nada. Atrás das roupas penduradas na parede, encontrou um rifle. Nas camas, não havia armas escondidas.

Ele pegou duas cobertas de uma das camas, o rifle e o impermeável que estava usando. Cambaleava quando se dirigiu à porta.

– Vou dormir um pouco – disse, ríspido –, lá fora, no telheiro onde fica o cavalo. De vez em quando vou dar um pulo aqui para ver como estão as coisas, e não quero dar por falta de ninguém. Entenderam?

A mulher assentiu, fazendo uma sugestão.

– Se algum estranho aparecer, quer que eu o acorde antes que eles vejam você?

Os olhos dele, embotados, ganharam vida e ele caminhou sem vacilar até ela, olhando-a face a face, como se tentasse perscrutar o fundo daqueles olhos apagados.

– Eu matei um cara em Jingo na semana passada – disse depois de um tempo, falando devagar, num tom pausado que era ao mesmo tempo cauteloso e ameaçador. – Foi legítima defesa. Ele me pegou no ombro antes, mas depois eu o matei. Só que ele era de Jingo e eu não. O melhor que eu poderia esperar era o pior possível. Surgiu uma chance de escapar antes que me levassem para Great Falls e eu não podia perder. E não estou com a menor vontade de ser levado de volta para lá para ser enforcado. Não pretendo ficar aqui por muito tempo, mas enquanto ficar...

A mulher assentiu de novo.

Ele voltou a franzir a testa para ela e saiu da cabana.

Amarrou o cavalo num canto do galpão com uma corda curta e estendeu as cobertas entre ele e a porta. Depois, com o revólver do xerife na mão, deitou-se e dormiu.

A tarde já ia alta quando ele acordou, e a chuva continuava caindo. Espiou o quintal vazio, com todo o cuidado, observando bem a casa antes de entrar.

A mulher tinha varrido e arrumado a sala. Pusera um vestido limpo, que sucessivas lavagens tinham deixado de um rosa claro e desbotado. Escovara e ajeitara o cabelo. Ergueu o rosto da costura e olhou para a porta, e seu rosto, embora marcado pelo trabalho duro, parecia menos pálido do que antes.

– Onde está o garoto? – disparou o homem.

Ela esticou o polegar por cima do ombro.

– Lá em cima, na colina. Mandei-o vigiar a ravina.

Ele estreitou os olhos, saindo da casa. Observou a colina através da chuva e viu a silhueta do garoto, deitado de barriga para baixo debaixo de uma árvore atarracada, um cedro vermelho, olhando em direção ao leste. E o homem voltou para dentro.

– Como está o ombro? – perguntou a mulher.

Ele levantou o braço, experimentando.

– Melhor. Embrulhe alguma coisa de comer para eu levar. Vou embora.

– Bobagem – disse ela, com abatimento, enquanto entrava na cozinha. – Você faria melhor se ficasse aqui até que seu ombro estivesse bom para enfrentar a viagem.

– Aqui é muito perto de Jingo.

– Ninguém vai enfrentar toda essa lama para vir atrás de você. Um cavalo não conseguiria passar, muito menos um carro. Não pensa que iam enfrentar toda essa lama para vir atrás de você, se soubessem onde está, pensa? Além do mais, a chuva não vai fazer bem ao seu ombro.

Ela se abaixou para pegar um saco no chão. Sob o vestido rosa e fino, delinearam-se contra a parede seus quadris, a cintura e as pernas.

Quando se endireitou e viu que ele a olhava, ela piscou os olhos, corando e entreabrindo de leve os lábios.

O homem encostou-se ao umbral da porta e acariciou a barba cheia de lama com o dedo grosso.

– Talvez você tenha razão – disse.

Ela pôs de lado a comida que estava arrumando, pegou num canto um balde de metal e foi três vezes à fonte, enchendo uma banheira de ferro que tinha encaixada no fogão. O homem continuou de pé, na porta, olhando.

Ela avivou o fogo, foi até a sala, pegou na cômoda roupas de baixo, uma camisa azul e um par de meias, puxou de um cabide um par de calças cinzentas e tirou da pilha de sapatos uns chinelos de usar em casa. Pôs as roupas sobre uma cadeira, na cozinha.

Depois saiu, fechando a porta entre a cozinha e a sala.

Enquanto o homem se despia e se lavava, ouviu-a cantarolando baixinho. Por duas vezes, foi pé ante pé até a porta, espiando através da fresta junto ao umbral. Nas duas vezes viu-a sentada na cama, debruçada sobre a costura, o rosto ainda afogueado.

Estava com uma perna enfiada na calça que a mulher lhe dera quando ela parou de cantarolar de repente.

Apanhou rápido o revólver que ficara sobre uma cadeira, bem à mão, e foi até a porta, pisando na bainha da calça, que se arrastava no chão atrás dos calcanhares. Encostando-se à parede, ele espiou pela fresta.

Na porta da frente da casa, estava de pé um jovem alto, vestido com um impermeável que brilhava, encharcado. Nas mãos do jovem, estava uma espingarda de cano duplo, as bocas gêmeas como olhos mortos e malignos focadas no centro da porta entre a sala e a cozinha.

O homem na cozinha ergueu o revólver, o dedo polegar puxando o cão da arma com a mesma precisão mecânica de quem usa pistolas automáticas.

A porta dos fundos da cozinha foi escancarada.

– Baixe a arma!

O fugitivo, girando ante o som da porta que se abria, já estava frente a frente com o novo inimigo antes mesmo que a ordem fosse proferida.

Duas armas rugiram ao mesmo tempo.

Mas os pés do fugitivo, quando ele se virou, ficaram embaraçados na bainha das calças. As calças tinham sido sua armadilha. Tinha caído de joelhos no instante exato em que as duas armas foram disparadas.

A bala dele se perdeu no espaço acima do ombro do homem que estava na porta. A bala deste cravou-se na parede apenas um centímetro acima da cabeça do fugitivo, que se jogava ao chão.

Lutando de joelhos, o fugitivo disparou uma segunda vez.

O homem na porta balançou e deu um giro para o lado.

Enquanto ele se endireitava, o dedo indicador do fugitivo pressionou mais uma vez o gatilho...

E da porta entre a cozinha e a sala ouviu-se o disparo de uma arma.

O fugitivo pôs-se de pé num salto, a surpresa estampada no rosto, ficou ereto por um momento e desabou no chão.

O jovem com a espingarda veio em direção ao homem que estava encostado na porta, com a mão espalmada ao longo do corpo.

– Você se feriu, Dick?

– Pegou de raspão, eu acho... não é nada. Parece que você o matou, Bob.

– Parece. Foi um tiro certeiro!

A mulher chegou à cozinha.

– Onde está Buddy?

– Está tudo bem com o garoto, sra. Odams – garantiu Bob. – Mas ele estava cansado de correr na lama e minha mãe botou-o na cama.

O homem que estava caído no chão emitiu um som, e eles viram que seus olhos estavam abertos.

A sra. Odams e Bob debruçaram-se sobre ele, mas o homem fez sinal que parassem quando eles tentaram movê-lo para examinar o ferimento aberto pela espingarda em suas costas.

– Não adianta – protestou, o sangue grosso escorrendo do canto da boca enquanto falava. – Me deixem quieto.

Em seguida, os olhos dele – a vermelhidão selvagem que havia neles agora vidrada – procuraram os da mulher.

– Você... é mulher... de Dan... Odams? – conseguiu perguntar.

Havia algo de desafiador – prova de que ela sentia necessidade de justificar-se – em sua resposta.

– Sou.

O rosto dele – de feições grossas e rugas profundas, agora que a lama se fora – nada revelou do que se passava em sua mente.

– Paspalho – murmurou para si próprio depois de uma pausa, os olhos perdidos na colina em cujo topo vira o que acreditava ser um garoto agachado.

Ela assentiu.

O homem que tinha matado Dan Odams virou o rosto e cuspiu o sangue que lhe enchia a boca. Depois, voltou a olhá-la.

– Boa menina – disse, com toda a clareza, e em seguida morreu.

TIROS NA NOITE

A casa, grande e quadrada, era de tijolos vermelhos, com um telhado de ardósia esverdeado cujo ressalto, largo, dava à construção um aspecto atarracado, apesar de seus dois andares. Ficava numa colina gramada, distante da estrada, de costas para esta e debruçada sobre o rio Mokelumne.

O Ford que eu alugara em Knownburg conduziu-me àqueles jardins atravessando um portão alto, de malhas de aço, trilhou a estradinha circular de cascalho e deixou-me a meio metro da varanda de tela, que circundava todo o primeiro andar da casa.

– Aquele ali é o genro de Exon – disse o motorista, guardando a gorjeta que eu acabara de lhe dar e preparando-se para ir embora.

Virei-me e vi um homem alto, meio desconjuntado, de trinta e poucos anos, vindo da varanda em minha direção – um homem vestido com displicência, com uma cabeleira castanha desgrenhada acima do rosto charmoso e queimado de sol. Havia um toque de crueldade em seus lábios, que agora sorriam preguiçosamente. E havia também um quê de imprudência nos olhos estreitos e acinzentados.

– Sr. Gallaway? – perguntei, enquanto ele descia as escadas.

– Eu mesmo. – A voz dele era um barítono arrastado.
– E você é...

– Da filial de San Francisco da Agência de Detetives Continental – concluí.

Ele fez um cumprimento com a cabeça, mantendo a porta de tela aberta para que eu entrasse.

– Pode deixar a mala aqui. Vou mandar levá-la para seu quarto.

Acompanhou-me até dentro de casa e – depois de eu lhe assegurar que já tinha almoçado – apontou-me uma cadeira macia e me ofereceu um excelente charuto. Esticou a coluna numa poltrona bem em frente à minha – ângulos desconjuntados saindo dele em todas as direções – e soprou fumaça para cima.

– Em primeiro lugar – começou, após algum tempo, suas palavras saindo devagar –, acho que devo lhe dizer que não espero muita coisa em matéria de resultados. Mandei buscá-lo mais pelo efeito calmante que sua presença teria sobre a casa do que por esperar ações concretas. Acho que não há muito a fazer. Mas não sou detetive. Posso estar errado. Talvez você encontre todo tipo de coisas, importantes ou não. Se isso acontecer, ótimo! Mas não vou insistir nesse ponto.

Eu não disse nada, embora aquele começo não fosse muito do meu agrado. Ele fumou em silêncio por um tempo, depois continuou.

– Meu sogro, Talbert Exon, é um homem de 57 anos, normalmente muito ativo, durão, danado, um velho fogoso e brigão. Mas agora está se recuperando de uma pneumonia séria, que o deixou muito alquebrado. Ainda não conseguiu levantar-se da cama e o dr. Rench está querendo que fique de repouso por pelo menos mais uma semana.

"O quarto do velho fica no segundo andar, é de frente, no canto direito da casa, bem acima de onde estamos sentados agora. A enfermeira dele, srta. Caywood, fica no quarto ao lado, e há entre os dois aposentos uma porta de conexão. Meu quarto também fica de frente e minha porta dá para a do velho no corredor. O de minha mulher é ao lado do meu – em frente ao da enfermeira. Depois lhe mostro. Só quero que tudo fique muito claro.

"Na noite passada, na verdade de madrugada, uma e pouco da manhã, alguém deu um tiro em Exon enquanto ele dormia – e errou. A bala entrou na moldura da porta que dá no quarto da enfermeira, cerca de quinze centímetros acima de onde estava o velho, deitado na cama. A direção que a bala tomou ao alojar-se na madeira parece indicar que ela foi disparada de uma das janelas – ou através dela ou de junto a ela, do lado de dentro.

"Exon acordou, é claro, mas não viu ninguém. Nós todos, minha mulher, a srta. Caywood, os Figgs e eu, também fomos acordados pelo barulho do tiro. Todos corremos para o quarto, mas não vimos nada. Não há dúvida de que quem atirou saiu pela janela. Caso contrário, algum de nós o teria visto, porque viemos cada um de uma direção. Mas não encontramos ninguém no jardim, nem qualquer sinal dessa pessoa."

– Quem são os Figgs, e quem mais vive aqui, além de você, sua mulher, o sr. Exon e a enfermeira?

– Os Figgs são o casal Adam e Emma. Ela é arrumadeira e ele uma espécie de faz-tudo. O quarto deles fica bem nos fundos, no segundo andar. Além deles, temos Gong Lim, o cozinheiro, que dorme num quartinho perto da cozinha, e os três lavradores. Joe Natara e Felipe Fadelia são italianos e estão aqui há mais de dois anos. Jesus Mesa é mexicano e está conosco há um ano ou um pouco mais. Esses trabalhadores dormem numa casinha perto dos celeiros. Acho, se é que minha opinião tem algum valor, que nenhuma dessas pessoas tem qualquer relação com o tiro que foi disparado.

– Você tirou a bala da moldura da porta?

– Tirei. Shand, o subxerife de Knownburg, se encarregou disso. Diz ele que a bala é de calibre 38.

– Tem alguma arma desse calibre na casa?

– Não. Uma 22 e a minha, uma 44, que eu guardo no carro, são as únicas pistolas por aqui. Há também duas espingardas e um rifle 30-30. Shand fez uma busca cuidadosa e não encontrou mais nada em matéria de armas de fogo.

– O que diz o sr. Exon?

– Não muito, apenas que, se botássemos uma arma em suas mãos na cama, ele cuidaria de tudo sozinho, sem precisarmos nos preocupar em chamar polícia ou detetives. Não sei se ele sabe quem atirou nele, porque o diabo do velho não abre o bico de jeito nenhum. Pelo que sei dele, imagino que haja alguns homens que se julguem com razões para matá-lo. Ele está longe de ter sido uma flor de pessoa quando jovem, e tampouco na idade madura.

– Existe alguma coisa categórica que você saiba, ou que esteja imaginando?

Gallaway sorriu para mim – um sorriso debochado, que eu veria muitas vezes antes de me ver livre daquele caso Exon.

– As duas coisas – respondeu, com voz arrastada. – Sei que a vida dele está cheia de sócios trapaceados e amigos traídos e que ele escapou da prisão pelo menos uma vez distorcendo as provas e incriminando os próprios sócios. Sei também que sua mulher morreu em circunstâncias estranhas, tendo um seguro altíssimo, e que ele foi tido como suspeito de tê-la assassinado, até finalmente ser liberado por falta de provas. Esses são exemplos claros, acredito, do comportamento habitual do rapaz, donde pode haver muita gente querendo vê-lo pelas costas.

– Você poderia me dar uma lista com os nomes de todos esses inimigos dele, para eu mandar investigar?

– Os nomes que eu poderia lhe dar seriam apenas uma pequena parte. Além disso, você levaria meses para investigar apenas alguns. Não tenho intenção de enfrentar a trabalheira que isso daria, nem as despesas que seriam necessárias. Como já disse, não estou fazendo questão de resultados. Minha mulher está muito nervosa e, por alguma razão muito dela, parece que gosta do velho. Por isso, apenas para acalmá-la, concordei quando ela pediu que eu contratasse um detetive particular. Minha idéia é mantê-lo por aqui por uns dois dias, até que as coisas se acalmem e ela se sinta segura outra vez. Enquanto isso, se calhar de você descobrir alguma coisa, melhor para você! Caso contrário... tudo bem.

Meu rosto deve ter deixado transparecer um pouco do que me passava pela cabeça, porque os olhos dele faiscaram e ele reprimiu um risinho.

– Por favor, não pense – disse, com sua voz arrastada – que não é para você descobrir o quase assassino do meu sogro. Eu lhe dou carta branca. Faça o que bem lhe aprouver, mas peço que fique por aqui o máximo de tempo possível, para que minha mulher o veja e sinta que está sendo protegida.

Fora isso, pouco me importa o que você fizer. Pode prender bandidos aos magotes. Como já deve ter percebido, não sou exatamente um admirador do meu sogro, e a recíproca é verdadeira. Para ser franco, se odiar não desse tanto trabalho, acho que eu odiaria o diabo do velho. Mas se você quiser, e puder, apanhar o camarada que deu o tiro, isso vai me deixar satisfeito. Só que...

– Está bem – falei. – Não estou muito empolgado com a tarefa, mas, já que estou aqui, vou aceitar. E aí, fique sabendo, vou tentar até o fim.

– Sinceridade e perseverança – ele exibiu os dentes num sorriso sardônico, enquanto nos levantávamos – são características muito louváveis.

– É o que ouço falar – grunhi. – Agora, gostaria de dar uma olhada no quarto do sr. Exon.

A mulher de Gallaway e a enfermeira estavam ao lado do doente, mas eu examinei o quarto antes de dirigir-lhes qualquer pergunta.

Era um quarto grande, com três largas janelas dando para o telhado da varanda, e duas portas, uma das quais dava para o *hall* e a outra para o aposento ao lado, ocupado pela enfermeira. Esta última estava aberta, havendo na passagem uma cortina japonesa, de cor verde. Disseram-me que era assim que permanecia durante a noite, para que a enfermeira pudesse ouvir, caso o doente estivesse inquieto ou precisasse chamá-la.

Se um homem ficasse de pé sobre o telhado da varanda, poderia perfeitamente apoiar-se no peitoril de uma das janelas (caso não quisesse pular para dentro do quarto) e atirar no velho deitado na cama. Não precisaria de muito esforço para escalar o telhado, e descer seria ainda mais fácil – bastaria escorregar até a beirada com as pernas para baixo, controlando a velocidade da descida com as mãos e os braços apoiados na ardósia, para depois pular no chão de cascalho da estradinha. Coisa simples, tanto para chegar quanto para sair. Não havia cortinas nas janelas.

A cama do doente ficava ao lado da porta que ligava o quarto dele ao da enfermeira. Isso o deixava, quando estava deitado, bem no caminho entre a porta e a janela de onde partira o tiro. Do lado de fora, não havia nenhuma construção, árvore ou evidência de qualquer tipo que sugerisse que a bala retirada do portal tivesse partido de um rifle de longo alcance.

Do quarto, passei às pessoas que ali estavam, dirigindo as primeiras perguntas ao doente. Quando tinha saúde, com certeza fora um homem magro e de altura considerável, mas agora estava esquálido, muito desgastado e de uma palidez mortal. Seu rosto era cavado e fino; os olhos redondos prendiam-se à ponte estreita do nariz; e a boca sem cor era como um talho, acima do queixo ossudo que se projetava para a frente.

A fala dele foi um primor de concisão petulante.

– Eu acordei com o tiro. Não vi nada. Não sei de nada. Tenho um milhão de inimigos, mas da maioria não me lembro nem o nome.

Falou de um jato e, em seguida, virando o rosto, fechou os olhos e se recusou a falar outra vez.

A sra. Gallaway e a enfermeira me acompanharam até o quarto desta última, onde eu lhes fiz algumas perguntas. As duas eram o completo oposto uma da outra, e havia entre elas uma certa frieza, uma hostilidade inegável, da qual eu me certificaria ao longo do dia.

A sra. Gallaway devia ser uns cinco anos mais velha do que o marido. Morena, muito bonita, com um porte de estátua, guardava nos olhos escuros uma inquietação que se acentuava sempre que ela olhava para o marido. Não havia dúvida de que ela o amava muito, e a ansiedade que exibia no olhar – o cuidado com que procurava agradá-lo, nos mínimos detalhes, durante o tempo em que permaneci na casa dos Exon – me convenceram de que ela lutava com o temor permanente de perdê-lo.

A sra. Gallaway não acrescentou nada ao que seu marido me dissera. Ela fora acordada pelo barulho do tiro, correra até o quarto do pai e não vira nada. Não sabia de nada, nem de nada suspeitava.

A enfermeira, que se chamava Barbra Caywood, contou-me a mesma história, praticamente com as mesmas palavras.

Tinha pulado da cama ao ser acordada pelo barulho do disparo, puxara a cortina da porta que ligava os dois aposentos e entrara correndo no quarto de seu paciente. Fora a primeira a chegar, mas só vira o velho sentado na cama, sacudindo o pulso trêmulo na direção da janela.

A tal Barbra Caywood era uma moça de 21, 22 anos, o tipo da garota que faria qualquer homem feliz – uma garota um pouco mais baixa do que a média, de porte ereto, elegante e torneada nos lugares certos, num contraste com seu uniforme branco e severo. Seus cabelos dourados e sedosos emolduravam um rosto que, sem dúvida, merecia ser admirado. Mas ela parecia extremamente profissional e tinha um ar eficiente, por trás de toda essa beleza.

Do quarto da enfermeira, Gallaway me levou até a cozinha, onde interroguei o cozinheiro chinês. Gong Lim era um oriental de rosto triste, cujo sorriso permanente tornava-o ainda mais melancólico. Durante nossa conversa, fez muitas mesuras, sorriu o tempo todo, disse *sim, sim* – e não me disse nada.

Adam e Emma Figg – magro e corpulenta, respectivamente, e ambos reumáticos – colecionavam uma imensa variedade de suspeitas, dirigidas contra o cozinheiro e os três lavradores, individual ou coletivamente, variando, a cada momento, de um para outro. Mas não tinham nada em que basear suas suspeitas, exceto a certeza inabalável de que todos os crimes são cometidos por estrangeiros.

Encontrei os três lavradores – dois italianos de meia-idade, sorridentes e de grossos bigodes, e um mexicano jovem, de olhos mansos – trabalhando numa das plantações. Conversei com eles por quase duas horas e saí de lá com uma boa dose de convicção de que nenhum dos três tinha nada a ver com a história do tiro.

O dr. Rench tinha acabado de descer do quarto de seu paciente quando eu e Gallaway entramos, vindos da plantação. Era um velho baixinho e mirrado, de olhos e maneiras brandos, com um crescimento fantástico de cabelos, que proliferavam por cabeça, sobrancelhas, rosto, boca, queixo e narinas.

Disse que a excitação tinha prejudicado um pouco a recuperação de Exon, embora não acreditasse que o problema fosse sério. O paciente apresentava temperatura ligeiramente alta, mas já estava melhorando.

Quando o dr. Rench saiu, fui com ele até o carro, a fim de lhe fazer algumas perguntas, mas poderia perfeitamente ter-me poupado esse trabalho, já que as respostas não me disseram nada. Nada do que ele me disse tinha algum valor. A enfermeira, Barbra Caywood, contou-me, tinha sido contratada em San Francisco, pelos canais habituais, o que afastava a hipótese de que ela se tivesse infiltrado na casa por algum motivo escuso, talvez relacionado com a tentativa de assassinato de Exon.

Voltando da conversa com o médico, dei com Hillary Gallaway e a enfermeira no *hall*, quase no pé da escada. O braço dele estava pousado sobre o ombro da enfermeira e ele sorria para ela. Assim que cruzei a porta, ela se desvencilhou, deu uma risada maliciosa olhando para ele e em seguida subiu as escadas.

Não sei se ela me vira chegando antes de se desvencilhar do abraço, nem sei há quanto tempo aquele braço estava ali. E as respostas para essas duas perguntas eram cruciais para estabelecer a posição dos dois.

Hillary Gallaway não me parecia um homem que deixasse uma garota bonita como aquela sem galanteios. E ele próprio era também atraente o suficiente para tornar seus avanços não de todo indesejáveis. Tampouco Barbra Caywood me parecera o tipo de garota que se ofenderia com a admiração dele. Mas, até aí, era mais do que provável que não houvesse nada de muito sério entre eles, não mais do que uma espécie de flerte, uma brincadeira.

Mas, fosse qual fosse a situação nessa área, a questão não tinha nenhuma relação com a história do tiro – pelo menos que eu soubesse. A única coisa é que agora eu percebia a razão das relações tensas entre a enfermeira e a mulher de Gallaway.

Enquanto tudo isso passava por minha cabeça, Gallaway sorria para mim, com ar interrogativo.

— Ninguém está seguro quando há um detetive por perto — reclamou.

Eu devolvi o sorriso. Era a única resposta para se dar a uma boa bisca como aquela.

Depois do jantar, Gallaway me levou até Knownburg em sua baratinha, deixando-me na porta da casa do subxerife. Ofereceu-se para me levar de volta à casa dos Exon quando eu terminasse minhas investigações na cidade, mas, como eu não sabia quanto tempo demorariam essas investigações, disse a ele que, ao terminar, pegaria um carro.

Shand, o subxerife, era um homem grande e louro, de trinta e poucos anos, que falava e pensava com lentidão — não exatamente o tipo ideal para a função de subxerife numa cidade do Condado de San Joaquin.

— Fui até Exon assim que Gallaway me ligou — disse ele. — Acho que eram mais ou menos quatro e meia da madrugada quando cheguei lá. Não achei nada. Não havia marcas no telhado da varanda, mas isso não quer dizer nada. Eu próprio tentei escalar o telhado, depois pular de volta, e vi que não deixei marca alguma. O chão em volta da casa é duro demais para que se possa seguir pegadas. Encontrei umas poucas, mas não levavam a lugar algum. Além do mais, antes que eu chegasse, todo mundo tinha corrido para lá e para cá, em volta da casa, portanto era impossível dizer a quem as pegadas pertenciam.

"Pelo que sei, não surgiu nenhum suspeito nas vizinhanças. Os únicos caras por aqui que têm alguma querela com o velho Exon são os Deemses. Exon ganhou uma causa na Justiça contra essa família há uns dois anos, mais ou menos. Mas todos eles, o pai e os dois filhos, estavam em casa quando houve o disparo."

— Há quanto tempo Exon mora aqui?

— Quatro anos, acho.

— Nenhuma pista, então?

— Não que eu saiba.

— O que você sabe sobre a família Exon?

Shand coçou a cabeça, pensativo, e franziu a testa.

– Acho que você está se referindo a Hillary Gallaway – disse, devagar. – Já imaginava. Os Gallaways apareceram por aqui uns dois anos depois que o pai dela tinha comprado a casa. Hillary parece que passa a maior parte de suas noites no Ady's, um salão de jogo, onde ele ensina a rapaziada a jogar pôquer. Parece que ensina a eles direitinho. Eu não sei dizer. Ady tem essa casa de jogo, mas sem baderna, e eu os deixo quietos. Mas claro que eu mesmo nunca dou as caras por lá.

"Além de ser chegado a uma jogatina, de beber demais e de vir toda hora para a cidade, onde parece que tem uma namorada, não sei de mais nada sobre Hillary. Mas não é segredo para ninguém que ele e o sogro não se cruzam. O quarto de Hillary é bem em frente ao de Exon, e a janela do quarto dele se abre para o telhado da varanda a poucos metros da do velho. Mas sei lá..."

Shand confirmou o que Gallaway me dissera sobre o calibre da bala ser 38, sobre não haver na casa nenhuma arma desse tipo e sobre a inexistência de razão para suspeitar dos criados ou dos empregados do campo.

Passei as duas horas seguintes conversando com todos que encontrei dispostos a falar em Knownburg, e não descobri nada que valesse a pena tomar nota. Em seguida, fui até a garagem e peguei um carro com motorista, para me levar de volta a Exon.

Gallaway ainda não voltara da cidade. Como a mulher dele e Barbra Caywood iam sentar-se para um jantar ligeiro, antes de irem se deitar, eu me sentei com elas. Exon começara a noite tranqüilo e estava dormindo, disse a enfermeira. Conversamos um pouco – até cerca de meia-noite e meia – e depois fomos para nossos quartos.

Meu quarto era ao lado do da enfermeira, na mesma parede do *hall* que dividia o segundo andar ao meio. Sentei-me e redigi meu relatório do dia, fumei um charuto e, em seguida, como a casa estava quieta, pus no bolso um revólver e uma lanterna, descendo as escadas e saindo pela porta dos fundos.

A lua estava nascendo, banhando os campos com sua luz difusa, exceto pela mancha sombria da casa, das construções em torno e dos vários montes de arbustos. Mantendo-me nessas sombras o maior tempo possível, eu explorei os campos, não encontrando nada de anormal.

Na falta de qualquer evidência em contrário, o tiro da noite anterior parecia ter sido disparado – por acidente ou com medo de algum movimento estouvado feito por Exon – por algum ladrão, que tivesse entrado no quarto do doente pela janela. Se isso fosse fato, não havia nem uma chance em mil de que alguma coisa acontecesse nessa noite. Mas eu me sentia inquieto e sobressaltado, apesar de tudo.

O carro de Gallaway não estava na garagem. Ele não voltara de Knownburg. Debaixo da janela dos lavradores, parei, até que o ruído de roncos em três tons diferentes me garantiu que os três estavam bem quietos, dormindo.

Depois de uma hora xeretando por ali, voltei para dentro de casa. O mostrador luminoso de meu relógio marcava 2h35 da madrugada quando parei do lado de fora da porta do cozinheiro chinês, para ouvir sua respiração pausada.

No andar de cima, encostei-me à porta do quarto dos Figgs, até meus ouvidos me garantirem que eles também dormiam. Na porta da sra. Gallaway, tive de esperar vários minutos, até ouvi-la suspirar e virar-se na cama. Barbra Caywood respirava forte e profundamente, com a serenidade de um animal jovem, cujo sono não é perturbado por pesadelos. A respiração do doente veio até mim com a regularidade do sono e a dissonância de uma pneumonia em convalescença.

Feita a ronda auditiva, voltei para meu quarto.

Ainda sentindo-me inquieto e completamente sem sono, botei uma cadeira junto da janela e sentei-me, admirando o luar sobre o rio, que serpenteava logo abaixo da casa, sendo visível daquele lado. Fumei outro charuto, pensando e repensando em tudo – sem chegar a lugar algum.

Lá fora, nenhum som.

De repente, uma detonação varreu o *hall*, o som de um tiro sendo disparado dentro de casa! Atravessei o quarto correndo e saí para o corredor.

O grito de uma mulher – estridente, frenético – encheu a casa.

A porta do quarto de Barbra Caywood estava destrancada quando a alcancei, escancarando-a. Na luz da lua que penetrava pela janela, vi a enfermeira sentada, no meio da cama. Não parecia bonita, agora. Seu rosto estava distorcido pelo terror. O grito morria em sua garganta.

Tudo isso aconteceu num mínimo lapso de tempo, o tempo que levei para atravessar a soleira da porta.

E então ouviu-se um segundo disparo – no quarto de Exon.

O rosto da moça se contraiu – de forma tão abrupta que parecia que seu pescoço ia se partir – e ela levou as duas mãos ao peito, caindo em seguida com o rosto enfiado nas cobertas.

Não sei se passei através, por cima, ou pelo lado da cortina que ficava na porta de ligação entre os dois quartos. Já rodeava a cama de Exon. Ele estava no chão, de lado, virado para uma das janelas. Pulei por cima dele e me debrucei no parapeito.

No jardim, iluminado pela luz da lua, nada se movia. Não havia qualquer som ou sinal de fuga. Pouco depois, quando meus olhos ainda perscrutavam os campos, os lavradores surgiram, em suas roupas de baixo, correndo descalços, vindo de seus quartos. Eu gritei para eles, dando ordens para que ficassem em pontos estratégicos.

Enquanto isso, atrás de mim, Gong Lim e Adam Figg tinham colocado Exon de volta na cama, enquanto a sra. Gallaway e Emma Figg tentavam estancar o sangue que espirrava do buraco de bala, na lateral do corpo de Barbra Caywood.

Mandei Adam Figg telefonar para acordar o médico e o subxerife, em seguida corri pelas escadas, para sair ao quintal.

Assim que cheguei do lado de fora, dei com Hillary Gallaway vindo da garagem. O rosto dele estava vermelho e o hálito denunciava os refrescos que tinham acompanhado a jogatina no salão dos fundos de Ady, mas seu passo era firme e o sorriso mais relaxado do que nunca.

– Por que a agitação? – perguntou.

– A mesma da noite passada. Você cruzou com alguém na estrada? Ou viu alguém saindo daqui?

– Não.

– Muito bem. Pegue o seu carango e corra pela estrada, na direção oposta. Se vir alguém fugindo daqui, ou alguém de aspecto estranho, pare. Você tem uma arma?

Ele girou nos calcanhares, bem esperto.

– Tenho uma no meu carro – gritou, enquanto saía correndo.

Enquanto os lavradores ficavam em seus postos, varri os campos de leste a oeste, de norte a sul. Sabia que estava perdendo a chance de procurar pegadas quando amanhecesse o dia, mas tinha o palpite de que o homem que procurava ainda estava por perto. Além disso, Shand me dissera que era difícil seguir pegadas naquela terra.

No caminho de cascalho em frente à casa, encontrei a arma da qual os tiros tinham sido disparados – um revólver 38 barato, meio enferrujado, ainda cheirando a pólvora recém-queimada, com três cápsulas deflagradas e três intactas.

Foi só o que encontrei. O assassino – era como já o chamava, depois de ter visto o buraco de bala na garota – tinha desaparecido.

Shand e o dr. Rench chegaram juntos, quando eu estava terminando minha busca infrutífera. Pouco depois, chegou Hillary Gallaway – também sem ter encontrado nada.

Na manhã seguinte, o café foi uma refeição melancólica, exceto para Hillary Gallaway. Ele se segurava para não fazer gracejos sobre a confusão da noite anterior, mas seus olhos faiscavam quando cruzavam com os meus, e eu sei que ele achava uma grande piada que os tiros tivessem acontecido bem debaixo do meu nariz. Enquanto sua mulher esteve sentada à mesa, porém, ele manteve uma certa gravidade, como se em respeito a ela.

A sra. Gallaway levantou-se logo da mesa, e o dr. Rench veio sentar-se conosco. Disse que seus dois pacientes estavam em boas condições, dentro das circunstâncias, e que esperava ver os dois recuperados.

No caso da garota, a bala pegara de raspão nas costelas e no osso do esterno, atravessando a carne e os músculos do torso, entrando pelo lado direito e saindo pelo esquerdo. Exceto pelo choque e pela perda de sangue, ela não corria perigo de vida, embora estivesse inconsciente.

Como o médico informou que Exon estava dormindo, eu e Shand subimos para examinar o quarto dele. A primeira bala entrara na moldura da porta, uns dez centímetros acima da que tinha sido disparada na noite anterior. A segunda bala perfurara a cortina japonesa e, depois de atravessar o corpo da garota, alojara-se na parede. Retiramos as duas – eram de calibre 38. Ambas pareciam ter sido disparadas de perto da janela, fosse do lado de dentro ou do lado de fora.

Shand e eu submetemos o cozinheiro chinês, os lavradores e os Figgs a um interrogatório severo naquele dia. Mas eles o enfrentaram sem tremer – não havia nada capaz de incriminá-los.

E, durante todo o dia, o maldito do Hillary Gallaway ficou andando atrás de mim, de um lado a outro, com aquele olhar debochado que era muito mais eloqüente do que palavras.

– Sou o suspeito lógico. Por que você não me enquadra num de seus artiguinhos?

Mas eu me limitava a sorrir de volta, sem lhe perguntar nada.

Shand precisou ir até a cidade à tarde. Algum tempo depois, me telefonou, dizendo que Gallaway tinha saído de Knownburg naquela madrugada a tempo de estar em casa pelo menos meia hora antes de os tiros serem disparados, caso tivesse voltado dirigindo a toda, sua velocidade normal.

Passou-se o dia – rápido demais – e eu me vi temendo a chegada da noite. Por duas noites seguidas, a casa dos Exon sofrera um ataque. E agora a terceira noite estava chegando.

Durante o jantar, Hillary Gallaway anunciou que ficaria em casa naquela noite. Knownburg era um tédio em comparação, disse. E deu um sorrisinho para mim.

O dr. Rench foi embora depois do jantar, dizendo que voltaria assim que possível, mas que tinha dois pacientes para visitar do outro lado da cidade. Barbra Caywood voltara a si, mas estava histérica, e o médico lhe dera um opiáceo. Ela estava dormindo. Exon descansava tranqüilamente, exceto pela temperatura alta.

Subi ao quarto de Exon por alguns minutos, depois do jantar, e tentei fazer-lhe uma ou duas perguntas, com todo o tato, mas ele se recusou a responder e eu não insisti, porque ele estava doente.

Perguntou-me como estava a garota.

– O médico me disse que ela não corre risco de vida. Foi só o choque e a perda de sangue. Se ela não arrancar os curativos e sangrar até morrer, em um de seus ataques histéricos, ele diz que estará de pé dentro de umas duas semanas.

Quando a sra. Gallaway entrou, eu desci, dando com Gallaway que, com um ar da mais falsa gravidade, insistiu para que eu lhe contasse todos os mistérios que já conseguira resolver. Ele se esbaldava até não poder mais com meu desconforto. Ficou debochando de mim durante cerca de uma hora, enquanto eu fervia por dentro. Mas consegui continuar sorrindo para ele, fingindo indiferença.

Quando afinal a mulher dele veio sentar-se conosco – dizendo que os dois doentes estavam dormindo –, aproveitei para escapar de seu maldito marido, alegando que precisava tomar umas notas. Mas não fui para o quarto.

Em vez disso, fui pé ante pé até o quarto da enfermeira, encaminhei-me para um guarda-roupa, no qual reparara durante o dia, e me enfiei dentro dele. Deixando uma pequena fresta aberta, eu podia ver perfeitamente a porta – da qual a cortina fora retirada – e a cama de Exon, assim como a janela de onde tinham partido os três tiros e de onde poderia vir sabe Deus mais o quê.

Passou-se o tempo. Eu já estava rígido de tanto ficar ali em pé, imóvel. Mas já esperava por isso.

Por duas vezes, a sra. Gallaway subiu para espiar o pai e a enfermeira. De cada vez, eu fechei completamente a porta do guarda-roupa assim que lhe ouvi os passos no corredor. Estava me escondendo *de todo mundo*.

Ela acabara de fazer sua segunda visita quando, antes que tivesse tempo de reabrir a porta do guarda-roupa, eu ouvi um murmúrio e pisadas leves no chão. Sem saber o que era, nem de onde vinham, tive medo de abrir a porta. No meu canto estreito, permaneci imóvel, à espera.

Agora eu reconhecia o ruído – eram de fato passos cuidadosos, chegando perto. Passaram a pouca distância da porta do armário.

Esperei.

Um murmúrio quase inaudível. Uma pausa. O som mais débil, mais suave, de algo sendo rasgado.

E eu saí do guarda-roupa – de arma na mão.

De pé junto à cama, debruçado sobre a garota inconsciente, estava o velho Talbert Exon, o rosto afogueado pela febre, o camisolão de dormir caindo frouxo em torno de suas pernas gastas. Uma das mãos estava sobre as cobertas, que ele puxara de cima da moça. A outra segurava uma tira fina de esparadrapo, com o qual tinham sido feitos os curativos que ele arrancara. Ele rosnou para mim, atirando-se com as duas mãos sobre os curativos da moça.

Seu olhar insano, febril, mostrou-me que o revólver que eu segurava nada significava para ele. Pulei para um lado, puxei-lhe as mãos, agarrei-o e carreguei-o – chutando, unhando e xingando – de volta para a cama.

E só então chamei os outros.

Hillary Gallaway, Shand – que mais uma vez viera da cidade – e eu tomávamos café e fumávamos na cozinha, enquanto o resto da casa ajudava o dr. Rench a salvar a vida de Exon. O velho enfrentara atribulações demais nos últimos três dias, suficientes para matar um homem saudável, quanto mais alguém convalescendo de pneumonia.

– Mas por que razão o demônio do velho ia querer matá-la? – perguntou-me Gallaway.

– Eu é que sei? – retruquei, talvez um pouco ríspido. – Não sei por que ele queria matá-la, mas que queria, queria. A arma foi encontrada bem no lugar onde ele poderia tê-la jogado ao me ouvir chegar. Eu estava no quarto da garota quando ela foi atingida e cheguei correndo à janela de Exon, sem que visse nada. Você, você mesmo, chegando de Knownburg pouco depois dos tiros, não viu ninguém na estrada. E eu posso jurar que ninguém conseguiria fugir em qualquer outra direção sem ser visto por mim ou pelos lavradores.

"E então, hoje à noite, eu digo a Exon que a garota ia se recuperar se não arrancasse os curativos. Assim, ele ficou sabendo, o que é verdade, que ela vinha tentando fazer isso. E bolou o plano de arrancar as bandagens ele mesmo – talvez sabendo que a moça estava dopada – na crença de que todos iriam pensar que ela própria as arrancara. Ele já estava executando o plano – tinha tirado o primeiro pedaço de esparadrapo – quando eu pulei em cima dele. Ele atirou nela de propósito, não tenho dúvida. Talvez eu não conseguisse provar isso na justiça, sem conhecer os motivos, mas sei que atirou. Mas o médico diz que ele dificilmente sobreviverá para enfrentar um processo. Ele se matou ao tentar matar a garota."

– Talvez você esteja certo – o sorriso debochado de Gallaway brilhou para mim –, mas você é um detetive e tanto. Por que não suspeitou de mim?

– Eu suspeitei – respondi, sorrindo também –, mas não o suficiente.

– Por que não? Talvez você esteja cometendo um erro – disse ele, com voz arrastada. – Como você sabe, meu quarto fica em frente ao dele no corredor. Naquela primeira noite, eu poderia perfeitamente ter saído pela minha janela, engatinhado pelo telhado da varanda, atirado nele e voltado correndo para o meu quarto.

"E na segunda noite, quando você já estava aqui, fique sabendo que eu saí de Knownburg a tempo mais do que suficiente de chegar aqui, estacionar meu carro na estrada por um tempo, dar aqueles dois tiros, me esgueirar pelas sombras da casa, correr de volta até o carro e depois vir dirigindo, inocentemente, até a garagem. Você devia saber também que minha reputação não é lá essas coisas, que eu tenho fama de ser um mau-caráter. Além disso, você sabe muito bem que eu não gosto do velho. Como motivo, eu teria o fato de que minha mulher é a única herdeira de Exon. Espero que – ele ergueu a sobrancelha, num gesto cômico de contrariedade – você não pense que eu tenho escrúpulos morais e que sou contra um bom assassinato de vez em quando."

Eu ri.

– Não penso, não.

– Bem... e então?

– Se Exon tivesse sido morto naquela primeira noite e eu tivesse sido chamado, você já estaria fazendo suas piadinhas atrás das grades há muito tempo. Mesmo se ele tivesse sido morto na segunda noite, talvez eu o tivesse prendido. Mas não acho que você seja o tipo do homem que faça as coisas tão malfeitas, pelo menos, não por duas vezes. Você não teria errado o alvo e fugido, deixando o velho vivo.

Ele me cumprimentou, com gravidade.

– É comovente a gente saber que tem algumas poucas virtudes apreciadas.

Antes de morrer, Talbert Exon mandou me chamar. E me disse que não queria morrer sem saciar sua curiosidade. Sendo assim, trocamos informações. Eu lhe contei como suspeitei dele e ele me disse por que tinha tentado matar Barbra Caywood.

Quatorze anos antes, ele havia matado a própria mulher, não para receber o seguro, como na época suspeitaram, mas numa crise de ciúmes. Mas apagara tão bem as provas que jamais fora levado a julgamento. Só que o assassinato se transformara num peso em sua consciência, numa obsessão.

Ele sabia que jamais se entregaria em sã consciência – era astuto demais para isso – e que as provas contra ele jamais seriam encontradas. Mas sempre havia a possibilidade de algum dia, num delírio, dormindo, ou bêbado, ele dizer alguma coisa capaz de levá-lo para a cadeia.

Pensava muito nisso, até que se tornou um pavor mórbido, que o perseguia, sempre. Tinha parado de beber – e isso fora fácil –, mas não havia meio de se precaver contra as outras possibilidades.

E uma delas, disse, finalmente acontecera. Ele pegara uma pneumonia, ficando durante uma semana inconsciente – e falando. Passada aquela semana de delírio, ele sondara a enfermeira. Ela lhe dera respostas vagas, não lhe dizendo nunca sobre o que ele falara em sonho, o que dissera. E então, em momentos de distração, ele flagrara a enfermeira olhando-o com desprezo – com intensa repulsa.

E teve a certeza de que tinha falado sobre o assassinato da mulher. Foi assim que começou a traçar o plano para acabar com ela, antes que dissesse o que tinha ouvido. Enquanto ela continuasse na casa, ele se sentiria seguro. A moça não contaria nada a estranhos. Podia ser até que, durante um tempo, não dissesse nada a ninguém. A ética profissional talvez a mantivesse calada. Mas ela não poderia nunca deixar aquela casa carregando o segredo.

Todos os dias, secretamente, ele testou a própria força, até convencer-se de que já estava recuperado o suficiente para dar alguns passos pelo quarto e segurar uma arma com firmeza. Felizmente, sua cama estava numa posição favorável – bem em frente a uma das janelas e também diante da porta e da cama da moça. Numa velha caixa onde guardava papéis, dentro do armário – ninguém conhecia o conteúdo daquela caixa –, ele mantinha um revólver. Um revólver que de forma alguma seria uma pista contra ele.

Naquela primeira noite, apanhara o revólver, afastara-se alguns passos da cama e dera um tiro na moldura da porta. Em seguida, pulara de volta para a cama, escondendo a arma entre as cobertas – onde ninguém pensaria em procurá-la – até poder colocá-la de volta na caixa.

Era a preparação de que precisava. Tinha criado uma tentativa de assassinato contra si próprio e mostrado que um tiro disparado na direção dele poderia passar perto da porta de conexão – e conseqüentemente atravessá-la.

Na segunda noite, esperou até que a casa estivesse quieta. Em seguida, espiou a garota através de uma fresta da cortina japonesa. Podia vê-la sob a luz da lua. Mas descobriu que, caso se distanciasse muito da cortina, para que ela não apresentasse marcas de pólvora, já não conseguiria enxergar a moça – não, se ela estivesse deitada. E, assim, atirou primeiro na moldura da porta – perto do outro buraco de bala –, para que a enfermeira acordasse.

Ela se sentara na cama imediatamente, gritando, e então ele atirara nela. Pretendia dar-lhe mais um tiro – para ter certeza de que morreria –, mas minha chegada atrapalhara o plano. Minha chegada impossibilitara também que ele escondesse a arma, o que fez com que, usando as forças que lhe restavam, jogasse o revólver pela janela.

Talbert Exon morreu naquela tarde, e eu voltei para San Francisco.

Mas a história não terminou aí.

Num procedimento corriqueiro, o departamento de contabilidade da Agência mandou a Gallaway a conta por meus serviços. Junto com o cheque que ele mandou pelo correio, Gallaway mandou uma carta, da qual extraio o primeiro parágrafo:

"Não podia deixar você perder o melhor de toda a história. A adorável Caywood, ao se recobrar, negou que Exon tivesse falado dormindo, em seu delírio, sobre assassinato ou sobre qualquer outro crime. A causa do desdém que ele pode ter percebido nos olhos dela, e a razão pela qual ela se recusara a contar a ele o que ouvira, é que a conversa dele, durante toda a semana que passou delirando, foi uma torrente ininterrupta de obscenidades e blasfêmias, que parecem ter chocado a moça tremendamente."

OS ZIGUEZAGUES DA PERFÍDIA

I

– Tudo o que sei sobre a morte do dr. Estep – disse eu – é o que foi publicado nos jornais.

O rosto magro e acinzentado de Vance Richmond assumiu uma expressão contrariada.

– Nem sempre os jornais são completos ou precisos. Vou relatar os fatos relevantes, tal como eu os conheço, embora pense que você prefira ir a campo por conta própria e obter informações de primeira mão.

Assenti com um movimento de cabeça e o advogado prosseguiu, os lábios finos dando forma a cada palavra antes de externá-la em voz alta:

– O dr. Estep veio para San Francisco em 1898 ou 1899. Era, então, um jovem de 25 anos, recém-formado. Abriu um consultório na cidade e, como você provavelmente deve saber, revelou-se um excelente cirurgião. Casou-se dois ou três anos depois. Não tiveram filhos. Ele e a mulher parecem ter sido um tanto mais felizes do que a média dos casais.

"De sua vida anterior à chegada a San Francisco nada se sabe. Mencionara para a esposa que fora nascido e criado em Parkersburg, na Virgínia Ocidental, mas que a sua vida familiar havia sido tão desagradável que estava tentando esquecê-la, e que não gostava de falar – nem mesmo de pensar – no assunto. Guarde isso em mente.

"Duas semanas atrás, na tarde do dia 3 do mês corrente, uma mulher apareceu no consultório, instalado na própria residência do doutor, na Pine Street. Lucy Coe, enfermeira e secretária do dr. Estep, conduziu a mulher até o consultório e depois voltou para a sua mesa na recepção.

"Através da porta fechada, a enfermeira não conseguia ouvir o que dizia o doutor, mas, vez por outra, ouvia a voz da mulher – uma voz altissonante, angustiada, aparentemente em tom de protesto. A enfermeira não compreendeu a maior parte do que foi dito, mas, em dado momento, pôde ouvir uma frase completa: 'Por favor! Por favor!', ouviu-a gritar. 'Não me rejeite!' A mulher esteve com o dr. Estep cerca de quinze minutos e depois disso foi embora, soluçando por trás de um lenço. O dr. Estep não fez qualquer comentário sobre aquela visita, nem para a enfermeira, nem para a esposa, que só soube do incidente após a morte do marido.

"No dia seguinte, no fim da tarde, quando a enfermeira vestia o casaco e o chapéu, preparando-se para voltar para casa, o dr. Estep saiu do consultório. Usava um chapéu e trazia uma carta na mão. A enfermeira percebeu que estava pálido – 'Branco como o meu uniforme', disse ela – e que caminhava com o vagar de alguém que tem dificuldade para manter-se aprumado.

"Ela perguntou se ele estava doente. 'Ah, não é nada!', respondeu. 'Estarei bem em alguns minutos.' E saiu à rua. A enfermeira saiu logo atrás e viu quando ele introduziu a carta na caixa de correio da esquina, após o que voltou para casa.

"Dez minutos mais tarde – não pode ter sido muito depois disso –, ao descer as escadas e chegar ao primeiro piso, a sra. Estep ouviu um tiro no consultório do marido. Ela correu até lá e encontrou-o sozinho, sentado, oscilante, um buraco na têmpora direita e um revólver fumegante em uma das mãos. Assim que ela se aproximou e o abraçou, ele tombou sobre o tampo da escrivaninha. Morto."

– Alguém mais – perguntei –, algum empregado, poderia afirmar que a sra. Estep só entrou no escritório depois do tiro?

O advogado meneou a cabeça bruscamente.

– Droga, não! Aí é que está o problema!

Após esse rompante, a voz recuperou o tom moderado e incisivo, e ele prosseguiu:

– No dia seguinte, os jornais noticiaram a morte do dr. Estep e, naquela mesma manhã, a mulher que o visitara na véspera de sua morte voltou à casa. Esta mulher é a primeira mulher do dr. Step, ou seja, sua legítima esposa! Por mais que eu desejasse, parece não haver dúvida, a menor que seja, a esse respeito. Casaram-se na Filadélfia em 1896. Ela possui uma cópia autenticada da certidão de casamento. Mandei investigar na Filadélfia e é certo que o dr. Estep e essa mulher – Edna Fife é o seu nome de solteira – eram de fato casados.

"Segundo ela, o dr. Estep a abandonou após viverem juntos durante dois anos, na Filadélfia. Isso teria ocorrido em 1898, ou seja, pouco antes de ele ter vindo para San Francisco. Ela tem provas suficientes de sua identidade, de que é a Edna Fife que se casou com o dr. Estep. E meus agentes no Leste têm provas de que Estep praticou a medicina durante dois anos na Filadélfia.

"E aqui temos outra questão. Disse-lhe que Estep declarou que nascera e crescera em Parkersburg. Contudo, as investigações que mandei fazer naquela cidade não descobriram indícios de que ele tenha vivido por lá. Também tenho provas de que nunca morou no endereço que mencionou para a esposa. Portanto, é lícito crer que aquela conversa de juventude infeliz era apenas um subterfúgio para evitar perguntas embaraçosas."

– Você procurou saber se o doutor e a esposa eram divorciados? – perguntei.

– Estou cuidando disso, mas acho pouco provável. Seria muito primário. Mas, voltando à minha história: essa mulher, a primeira sra. Estep, disse que havia acabado de saber por onde andava o marido e que o procurara numa tentativa de reconciliação. Na visita que ela lhe fez na véspera de sua morte, o doutor pediu algum tempo para decidir o que fazer e prometeu dar-lhe uma resposta em dois dias. Minha opinião, após conversar com essa mulher diversas vezes, é que ela descobriu que ele tinha acumulado algum dinheiro; e que estava mais interessada nesse dinheiro do que em ter o marido de volta. Mas isso, é claro, não se pode provar.

"Em princípio, as autoridades aceitaram a explicação natural para a morte do doutor: suicídio. Contudo, após o aparecimento da primeira esposa, a segunda esposa, minha cliente, foi presa e acusada de homicídio.

"A teoria da polícia é que, após a visita da primeira esposa, o dr. Estep contou tudo para a segunda esposa e que esta, ao dar-se conta de que havia sido enganada, que não era sua esposa de verdade, enfureceu-se, foi ao consultório após a saída da enfermeira e o matou com o revólver que sabia que ele guardava na escrivaninha.

"Obviamente, eu não sei que provas tem a promotoria, mas, pelo que li nos jornais, a acusação se baseará nas impressões digitais dela encontradas no revólver; num tinteiro derramado; nas manchas de tinta no vestido que ela trajava e numa impressão da mão dela, também à tinta, em um jornal rasgado encontrado sobre a escrivaninha.

"Infelizmente, embora perfeitamente natural, a primeira coisa que minha cliente fez foi tirar o revólver da mão do marido. Daí as suas impressões estarem na arma. Como já disse, ele tombou quando ela o abraçou e, embora a sua memória desse momento não seja muito clara, é provável que ele a tenha arrastado consigo quando caiu sobre o tampo da escrivaninha. Daí o tinteiro derramado, o jornal rasgado e as manchas de tinta. Mas a promotoria vai tentar convencer o júri de que todas essas coisas ocorreram antes do tiro; e que são indícios de uma luta.

– Nada mal – opinei.

– Ou muito mal, dependendo de como você encarar o problema. Essa é a pior coisa que poderia acontecer neste momento! Nos últimos meses, a imprensa alardeou nada menos do que cinco assassinatos cometidos por mulheres que supunham terem sido traídas ou enganadas, ou ambas as coisas ao mesmo tempo, pelos homens que mataram.

"Nenhuma dessas mulheres foi condenada. Como resultado disso, temos a imprensa, o público, e mesmo o púlpito, exigindo um endurecimento da lei. Os jornais estão alinhados contra a sra. Estep tanto o quanto lhes permite o seu medo de serem processados por calúnia. Os clubes femininos também estão unidos contra ela. Todos clamam por uma punição exemplar.

"Como se isso não bastasse, o promotor perdeu os dois últimos grandes casos dos quais participou e vai estar sedento de sangue desta vez. As eleições não estão longe."

A voz calma e ponderada havia desaparecido, cedendo lugar à eloqüência apaixonada:

– Não sei o que você pensa de tudo isso – gritou Richmond. – Você é um detetive. Essa é uma história comum para você. Você é um tanto insensível, penso eu, e cético quanto à inocência de um modo geral. Mas eu *sei* que a sra. Estep não matou o marido. Não digo isso porque ela é minha cliente! Digo isso porque sou advogado e amigo dela e porque, se eu acreditasse na culpa da sra. Estep, faria tudo ao meu alcance para ajudar a condená-la. Mas eu tenho certeza de que ela não o matou. Tenho certeza de que ela não poderia tê-lo matado.

"Ela é inocente. Mas sei também que, se eu for à corte sem outra defesa além da que eu tenho no momento, ela será condenada! Ultimamente, houve muita tolerância com crimes femininos, diz a opinião pública. Desta vez, o pêndulo vai oscilar para o outro lado. Se condenada, a sra. Estep pegará pena máxima. Estou deixando tudo em suas mãos. Você pode salvá-la?"

– Nosso maior trunfo é a carta que ele postou pouco antes de morrer – disse eu, ignorando tudo aquilo que me dissera e que não tinha relação direta com os fatos do caso. – Quando um homem escreve e envia uma carta pouco antes de se suicidar, é de se supor que esta carta esteja relacionada ao suicídio. Você perguntou à primeira esposa sobre a carta?

– Sim. E ela nega tê-la recebido.

– Isso não está certo. Se o doutor tivesse sido levado ao suicídio por causa do aparecimento da primeira esposa, então, de acordo com todas as regras, a carta teria sido endereçada a ela. Certamente ele poderia ter escrito uma carta para a segunda esposa, mas dificilmente a enviaria pelo correio. A primeira esposa teria algum motivo para mentir a esse respeito?

– Sim – disse o advogado lentamente. – Creio que sim. O testamento do doutor deixa tudo para a segunda esposa. É claro que, sendo a única esposa legítima, a primeira esposa não terá dificuldade para invalidar esse testamento. Mas se ficar demonstrado que a segunda esposa não tinha conhecimento da existência da primeira, ou seja, que ela acreditava ser a sra. Estep legítima, creio que ela receba ao menos uma fração do espólio. Nenhuma corte, em nenhuma circunstância, seria capaz de deixá-la sem nada. Mas se for julgada culpada pela morte do dr. Estep, então não lhe será demonstrada qualquer consideração e a primeira esposa herdará cada centavo.

— O doutor tinha tanto dinheiro assim a ponto de a metade, digamos, do que possuía valer o enforcamento de uma inocente?

— Ele deixou cerca de meio milhão de dólares. Duzentos e cinquenta mil dólares não é um mau motivo.

— Pelo que você sabe a respeito dela, acha que seria motivo suficiente para a primeira esposa?

— Sinceramente, sim. Não me parece uma pessoa de muitos escrúpulos.

— Onde mora a primeira esposa?

— Está no Hotel Montgomery. E vive em Louisville, creio eu. Mas não acho que você vá conseguir grande coisa conversando com ela. Contratou Somerset, Somerset Quill para representá-la, uma firma muito conceituada, diga-se de passagem. Ao procurá-la, ela vai remetê-lo a eles; e eles não lhe dirão nada. Mas se há algo desonesto a respeito dela, tal como a ocultação da carta do dr. Estep, tenho certeza de que Somerset, Somerset Quill ignoram o fato.

— Posso falar com a segunda sra. Estep, sua cliente?

— Não no momento, infelizmente. Talvez em um dia ou dois. Ela está no limite de um colapso nervoso. Sempre foi uma pessoa sensível, e o choque da morte do marido seguido de sua própria prisão foi demais para ela. Está na cadeia municipal, você sabe, sem direito a fiança. Tentei transferi-la para a ala de presos do Hospital Municipal. Mas as autoridades parecem crer que sua doença é apenas fingimento. Estou preocupado. Ela realmente está em condições críticas.

Sua voz começava a perder a calma novamente. Então peguei o chapéu, disse qualquer coisa a respeito de começar a trabalhar imediatamente e saí. Não gosto de eloqüência: se não for boa o bastante para emocionar, é aborrecida; e se for boa o bastante, confunde os pensamentos.

II

Passei as duas horas seguintes interrogando os empregados, sem conseguir grande coisa. Nenhum deles estava na frente da casa na hora do disparo e nenhum deles viu a sra. Estep imediatamente antes da morte do marido.

Depois de muita procura, localizei Lucy Coe, a enfermeira, num apartamento na Vallejo Street. Era uma mulher baixa, enérgica e metódica, de seus trinta anos de idade. Repetiu-me o que Vance Richmond dissera, e nada pôde acrescentar.

Isso esgotava o lado Estep do trabalho, o que me levou até o Hotel Montgomery, certo de que a minha única esperança de sucesso – afora os milagres, que raramente acontecem – seria encontrar a carta que eu acreditava que o dr. Estep escrevera para a primeira esposa.

Minhas relações com a administração do Hotel Montgomery eram bem próximas – próximas o bastante para que eu conseguisse qualquer coisa que não fosse muito ilegal. Daí que, assim que cheguei, procurei Stacey, um dos assistentes da gerência.

– Essa sra. Estep que está registrada aqui – perguntei –, o que sabe sobre ela?

– Eu, nada. Mas espere um pouco que vou ver o que posso descobrir.

Voltou uns dez minutos depois.

– Ninguém parece saber muito a respeito dela – disse ele. – Interroguei a telefonista, os mensageiros, as camareiras, os balconistas e o detetive da casa. Mas nenhum deles pôde me dizer grande coisa.

"Ela é de Louisville e se registrou aqui no dia 2 deste mês. Nunca se hospedou neste hotel antes e parece não conhecer a cidade direito: pergunta muito como ir daqui para ali. O funcionário do correio não se lembra de ter postado nenhuma correspondência para ela, e nem a telefonista tem registro de qualquer telefonema.

"Segue horários regulares. Geralmente sai às dez da manhã e volta antes da meia-noite. Não parece ter conhecidos e nem amigos na cidade."

– Você poderia ficar de olho na correspondência dela e me dizer tudo sobre os carimbos e os remetentes das cartas?

– Claro.

– Também poderia pedir para a telefonista ficar atenta às ligações dela?

– Sim.

– A sra. Estep está no quarto, agora?

– Não. Saiu há pouco.

– Bom! Vou subir e dar uma olhada nas coisas dela.

Stacey olhou-me fixamente, pigarreou e disse:

– Seria assim tão... ãhn... importante? Quero dar toda a ajuda possível, mas...

– É importante – assegurei. – A vida de outra mulher depende do que eu puder descobrir sobre esta aqui.

– Tudo bem – disse ele. – Pedirei à recepção que nos avise caso ela volte antes de terminarmos. Subimos logo a seguir.

No quarto da mulher havia duas malas e um baú, todos sem tranca, contendo coisas absolutamente desimportantes. Nenhuma carta. Nada. Havia tão pouco, de fato, que eu estava quase convencido de que ela sabia que as suas coisas seriam revistadas.

De volta ao saguão, sentei-me numa confortável cadeira com vista para o escaninho das chaves e esperei para ver a primeira sra. Estep.

Chegou às 23h15. Era uma mulher robusta, entre 45 e cinqüenta anos de idade, bem-vestida, e caminhava com um grande ar de autoconfiança. O rosto tinha traços um tanto duros, especialmente no que dizia respeito ao queixo e à boca, mas não o bastante para ser considerada uma mulher feia. Era uma mulher capaz. Uma mulher que parecia conseguir o que queria.

III

Na manhã seguinte, exatamente às oito horas, voltei ao saguão do Hotel Montgomery e sentei-me em uma cadeira, dessa vez com vista para os elevadores.

Às 10h30, a sra. Estep deixou o hotel, e eu a segui. Sua negativa quanto a ter recebido uma carta escrita pelo marido pouco antes de ele morrer não se encaixava na maneira como eu via as coisas. E um bom lema para um detetive é: "Quando em dúvida, siga-os".

Após fazer o desjejum em um restaurante na O'Farrell Street, ela se dirigiu ao bairro comercial e durante um longo, longo tempo – embora eu pense que tenha sido bem mais breve do que de fato me pareceu – fui levado através dos lugares mais lotados das lojas de departamento mais repletas de gente que ela pôde encontrar.

Não comprou nada mas olhou um bocado, enquanto eu a seguia atabalhoadamente, tentando parecer um baixinho rechonchudo em busca de uma encomenda para a esposa, enquanto as gordas me atropelavam, as magras me acotovelavam e as demais estorvavam o caminho ou pisavam no meu pé.

Finalmente, quando eu já tinha suado alguns quilos, ela deixou o bairro comercial e subiu a Union Square, caminhando despreocupadamente, como se estivesse passeando.

Três quarteirões depois, voltou-se de repente e retornou pelo mesmo caminho, olhando fixamente para todos com quem cruzava. Eu estava sentado num banco, lendo uma página extraviada de um jornal de véspera quando ela passou.

Desceu a Post Street até a Kearney, parando aqui e ali para olhar – ou fingir que olhava – as vitrines das lojas, enquanto eu caminhava a furta-passo, às vezes atrás, às vezes ao lado e outras vezes à frente dela.

Ela olhava para os circunstantes como se tentasse verificar se estava sendo seguida, mas ali, na parte mais movimentada da cidade, isso não me preocupou. Numa rua mais vazia talvez preocupasse, embora não necessariamente.

Existem quatro regras para seguir alguém: mantenha-se atrás do objeto de sua perseguição o mais que puder; nunca tente se esconder dele; aja naturalmente não importando o que aconteça; e nunca o encare. Obedeça essas regras e, a não ser em circunstâncias muito incomuns, a perseguição será a coisa mais fácil que um detetive pode fazer.

Após algum tempo, certa de que ninguém a seguia, a sra. Estep voltou até a Powell Street e entrou num táxi no ponto de St. Francis. Embarquei num modesto carro de passeio, daqueles que fazem ponto na Gery Street, em Union Square, e segui atrás dela.

Seguimos a Post até a Laguna Street, onde o táxi encostou e parou. A mulher saiu, pagou o motorista e subiu as escadarias de um prédio de apartamentos. Com o motor em marcha lenta, o meu carro estacionou na calçada oposta, um quarteirão adiante.

Quando o táxi do qual saltara dobrou a esquina, a sra. Estep deixou a portaria do edifício onde entrara e começou a andar em direção à Laguna Street.

– Ultrapasse-a – disse eu para o motorista. E fomos em sua direção.

Quando a alcançamos, ela já subia os degraus de entrada de um outro edifício e, dessa vez, tocou uma campainha. Era um edifício de apenas quatro apartamentos, cada um com uma porta separada. O botão que ela apertou pertencia ao apartamento à direita no segundo andar.

Oculto pela cortinas traseiras do carro, fiquei de olho na portaria enquanto o motorista procurava uma vaga no quarteirão adiante.

Mantive os olhos no vestíbulo até as 17h35, quando ela saiu, caminhou até a linha do bonde na Sutter Street, voltou ao Hotel Montgomery e subiu para o quarto.

Liguei para o Velho – o gerente da Agência Continental de Detetives de San Francisco – e pedi que ele mandasse um espia verificar quem morava e o que havia no apartamento da Laguna Street.

Naquela noite, a sra. Estep jantou no hotel e foi a um teatro, sem parecer preocupada se estava sendo seguida. Subiu ao quarto pouco depois das onze da noite e eu dei o dia por encerrado.

IV

Na manhã seguinte, deixei a mulher a cargo de Dick Foley e fui até a agência esperar Bob Teal, o agente que investigara o apartamento em Laguna Street. Chegou pouco depois das dez.

– Um cara chamado Jacob Ledwich mora lá – disse Bob. – Certamente é algum vigarista, embora não saiba bem qual a sua especialidade. Ele e "Guapo" Healey são amigos, portanto deve ser um vigarista! Grout "Ouriço" diz que Ledwich é um ex-trapaceiro que agora tem sua própria casa de jogo. Mas Ouriço seria capaz de dizer que um bispo é um arrombador de cofres se achasse que isso poderia lhe render cinco dólares. Esse Ledwich geralmente sai à noite e parece bem de vida. Provavelmente é um operário altamente qualificado. Possui um Buick, placa número 645-221, que mantém em uma garagem na esquina do edifício onde mora. Mas não parece usar muito o carro.

– Como é ele fisicamente?

– Grande. Um metro e oitenta ou mais, cerca de noventa quilos. Tem uma cara engraçada. A boca parece ter sido moldada para outra pessoa. É pequena demais se comparada ao rosto e à mandíbula. Não é jovem, e sim um homem de meia-idade.

– Siga-o um ou dois dias, Bob, e veja o que pretende. Tente alugar um quarto ou apartamento na vizinhança, um lugar de onde possa vigiar a porta dele.

V

O rosto magro de Vance Richmond iluminou-se tão logo mencionei o nome de Ledwich.

– Sim! – exclamou. – Ele era amigo ou, ao menos, conhecido do dr. Estep. Eu o encontrei certa vez: um homem enorme com uma boca pequena peculiarmente desproporcional. Certo dia, passei para visitar o doutor e Ledwich estava no consultório. O dr. Estep nos apresentou.

– O que sabe sobre ele?

– Nada.

– Não sabe se ele era íntimo ou apenas um conhecido do doutor?

– Não. Poderia ser um amigo, paciente ou qualquer outra coisa. O doutor nunca falou dele para mim e nada aconteceu entre eles enquanto eu estive lá naquela tarde. Apenas transmiti ao doutor algumas informações que ele me pedira e fui embora. Por quê?

– Após ter certeza de que não estava sendo seguida, a primeira esposa do dr. Estep encontrou-se com Ledwich ontem à tarde. E tudo indica que ele é algum tipo de trapaceiro.

– E o que isso quer dizer?

– Não estou bem certo, mas dá para especular um bocado. Ledwich tanto conhecia o dr. Estep quanto a sua primeira esposa; daí, não é má idéia supor que *ela* sempre soube onde estava o marido. Se sabia, também não é má idéia supor que estava tirando dinheiro dele. Você poderia verificar as contas do doutor e identificar alguma movimentação de valores inexplicável?

O advogado balançou a cabeça negativamente.

– Não. O doutor era muito negligente com a própria contabilidade. E deve ter tido muitos problemas para fazer as suas declarações de imposto de renda.

– Compreendo. Mas, voltando às minhas especulações: se ela sabia todo o tempo do paradeiro do marido e estava tirando dinheiro dele, então por que veio vê-lo desta vez? Talvez porque...

– Acho que essa eu posso responder – interrompeu Richmond. – Um feliz investimento em madeira de construção quase dobrou o patrimônio do dr. Estep há uns dois ou três meses.

– Então é isso! Ela soube por meio de Ledwich. E, seja por meio de Ledwich, seja por carta, exigiu uma boa parte desse dinheiro, mais do que o doutor estava disposto a pagar. Quando ele se recusou, ela veio exigir pessoalmente sob ameaça, digamos, de desmascará-lo. Ele a levou a sério. Ou não podia levantar o dinheiro exigido ou estava cansado de viver uma vida dupla. De qualquer modo, pensou que estava tudo acabado e decidiu cometer suicídio. Isso é apenas especulação ou uma série de especulações, mas me parece razoável.

– Para mim também – disse o advogado. – O que você vai fazer agora?

– Mantenho os dois sob vigilância. Não há outro modo de lidar com eles no momento. Mandei investigar a mulher em Louisville, mas, como você deve compreender, eu posso descobrir um monte de coisas a respeito deles e ainda assim não encontrar a carta que o dr. Estep escreveu antes de morrer.

"É bem provável que a mulher tenha destruído a carta, o que teria sido muito esperto da parte dela. Mas, se eu conseguir descobrir mais sobre ela, talvez possa forçá-la ao menos a admitir que a carta foi escrita e que dizia algo a respeito de suicídio, se é que dizia. E isso seria o bastante para liberar a sua cliente. A propósito, como vai ela hoje? Alguma melhora?"

O rosto magro perdeu a animação que o acometera durante a nossa conversa sobre Ledwich e se tornou subitamente taciturno.

– Desmoronou completamente ontem à noite e foi removida para o hospital, para onde deveria ter sido levada desde o início. Para falar a verdade, se ela não for liberada logo, não vai mais precisar de nossa ajuda. Fiz o possível para que fosse liberada sob fiança, mexi todos os pauzinhos que conheço, mas há pouca chance de sucesso nesse sentido. Saber que está presa, acusada de ter assassinado o marido, a está matando. Ela não é jovem e sempre foi sujeita a distúrbios nervosos. O mero choque da morte do marido foi suficiente para prostrá-la... Mas agora... Você tem que conseguir tirá-la de lá, e rápido!

Ele caminhava para cima e para baixo em seu escritório, voz alterada pela emoção. Saí dali rapidamente.

VI

Do escritório do advogado voltei para a agência, onde soube que Bob Teal havia telefonado para dar o endereço de um apartamento mobiliado que alugara na Laguna Street. Tomei um bonde e fui dar uma olhada.

Mas não pude ir tão longe.

Logo após saltar do bonde, descendo a Laguna Street, vi Bob Teal caminhando em minha direção. Entre mim e Bob, igualmente vindo em minha direção, havia um homem que reconheci como Jacob Ledwich: um grandalhão com uma caraça vermelha ao redor de uma boquinha.

Continuei caminhando rua abaixo e ultrapassei Ledwich e Bob, aparentemente sem lhes dar atenção. Na esquina seguinte, parei para enrolar um cigarro e esticar um olhar à dupla.

Então me dei conta de tudo!

Ledwich havia parado em uma barraca de cigarros. Conhecendo o seu mister, Bob Teal o ultrapassou, caminhando normalmente rua acima.

Imaginava que ou Ledwich havia saído para comprar cigarros e que voltaria para o apartamento em seguida ou que, após a compra, iria até a linha do bonde. Em qualquer um dos casos, Bob esperaria.

Contudo, quando Ledwich parou diante da barraca de cigarros, um homem no outro lado da rua subitamente se escondeu no vão de uma porta e ali ficou, oculto pelas sombras. Esse homem, lembrei-me então, caminhava no lado oposto da rua onde estavam Bob e Ledwich e vinha na mesma direção.

Ele também perseguia Ledwich.

Quando Ledwich terminou de fazer sua compra na barraca, Bob já havia alcançado a linha de bonde mais próxima, na Sutter Street. Ledwich seguiu para lá. O homem escondido no vão da porta saiu atrás dele. Eu o segui.

Um bonde descia Sutter Street quando cheguei à esquina. Ledwich e eu subimos ao mesmo tempo. Alguns metros mais atrás, o perseguidor misterioso fingiu estar dando o nó no cadarço do sapato até que o bonde começou a se mover e ele o alcançou na corrida.

Postou-se atrás de mim, em pé na plataforma traseira, escondendo-se por trás de um homem encorpado que vestia um macacão. Por sobre o ombro desse passageiro, vez por outra vigiava Ledwich.

Bob já estava sentado na frente do bonde quando subimos eu, Ledwich e aquele detetive amador – não havia a menor dúvida de que era amador.

Avaliei o amador enquanto ele esticava o pescoço para observar Ledwich. Era pequeno, o detetive; e magricela; e frágil. Sua característica mais marcante era o nariz, um órgão flácido que tremelicava nervosamente todo o tempo. Vestia roupas velhas e surradas e tinha por volta de cinqüenta anos de idade.

Após estudá-lo durante alguns minutos, concluí que não havia se dado conta de Bob Teal. Sua atenção estava firmemente voltada para o grandalhão, a quem seguia perto demais para perceber que Bob também estava no páreo.

Daí que, quando o lugar ao lado de Bob vagou, joguei fora o meu cigarro, entrei no carro e me sentei, dando as costas para o homenzinho de nariz nervoso.

– Desça do bonde daqui a alguns quarteirões e volte ao apartamento – disse para Bob em surdina. – Não siga Ledwich novamente até segunda ordem. Apenas vigie a casa dele. Tem um passarinho seguindo o nosso homem e eu quero saber o que ele pretende.

Ele murmurou ter entendido o que eu dissera e, após alguns minutos, desceu do bonde.

Ledwich saltou em Stockton Street, o homenzinho com o nariz nervoso o seguiu e eu saltei atrás dele. Nessa formação, desfilamos pela cidade durante toda a tarde.

O grandalhão tinha negócios em diversas casas de sinuca, lojas de cigarros e sorveterias – a maioria das quais eu conhecia como lugares onde se podia apostar em qualquer cavalo que estivesse correndo na América do Norte, fosse em Tanforan, Tijuana ou Timonium.

Não soube o que Ledwich fez nesses lugares. Eu integrava o fim da procissão e meu interesse estava voltado para o baixinho misterioso. Ele não entrou em nenhum dos lugares visitados por Ledwich, preferindo flanar pelas redondezas até Ledwich reaparecer.

O baixinho teve um trabalhão naquela tarde, tentando ficar fora do ângulo de visão de Ledwich e só conseguindo porque estávamos no centro da cidade, onde se pode perseguir alguém de qualquer jeito. Mas ele certamente fez muita ginástica esquivando-se aqui e ali.

Algum tempo depois, Ledwich o despistou.

O grandalhão saiu de uma tabacaria com outro sujeito. Entraram num automóvel estacionado ao longo do meio-fio e se foram, deixando o meu homenzinho em pé na calçada, o nariz tremelicando em sinal de contrariedade. Havia um ponto de táxi na esquina mas ou ele não sabia ou não tinha dinheiro para pagar a corrida.

Pensei que fosse voltar à Laguna Street. Mas não voltou. Em vez disso, desceu a Kearny até Portsmouth, onde se deitou no gramado, acendeu um cachimbo e pôs-se a olhar desanimado para o monumento a Stevenson, provavelmente sem vê-lo.

Escarrapachei-me num confortável pedaço de relva a alguma distância dele – entre uma chinesa com dois filhos rechonchudos e um velho português vestindo roupas jovialmente quadriculadas – e deixei a tarde passar.

Quando o sol baixou o bastante para o chão esfriar, o homenzinho levantou-se, limpou os fundilhos e voltou à Kearny Street, onde entrou num restaurante barato e comeu mal. Depois, foi até um hotel algumas portas adiante, pegou uma chave no escaninho e sumiu no interior de um corredor escuro. Olhando o livro de registro, descobri que a chave pertencia a um quarto cujo ocupante era John Boyd, de St. Louis, Missouri, e que chegara no dia anterior.

Esse hotel não é do tipo onde é seguro pedir informações, de modo que desci à rua novamente e parei na esquina menos evidente das redondezas.

Entardeceu e acenderam-se as luzes das ruas e das lojas. Logo escureceu. O tráfego noturno da Kearny Street desfilou diante de mim. Jovens filipinos excessivamente bem-vestidos, prontos para o inevitável jogo de vinte-e-um; mulheres espalhafatosas ainda com o rosto amarrotado do repouso diurno; detetives à paisana prontos para se apresentarem às suas centrais antes de encerrarem o dia de trabalho; chineses vindo ou indo para Chinatown; duplas de marinheiros atrás de qualquer aventura; gente faminta procurando os restaurantes italianos e franceses; gente preocupada a caminho do agente de fianças para negociar a libertação de amigos e parentes; italianos de volta para casa após o dia de trabalho; bandos de cidadãos furtivos envolvidos em diversas atividades obscuras.

Veio a meia-noite e nada de John Boyd, de modo que dei o dia por encerrado e fui para casa.

Antes de me deitar, falei com Dick Foley pelo telefone. Disse-me que a sra. Estep nada fizera de importante durante o dia e que não recebera nem cartas, nem telefonemas. Em resposta, disse-lhe para deixar de segui-la, até eu terminar com John Boyd.

Eu temia que Boyd voltasse a atenção para a mulher, e eu não queria que ele descobrisse que ela estava sendo seguida. Já havia instruído Bob Teal a simplesmente observar o apartamento de Ledwich – ver quando ele chegava, quando e com quem saía – e agora dizia para Dick fazer o mesmo com a mulher.

Minha suspeita era a de que ela e esse Boyd estavam trabalhando juntos – que ele estava seguindo Ledwich para ela, de modo que o grandalhão não pudesse traí-la. Mas isso era apenas uma suspeita, e eu não aposto muito em minhas suspeitas.

VII

Na manhã seguinte, vesti roupas e sapatos do exército, um boné velho e desbotado e um paletó que não chegava a ser andrajoso mas que era surrado o bastante para não sobressair ao lado das roupas velhas de John Boyd.

Passava um pouco das nove horas quando Boyd deixou o hotel e fez o desjejum no pé-sujo onde comera na noite anterior. Depois, subiu até a Laguna Street e escolheu uma esquina para esperar por Jacob Ledwich.

Esperou um bocado. Em realidade, esperou o dia inteiro, já que Ledwich só apareceu depois que escureceu. Mas o homenzinho era paciente, diria eu em seu favor. Estava inquieto, repousava ora sobre uma perna, ora sobre outra, e chegou a sentar no meio-fio durante algum tempo. Mas logo se levantou.

De minha parte, relaxei. O apartamento mobiliado que Bob Teal alugara para vigiar a porta de Ledwich era térreo, do outro lado da rua, e apenas um pouco adiante da esquina onde Boyd esperava. Portanto, podíamos observar Boyd e a portaria em um relance.

Bob e eu estivemos sentados, fumando e conversando o dia inteiro, revezando-nos na observação do homenzinho irrequieto e da porta de Ledwich.

A noite já havia caído quando Ledwich saiu e dirigiu-se à linha do bonde. Ganhei a rua e nossa procissão recomeçou: Ledwich na frente, Boyd atrás dele e nós seguindo Boyd.

Meio quarteirão depois, eu tive uma idéia. Não sou o que se pode chamar de um pensador brilhante – as coisas que consigo geralmente são fruto de paciência, destreza e persistência sem a menor imaginação, ajudadas aqui e ali, talvez, por um pouco de sorte –, mas também tenho os meus surtos de inteligência. E esse foi um deles.

Ledwich estava um quarteirão à minha frente; Boyd à metade disso. Aumentando as passadas, ultrapassei Boyd e alcancei Ledwich. Daí, reduzi o passo e comecei a andar ao seu lado, embora sem aparentar que tinha qualquer interesse nele.

– Jake – disse eu sem me voltar. – Tem um sujeito seguindo você.

O grandalhão quase estragou tudo ao parar de súbito; mas se recuperou a tempo e continuou a caminhar ao meu lado.

– Quem diabos é você? – rosnou.

– Não banque o nervosinho – respondi, sempre andando e olhando à frente. – Nada tenho com isso, mas eu estava subindo a rua quando você saiu e vi esse cara se escondendo atrás de um poste quando você passou. Depois, começou a segui-lo.

Ele caiu.

– Tem certeza?

– Absoluta! Tudo o que tem a fazer é dobrar a próxima esquina e esperar.

Eu estava dois ou três passos adiante dele. Dobrei a esquina e me encostei em uma parede de tijolos. Ledwich encostou-se ao meu lado.

– Quer ajuda? – disse eu, sorrindo um sorriso que seria imprudente não parecesse tão forçado.

Sua boquinha era horrível e seus olhos azuis duros como seixos.

Levantei a aba do paletó e mostrei a coronha de minha arma.

– Quer o ferro emprestado?

– Não.

Obviamente, tentava decifrar quem eu era.

– Você se incomoda se eu ficar por perto para me divertir um pouco? – perguntei, debochado.

Não houve tempo para a resposta. Boyd havia acelerado os passos e agora dobrava a esquina às pressas, o nariz nervoso como o de um cão rastreador.

Ledwich posicionou-se no centro da calçada tão subitamente que o homenzinho chegou a emitir um grunhido quando se chocou contra ele. Olharam-se brevemente e houve reconhecimento entre os dois.

Ledwich esticou a manzorra e pegou o outro pelo ombro.

– Por que está me seguindo, seu rato? Não disse para que ficasse longe de "Frisco"?

– Ai, Jake! – implorou Boyd. – Não queria fazer mal, só pensei que...

Ledwich o silenciou com um sacolejo e voltou-se para mim. – É amigo meu – disse ele com um sorriso de desdém.

Seus olhos novamente assumiram uma expressão desconfiada e me mediram do boné aos sapatos.

– Como sabe o meu nome? – perguntou.

– Um cara famoso como você? – respondi com surpresa debochada.

– Deixe de palhaçada! – disse ele. E deu um passo ameaçador em minha direção. – Como sabe o meu nome?

– Não é da sua conta – rebati.

Minha atitude pareceu tê-lo acalmado. Seu rosto assumiu uma expressão menos desconfiada.

– Bem – disse ele lentamente –, devo-lhe esse favor. Como está de grana?

– Já estive mais lambuzado. – "Lambuzado" é gíria para "próspero" na Costa Oeste.

Ele olhou para mim e para Boyd enquanto pensava.

– Conhece o Círculo? – perguntou.

Assenti. O submundo chama o restaurante de Guapo Healey de "O Círculo".

– Se me encontrar lá amanhã à noite, talvez eu possa lhe arranjar um trocado.

– Nada tão exposto! – disse eu enquanto balançava a cabeça em negativa. – Não posso dar na vista.

Não havia a menor chance de eu encontrá-lo lá. Guapo Healey e metade de seus freqüentadores me conheciam como detetive. Nada havia a fazer a não ser tentar parecer um vigarista com bons motivos para se manter longe de lugares badalados durante algum tempo.

Aparentemente deu certo. Ele pensou um pouco e depois me deu o seu endereço na Laguna Street.

– Apareça amanhã a essa mesma hora e talvez eu lhe faça uma proposta... se você tiver coragem.

– Vou pensar – disse eu, sem me comprometer. E tomei o caminho da rua.

– Um minuto – disse.

Voltei a encará-lo e ele perguntou:

– Quem é você?

– Wisher – respondi. – Shine, se você quiser saber o primeiro nome.

– Shine Wisher – repetiu. – Não me lembro de ter ouvido esse nome antes.

Ficaria surpreso se ele tivesse. Eu o havia inventado havia uns quinze minutos.

– Não precisa sair gritando o meu nome por aí – disse eu, amargo. – Assim, toda a vizinhança *vai* acabar se lembrando de tê-lo ouvido algum dia.

E com essa eu me fui, nada insatisfeito comigo mesmo. Acusando Boyd, fiz com que Ledwich ficasse me devendo um favor e me aceitasse, ao menos por enquanto, como um colega vigarista. E ao fazer nenhum esforço aparente para cair em suas graças acabei conseguindo exatamente isso. Teria um encontro com ele no dia seguinte em que poderia ganhar – ilegalmente, sem dúvida – "algum trocado".

Havia uma possibilidade de essa proposta nada ter a ver com o caso Estep. Mas talvez tivesse. E tivesse ou não a ver com o caso, eu havia conseguido me intrometer um pouco nos negócios de Jake Ledwich.

Perambulei cerca de meia hora e depois voltei ao apartamento de Bob Teal.

– Ledwich voltou?

– Sim – respondeu Bob. – E com aquele baixinho. Entraram há cerca de meia hora.

– Bom! Chegou alguma mulher?

– Não.

Eu esperava que a sra. Estep viesse à noite, mas ela não apareceu. Bob e eu sentamos e conversamos enquanto vigiávamos a porta de Ledwich. E as horas passaram.

À uma da manhã, Ledwich saiu de casa.

– Vou segui-lo só para ver o que acontece – disse Bob enquanto pegava o boné.

Ledwich dobrou a esquina. Bob seguiu atrás dele.

Cinco minutos depois, Bob já estava de volta.

– Está tirando o carro da garagem.

Corri ao telefone e pedi um carro de passeio o mais rápido possível.

– Ele voltou!

Juntei-me a Bob na janela ainda a tempo de ver Ledwich entrando em casa, o carro estacionado ao longo do meio-fio. Alguns minutos depois, Boyd e Ledwich saíram juntos. Boyd se apoiava pesadamente em Ledwich, que o sustentava com um braço ao redor dos ombros. Não podíamos ver os seus rostos, mas o homenzinho estava doente, bêbado ou drogado.

Ledwich ajudou a embarcar o colega no automóvel. Impotentes, acompanhamos a luz vermelha traseira do veículo até ela desaparecer por completo, alguns quarteirões adiante. O carro que eu pedira chegou vinte minutos depois, de modo que dispensamos os seus serviços.

Pouco depois das três da manhã, Ledwich voltou. Estava só, a pé e vinha da garagem. Estivera fora durante exatamente duas horas.

VIII

Nem eu nem Bob voltamos para casa naquela noite. Dormimos no apartamento na Laguna Street.

Pela manhã, Bob foi até a mercearia da esquina para comprar o desjejum e trouxe um matutino com ele.

Eu preparava o desjejum enquanto ele dividia a atenção entre a portaria de Ledwich e o jornal.

– Ei! – disse ele subitamente. – Veja isso!

Saí da cozinha com a mão cheia de fatias de bacon.

– O quê?

– Ouça! "Mistério no Assassinato do Parque: cedo pela manhã o corpo de um homem não identificado foi encontrado próximo a uma pista de rolamento na Golden Gate Park. O pescoço estava quebrado e, de acordo com a polícia, a falta de ferimentos no corpo e o estado de suas roupas e do solo nas proximidades do local onde foi encontrado indicam que a vítima não morreu em uma queda, nem por atropelamento. Acredita-se que o homem foi morto e somente então levado de automóvel até o parque, onde foi abandonado."

– Boyd! – disse eu.

– Aposto! – concordou Bob.

Pouco depois, já no necrotério, descobrimos que estávamos certos. O morto era John Boyd.

– Ele já estava morto quando Ledwich o trouxe para fora de casa – disse Bob.

– Estava – confirmei. – Boyd era pequeno e não seria grande coisa para um galalau como Ledwich levá-lo com apenas um braço da porta até o carro, fingindo que o amparava como se faz com um bêbado. Vamos descobrir o que a polícia sabe a respeito, se é que sabe de alguma coisa.

Na delegacia, procuramos O'Gar, o sargento-detetive encarregado de homicídios, um bom sujeito para se trabalhar.

– Esse morto encontrado no parque – perguntei. – Sabe alguma coisa sobre ele?

O'Gar ajeitou o chapéu de condestável de aldeia – um chapéu grande e preto com uma aba frouxa mais adequada a um espetáculo de variedades –, coçou a cabeça de obus e franziu as sobrancelhas, como se desconfiasse que eu estava tentando lhe pregar uma peça.

– Nada a não ser que está morto – disse por fim.

– Gostaria de saber com quem esteve pouco antes de morrer?

– Certamente não iria atrapalhar saber quem o matou.

– Que tal isso: seu nome é John Boyd e estava morando num hotel ali na esquina. A última pessoa com quem esteve foi um sujeito que tem ligações com a primeira esposa do dr. Estep. Você sabe, aquele dr. Estep cuja segunda esposa vocês estão tentando incriminar de homicídio. Parece interessante?

– Sim. Por onde começamos?

– Esse Ledwich, o cara que foi visto pela última vez com Boyd, é um sujeito durão. Em vez dele, seria interessante procurar a mulher, a primeira esposa do dr. Estep. Há uma chance de Boyd ser parceiro dela e, nesse caso, quando ela souber que Ledwich apagou o cara, ela pode abrir o bico e dar o serviço para nós. Por outro lado, se ela e Ledwich estiverem juntos contra Boyd, seria bom tê-la em lugar seguro antes de deter Ledwich. De qualquer modo, não quero pressioná-lo antes de hoje à noite. Tenho um encontro com ele e vou tentar envolvê-lo primeiro.

Bob Teal dirigiu-se à porta enquanto dizia por sobre o ombro:

– Vou ficar de olho nele até você chegar.

– Bom – disse eu. – Não deixe que saia da cidade. Se tentar escapar, enquadre-o.

No saguão do Hotel Montgomery, O'Gar e eu falamos primeiramente com Dick Foley. Ele nos disse que a mulher ainda estava lá e que pedira o desjejum no quarto. Não recebera cartas, telegramas nem telefonemas desde que começara a ser vigiada.

Lancei mão de Stacey novamente.

– Vamos subir para falar com a sra. Estep. Talvez a levemos conosco. Poderia enviar uma camareira para ver se ela já está de pé e vestida? Não queremos irromper antes da hora, quando ela ainda estiver deitada ou apenas parcialmente vestida.

Esperamos cerca de quinze minutos e, em seguida, Stacey nos informou que a sra. Estep estava de pé e vestida.

Subimos até o quarto, trazendo a camareira conosco.

A camareira bateu à porta.

– Quem é? – perguntou uma voz irritadiça.

– A camareira. Preciso...

A chave girou e, furiosa, a sra. Estep abriu a porta. Avançamos, O'Gar brandindo o distintivo.

– Somos da central de polícia – disse ele. – Queremos falar com você.

O pé de O'Gar impedia que ela fechasse a porta enquanto avançávamos, de modo que não lhe restou alternativa senão recuar, permitindo nossa entrada; o que fez sem a menor boa vontade.

Fechamos a porta e, então, soltei a minha bomba:

– Sra. Estep, por que Jake Ledwich matou John Boyd?

As expressões de seu rosto sucederam-se na seguinte ordem: alarme ao ouvir o nome de Ledwich, medo ao ouvir a palavra "matou", mas o nome de John Boyd apenas a deixou confusa.

– Por que quem fez o quê? – balbuciou para ganhar tempo.

– Sim – disse eu. – Por que Jake matou Boyd na noite passada e depois abandonou o corpo no parque?

Outra seqüência de expressões: confusão crescente até eu quase terminar a frase e, então, a súbita compreensão de algo, seguido do inevitável tatear em busca de equilíbrio. Obviamente essas expressões não eram assim tão evidentes, mas perfeitamente detectáveis por qualquer um que tenha jogado pôquer, seja com cartas ou com pessoas.

O que concluí de tudo isso é que Boyd não estava trabalhando com ela e que, embora ela soubesse que Ledwich havia matado alguém algum dia, não fora Boyd e não fora na noite anterior. Quem, então? E quando? O dr. Estep? Dificilmente! Não havia a menor chance de ele ter sido morto, se é que foi morto, por outra pessoa que não a sua segunda mulher. As provas não podiam ser interpretadas de outro modo.

Então quem Ledwich matou antes de matar Boyd? Seria ele um matador de aluguel?

Todas essas coisas passavam pela minha cabeça enquanto a sra. Estep dizia:

– Isso é um absurdo! A idéia de virem até aqui e...

Ela falou durante cinco minutos ininterruptos, as palavras chiando por entre os lábios empedernidos; mas as palavras não faziam sentido. Falava para ganhar tempo e pensar no melhor que tinha a fazer.

E antes que pudéssemos interrompê-la, ela chegou onde queria: o silêncio!

Não pudemos tirar nenhuma outra palavra dela; e essa é a única maneira de alguém vencer o jogo do interrogatório. O suspeito comum tende a contestar a própria prisão; e não importa quão astuto ou quão mentiroso ele é. Se ele falar e você jogar as cartas certas, pode pegá-lo, pode fazer com que ele o ajude a condenar a si mesmo. Mas se ele não falar, nada se pode fazer.

E foi assim com aquela mulher. Ela se recusou a prestar atenção às nossas perguntas. Não falava, não balançava a cabeça, não resmungava, nem mexia os braços em resposta. Ela nos deu todo um repertório de expressões faciais, bastante sinceras, é verdade, mas não conseguimos a informação verbal que queríamos.

Não entregamos os pontos tão facilmente e a pressionamos durante três belas e ininterruptas horas. Vociferamos, adulamos, ameaçamos e, em dado momento, acho que até dançamos. Mas não adiantou. Por fim, decidimos levá-la conosco. Nada tínhamos contra ela, mas não podíamos deixá-la solta enquanto não prendêssemos Ledwich.

Na delegacia, não a fichamos. Em vez disso, a mantivemos como testemunha material, deixando-a numa sala aos cuidados de uma matrona e de um dos homens de O'Gar, que veriam o que poderiam tirar dela enquanto íamos atrás de Ledwich. É claro que a revistamos tão logo chegou; e, como esperávamos, ela nada tinha de importante.

O'Gar e eu voltamos ao Hotel Montgomery e fizemos uma revista geral no quarto dela. Nada encontramos.

– Tem certeza do que está fazendo? – perguntou-me o sargento-detetive quando deixamos o hotel. – Alguém vai se dar mal se você estiver errado.

Deixei a pergunta passar sem resposta.

– Encontro você às seis e meia – disse eu. – E vamos atrás de Ledwich.

Ele resmungou em sinal de aprovação e eu me dirigi ao escritório de Vance Richmond.

IX

O advogado levantou-se tão logo o estenógrafo me abriu a porta do escritório. O rosto estava ainda mais macilento e acinzentado do que antes. Os ossos da face estavam mais evidentes, os olhos cercados por profundas olheiras.

– Você tem que fazer alguma coisa! – gritou com a voz roufenha. – Acabo de vir do hospital. A sra. Estep está à beira da morte! Mais um dia, talvez dois e ela...

Interrompi-o e dei-lhe um breve resumo dos acontecimentos do dia e o que eu iria – ou pretendia – fazer a respeito deles. Mas ele recebeu as notícias sem a menor animação e balançou a cabeça de um lado a outro, desesperançado.

– Mas você não vê que isso não vai dar certo? – disse ele assim que terminei de falar. – Sei que você vai acabar descobrindo a inocência dela. Não estou me queixando. Você fez tudo o que se poderia esperar e mais! Contudo, não é o suficiente. Talvez eu precise... bem... de um milagre, talvez.

"Suponhamos que você finalmente descubra a verdade sobre Ledwich e a primeira sra. Estep, ou que a verdade surja durante o julgamento do assassinato de Boyd. Ou mesmo que você desvende tudo em três ou quatro dias. Ainda assim, seria muito tarde! Se eu pudesse ir agora até a sra. Estep e dizer-lhe que está livre, talvez ela conseguisse se recuperar. Mas outro dia na cadeia, dois dias, ou talvez duas horas, quem sabe, e ela não vai mais precisar de alguém para libertá-la. A morte se encarregará disso! Eu lhe digo, ela está...

Novamente, deixei Vance Richmond abruptamente. Este advogado estava determinado a me pressionar. E eu gosto que os meus trabalhos sejam apenas trabalhos. As emoções são um aborrecimento na hora do serviço.

X

Naquela noite, às quinze para as sete, enquanto O'Gar esperava no fim da rua, toquei a campainha de Jacob Ledwich. Como dormira no apartamento de Bob Teal na noite anterior, eu ainda trajava as roupas que vestira quando me apresentei a Ledwich como Shine Wisher.

Ledwich abriu a porta.

– Olá, Wisher – disse ele sem o menor entusiasmo. E me conduziu escada acima.

O apartamento ocupava uma exata metade do segundo andar, tinha quatro cômodos, portas de frente e de fundos, e era mobiliado com móveis ordinários, característicos de qualquer apartamento mobiliado de preço médio em qualquer parte do mundo.

Sentamos no salão da frente, fumamos e conversamos enquanto nos medíamos um ao outro. Parecia nervoso. E acho que teria ficado muito agradecido se eu não tivesse aparecido.

– Sobre aquele serviço que você mencionou – perguntei em dado momento.

– Desculpe – disse ele, umedecendo a boquinha saliente –, mas está tudo acabado. – E, obviamente após ter pensado melhor, acrescentou: – Por enquanto, pelo menos.

Imaginei que o meu trabalho seria cuidar de Boyd. Mas Boyd já havia sido muito bem cuidado.

Ele trouxe uísque e conversamos sobre coisa nenhuma durante algum tempo. Estava tentando não parecer tão ansioso para se ver livre de mim enquanto eu o observava cuidadosamente.

Juntando as coisas que ele deixava escapar aqui e ali, concluí que era um ex-presidiário fazendo um servicinho mais manso em sua idade madura. Isso batia com o que Porco Grout dissera a Bob Teal.

Falei de mim do modo evasivo peculiar a qualquer vigarista numa situação como aquela, e deixei escapar propositalmente duas pistas que o levariam a crer que eu fora companheiro de prisão de assaltantes do bando de Jimmy, o Rebitador, que então cumpriam longas penas em Walla Walla.

Ledwich se ofereceu para me emprestar algum dinheiro até eu me erguer novamente. Disse-lhe que o que eu mais precisava no momento era de uma boa oportunidade, e não de ninharias.

A noite passava e não chegávamos a lugar algum.

– Jake – disse eu, aparentemente casual –, você se arriscou muito ao tirar aquele cara do seu caminho ontem à noite.

Pretendia agitar as coisas. Consegui.

Seu rosto se encolerizou.

Ele sacou um revólver.

Disparando de dentro do bolso, arranquei a arma da mão dele.

– Agora, comporte-se! – ordenei.

Ledwich se sentou esfregando a mão dormente e olhando com olhos arregalados para o orifício em brasas no bolso do meu paletó. Parece ser uma proeza fora do comum arrancar a arma da mão de outra pessoa com um tiro, mas acontece de vez em quando. Alguém que atire bem – e eu atiro muito bem, obrigado –, natural e automaticamente, acerta próximo ao lugar para onde está olhando. De fato, quando um sujeito saca uma arma, você atira *nele*, sem mirar em nenhum lugar específico. Não há tempo para isso. Você atira *nele*, e pronto. Porém, numa situação como essa, é muito provável que você esteja olhando para a arma que ele está empunhando, e aí, nesse caso, não será surpreendente se a sua bala acabar atingindo a arma dele, exatamente como aconteceu comigo. Mesmo assim, parece impressionante.

Bati as brasas ao redor do buraco no bolso do meu paletó e caminhei até onde fora parar o revólver de Ledwich. Tomei-o em mãos e comecei a descarregá-lo. Mas logo mudei de idéia, fechei-o e meti-o no bolso. Em seguida, sentei-me numa cadeira diante da dele.

– Você não deveria agir assim – zombei. – Pode acabar ferindo alguém.

A boquinha fez beicinho para mim.

– Um "fuçador", hein? – disse ele, imprimindo à voz todo o desprezo que podia. Por algum motivo, qualquer sinônimo para detetive parece carregar um bocado de desdém.

Eu podia ter voltado a fazer o papel de Wisher. Podia ser feito, mas não valeria a pena. Por isso, confirmei com um movimento de cabeça.

Seu cérebro pôs-se a trabalhar e a paixão abandonou seu rosto. Sentado, massageava a mão direita enquanto os olhos e a boquinha espremiam-se em conjecturas.

Fiquei quieto, esperando o resultado do raciocínio. Sabia que ele estava tentando descobrir onde eu me encaixava na história. Uma vez que, para ele, eu havia aparecido na noite anterior, então não estava ali por causa do assassinato de Boyd. Essa constatação certamente o levaria a me associar ao caso Estep, a não ser que ele estivesse enrolado com outras patifarias que não fossem do meu conhecimento.

– Você não é um detetive da polícia, é? – perguntou por fim. Sua voz estava quase amistosa, a voz de alguém que deseja persuadi-lo ou vender-lhe alguma coisa.

A verdade, pensei, não vai doer.

– Não – respondi. – Sou da Continental.

Ele arrastou a cadeira para perto do cano de minha automática.

– Então, o que você quer? Onde se encaixa nisso tudo?

Tentei a verdade novamente.

– A segunda sra. Estep. Ela não matou o marido.

– E você está tentando levantar provas suficientes para libertá-la?

– Sim.

Sinalizei para que retrocedesse quando ele fez menção de arrastar a cadeira para ainda mais perto.

– E como pretende fazer isso? – prosseguiu, a voz cada vez mais baixa e em tom confidencial.

Novamente lancei mão da verdade.

– Ele escreveu uma carta antes de morrer.

– E daí?

Era o suficiente, por enquanto.

– Só isso.

Ele se recostou na cadeira e seus olhos e a sua boquinha voltaram a se espremer em conjecturas.

– Qual o seu interesse no homem que morreu ontem à noite? – perguntou muito suavemente.

– O interesse é em você – disse eu, novamente sincero. – Talvez isso não beneficie a segunda sra. Estep diretamente. Mas você e a primeira esposa estão unidos contra ela. Daí que qualquer coisa que os atinja vai beneficiá-la de algum modo. Estou tateando no escuro, admito. Mas vou adiante sempre que vejo um ponto de luz. E vou acabar chegando à verdade no fim de tudo. Prender você pelo assassinato de Boyd é um ponto de luz.

Ele se inclinou para a frente subitamente, abrindo os olhos e a boca o mais que podia.

– Você vai chegar à verdade, com certeza – disse ele com calma –, desde que tenha um pouco de discernimento.

– O que quer dizer com isso?

– Você tem certeza de que pode me acusar pela morte de Boyd? – perguntou, ainda muito suavemente. – De que pode me condenar por assassinato?

– Sim.

Mas eu não estava assim tão certo. Para começo de conversa, embora estivéssemos moralmente certos disso, nem eu e nem Bob Teal poderíamos jurar que o homem que entrou com Ledwich no carro era John Boyd.

Nós sabíamos que era Boyd, claro. Mas o problema é que estava muito escuro para que pudéssemos ver o seu rosto. Também pensamos que estivesse vivo. Somente depois descobrimos que ele já estava morto quando saiu de casa.

Miudezas, é verdade, mas o problema é que, a não ser que esteja absolutamente certo de todos os detalhes, um detetive particular no banco das testemunhas costuma ter um efeito desagradável e ineficaz.

– Sim – repeti, enquanto pensava em tudo isso. – E estou pronto a testemunhar a respeito do que tenho contra você e daquilo que eu possa descobrir entre agora e a hora em que você e a sua cúmplice forem a julgamento.

– Cúmplice? – disse ele, não muito surpreso. – Suponho que esteja se referindo à Edna. Você já a prendeu?

– Sim.

Ele riu.

– Você vai se divertir um bocado tentando tirar alguma coisa dali. Em primeiro lugar, ela não sabe muito. Em segundo, bem... suponho que você tenha tentado e já tenha descoberto que criatura prestativa ela é. Portanto, não tente me aplicar aquele velho truque de dizer que ela já deu o serviço!

– Não estou tentando nada.

Houve silêncio entre nós e ele veio com a proposta:

– É pegar ou largar. O bilhete que o dr. Estep escreveu antes de morrer foi endereçado a mim, e é prova positiva de que ele cometeu suicídio. Me dê uma chance, apenas uma dianteira de meia hora, e lhe dou a minha palavra de honra de que eu envio o bilhete por correio.

– E eu sei que posso confiar em você – acrescentei com sarcasmo.

– E eu também sei que posso confiar em você – rebateu. – Darei a você o bilhete se me der meia hora de dianteira.

– Por que faria isso? – perguntei. – Por que não ficar com você e com o bilhete?

– Se você pudesse encontrar o bilhete! Mas, diga-me, eu pareço o tipo de idiota que deixaria um bilhete desses dando sopa? Você acha que está aqui neste quarto?

Não. Mas o fato de Ledwich tê-lo escondido não queria dizer que eu não pudesse encontrá-lo.

– Não vejo nenhum motivo para negociar com você – disse eu. – Eu o peguei, e isso é o bastante.

– Se eu lhe mostrasse que o único modo de libertar a segunda sra. Estep é por meio de minha colaboração voluntária, você negociaria comigo?

– Talvez... de qualquer modo, estou ouvindo.

– Tudo bem. Vou abrir o jogo. Mas a maior parte do que vou dizer não pode ser comprovado em corte sem a minha ajuda. E se você recusar minha oferta, tenho provas suficientes para convencer o júri de que tudo isso é mentira, que eu nunca disse nada disso e que você está tentando me incriminar.

Essa parte me soava bastante razoável. Eu já havia deposto em todos os júris da cidade e do estado de Washington e nunca vira um deles propenso a crer que um detetive particular fosse algo diferente de um especialista em intriga, alguém que anda por aí com um baralho falso num bolso e um equipamento completo de falsário no outro, e que lamenta o dia em que não mandou um inocente para a cadeia.

XI

– Era uma vez um jovem doutor, numa cidade muito longe daqui – disse Ledwich –, envolvido num escândalo dos mais sórdidos, que escapou da cadeia por um triz mas que teve a licença cassada pelo conselho médico estadual.

"Numa cidade grande não muito longe dali, numa noite em que estava bêbado, como sempre costumava estar naqueles tempos, esse jovem doutor contou os seus problemas para um homem que conheceu num inferninho. O homem era um sujeito cheio de recursos e, em troca de algum dinheiro, ofereceu-se para arranjar um diploma falso, de modo que o doutor pudesse praticar a medicina em outro estado.

"O jovem doutor aceitou a oferta e o amigo arranjou o diploma para ele. O doutor é o homem que você conhece como dr. Estep. Eu era o amigo. E o verdadeiro dr. Estep foi encontrado morto no parque esta manhã!"

Essa era boa... se fosse verdade!

– Veja você – prosseguiu o grandalhão –, quando me ofereci para conseguir o diploma para o jovem doutor, cujo nome verdadeiro não importa, eu tinha em mente um diploma falso. Hoje em dia é fácil, há até um mercado regular de diplomas falsificados, mas há 25 anos eram mais difíceis de encontrar. Enquanto tentava arranjar o diploma, topei com uma mulher com quem eu já trabalhara antes, Edna Fife, e que você conhece como primeira esposa do dr. Estep.

"Edna era casada com um médico, o verdadeiro dr. Humbert Estep. Mas ele era um péssimo médico. Depois de passar fome ao lado dele na Filadélfia durante alguns anos, ela o fez fechar o consultório e dedicar-se à jogatina. Ela era muito boa nisso, uma verdadeira limpadora de mesas, e, mantendo-o sob o seu controle todo o tempo, transformou-o também num bom trapaceiro.

"Eu a encontrei pouco depois disso e, quando ela me contou esta história, me ofereci para comprar o diploma e outras credenciais do marido. Não sei se ele as queria vender ou não, mas obedeceu-a e eu fiquei com os documentos.

"Entreguei os documentos ao jovem doutor, que veio para San Francisco e abriu um consultório sob o nome de Humbert Estep. O verdadeiro Estep prometera nunca mais usar esse nome, o que não era nada demais para ele, já que vivia trocando de nome sempre que mudava de endereço.

"Mantive contato com o jovem doutor, é claro, recebendo a minha propina regularmente. Eu o tinha sob controle. Não era bobo de desistir de uma grana fácil como aquela. Cerca de um ano depois, soube que ele havia se estabelecido e que estava ganhando algum dinheiro. Daí, embarquei num trem e vim para San Francisco. De fato, ele andava muito bem de vida, de modo que acampei por aqui, onde podia mantê-lo sob controle.

"Ele se casou por essa época e, entre a prática e os investimentos, começou a acumular um bom dinheiro. Mas endureceu comigo, o maldito! Não se deixaria sangrar. Disse que só me daria uma porcentagem regular do que ganhava, nada além.

"Durante quase 25 anos tive exatamente isso, nem um centavo além do combinado. Ele sabia que eu não iria matar a galinha dos ovos de ouro e, portanto, não adiantava ameaçá-lo. Ele não voltaria atrás.

"Como eu disse, isso continuou por anos e anos. Conseguia o bastante para viver, mas não estava ganhando nenhum dinheirão. Há alguns meses, porém, soube que ele havia feito uma boa grana em um negócio com madeira de construção e decidi agir.

"Após todos esses anos, já conhecia o doutor muito bem. Isso acontece quando se está extorquindo dinheiro de alguém. Você tem uma ótima idéia do que vai na cabeça dessa pessoa e o que ela provavelmente faria caso isso ou aquilo acontecesse. Portanto, eu conhecia o doutor muito bem.

"Sabia, por exemplo, que ele nunca havia contado para a esposa a verdade sobre o seu passado. Que dissera qualquer coisa a respeito de ter nascido na Virgínia Ocidental. Por mim, tudo bem! Daí eu soube que ele guardava um revólver na escrivaninha, e eu sabia o porquê. Guardava-o ali para que pudesse se matar caso a verdade sobre o seu diploma fosse descoberta. O doutor achava que, se desse um tiro na cabeça tão logo surgisse o primeiro indício de que seria desmascarado, as autoridades abafariam o caso em respeito à boa reputação que construíra.

"Dessa forma, e mesmo que a sua esposa descobrisse a verdade, seria poupada da vergonha de um escândalo público. Eu não consigo me ver morrendo só para não magoar uma mulher, mas o doutor era um sujeito esquisito, e era louco por ela.

"Portanto, eu o conhecia muito bem, e foi assim que as coisas aconteceram.

"Meu plano pode parecer complicado, mas era muito simples. Primeiro, encontrei os verdadeiros Esteps. Tive que procurar um bocado, mas acabei encontrando-os. Trouxe a mulher para San Francisco e disse para o marido se manter afastado.

"Tudo teria dado certo se ele tivesse feito o que eu mandei. Mas ele tinha medo de que Edna e eu o traíssemos, então resolveu ficar de olho em nós. Mas eu não sabia disso até você denunciá-lo.

"Trouxe Edna até aqui e, sem lhe dizer nada além do que deveria saber, eu a treinei até que decorasse muito bem o seu papel.

"Alguns dias antes da chegada dela, fui visitar o doutor e exigi cem mil dólares. Ele riu de minhas pretensões e fui embora fingindo estar danado da vida.

"Tão logo Edna chegou, disse-lhe para visitar o doutor. Ela foi e pediu para ele fazer uma operação ilegal em sua filha. Ele, é claro, se recusou. Daí, ela discutiu com ele de modo que todos que estivessem na recepção pudessem ouvir. E quando ela ergueu a voz, escolheu palavras que pudessem ser interpretadas do modo que queríamos que fossem interpretadas. Ela fez tudo com perfeição e saiu dali aos prantos.

"Daí, lancei mão de outro truque! Pedi para um camarada, um sujeito que é um mestre nesse negócio, para gravar uma placa com uma notícia falsa dizendo que as autoridades do estado estavam investigando a informação de que um proeminente cirurgião de San Francisco estava praticando a medicina com uma licença falsa. A placa media dez por dezoito centímetros. Se você examinar a primeira página interna do *Evening Times* em qualquer dia da semana encontrará uma foto exatamente desse tamanho.

"No dia seguinte à visita de Edna, saí à rua às dez da manhã e comprei uma cópia da primeira edição do *Times*. O falsário meu amigo apagou a foto com ácido e imprimiu a matéria falsa no lugar dela.

"Naquela noite, substituí a página externa de um exemplar de assinante por aquela que viera com o jornal que havíamos preparado e fiz a troca assim que o menino entregou o jornal. Essa parte foi fácil. O menino atirou o jornal, me arrastei até o vestíbulo, fiz a troca e deixei o jornal falsificado para o doutor."

Eu tentava não parecer tão interessado, mas os meus ouvidos estavam atentos a cada palavra. A princípio, me preparara para uma fieira de mentiras. Mas agora sabia que ele dizia a verdade! Cada sílaba era uma bazófia. Ele estava meio embriagado pela própria esperteza, a esperteza com a qual planejara e levara a cabo o seu plano de perfídia e assassinato. Eu sabia que ele falava a verdade e suspeitava que ele estava contando mais do que pretendia. Ele estava intumescido de vaidade, a vaidade que freqüentemente infla o vigarista após um pequeno sucesso; e o prepara para a cadeia.

Seus olhos brilhavam e a sua boquinha sorria triunfante enquanto falava.

– De fato, o doutor leu o jornal. E se matou. Mas primeiro escreveu e enviou um bilhete... para mim. Eu não pensara em incriminar a esposa dele. Foi pura sorte.

"Imaginei que a notícia falsa no jornal seria ignorada em meio à confusão. Edna deveria prosseguir com a trama, apresentando-se como sendo a primeira esposa. E o fato de ele ter se suicidado depois de sua primeira visita, somado ao que a enfermeira ouvira durante a visita, faria a sua morte parecer uma confissão de que Edna *era* a sua esposa.

"Estava certo de que ela passaria por qualquer investigação. Ninguém sabia coisa alguma sobre o verdadeiro passado do doutor, exceto aquilo que ele lhes dissera e que acabaria se revelando mentira.

"Edna realmente se casara com um certo dr. Humbert Estep, na Filadélfia, em 1896; e os 27 anos decorridos desde então se encarregariam de ocultar o fato de que o verdadeiro dr. Humbert Estep não era esse dr. Humbert Estep.

"Tudo o que queríamos era convencer a verdadeira mulher e seu advogado de que ela não era a mulher legítima. E conseguimos! Todo mundo aceitou o fato de Edna ser a mulher verdadeira.

"O passo seguinte seria fazer Edna e a mulher chegarem a um acordo a respeito da herança, com Edna herdando a maior parte ou ao menos a metade de tudo. E nada viria a público.

"Se acontecesse o pior, estávamos preparados para ir aos tribunais. E nos daríamos muito bem, embora eu me contentasse com a metade. Daria algumas centenas de milhares de dólares, o bastante para mim, mesmo deduzindo os vinte mil que prometi para Edna.

"Mas quando a polícia prendeu a mulher do doutor por assassinato, vislumbrei a chance de ficar com tudo. Bastava que eu esperasse ela ser condenada. Daí a corte daria tudo para Edna.

"Eu tinha a única prova que libertaria a mulher do doutor: o bilhete que ele escreveu para mim. Mas mesmo que eu quisesse, não poderia divulgá-lo sem expor toda a trama. Quando leu a notícia falsa no jornal, ele a arrancou, escreveu o bilhete sobre ela e o enviou para mim. Portanto, o bilhete é uma revelação involuntária de um morto. Mas eu não tinha nenhuma intenção de divulgá-lo.

"Até aí tudo transcorria como num sonho. Bastava esperar até a hora de sacar a grana. E foi justo aí que o verdadeiro Humbert Estep apareceu para estragar tudo.

"Ele raspou o bigode, vestiu umas roupas velhas e veio nos espionar, para ver se eu e Edna não fugíamos dele. Como se pudesse evitar! Depois que você o denunciou, eu o trouxe até a minha casa.

"Pretendia mantê-lo aqui enquanto não encontrasse um lugar onde deixá-lo até terminarmos o serviço. Era esse o trabalho que eu ia pedir para você fazer: ficar de olho nele. Mas acabamos discutindo, brigando, e eu o derrubei. Ele não se levantou e descobri que estava morto. Quebrara o pescoço. Nada havia a fazer a não ser levá-lo até o parque e abandoná-lo por lá.

"Não contei para Edna. Aparentemente, ele não tinha muita utilidade para ela, mas a gente nunca sabe como as mulheres vão reagir. De qualquer forma, agora que está feito, ela não vai dizer nada. Tem sido leal todo o tempo. E, caso fale, não pode fazer muito estrago. Ela só sabe a parte dela na trama.

"Toda essa longa história é só para você ver contra o que está lutando. Talvez você ache que pode descobrir provas das coisas que eu lhe disse. E pode, até aqui. Pode provar que Edna não era esposa do doutor. Pode provar que eu o estava chantageando. Mas você não pode provar que a mulher do doutor não *acreditava* que Edna era a sua esposa de verdade! É a palavra dela contra a minha e a de Edna.

"Vamos jurar que nós a convencemos disso, o que lhe daria uma motivação para o crime. Você não pode provar que o artigo de jornal falso de fato existe. Tudo isso vai soar para o júri como conversa de drogado.

"Você não pode me incriminar pelo assassinato de ontem à noite. Tenho um álibi que vai deixá-lo de queixo caído! Posso provar que saí daqui com um amigo bêbado, e que o levei até o hotel e o deixei na cama com a ajuda de um vigia noturno e de um mensageiro. E o que você tem para rebater? A palavra de dois detetives. Quem vai acreditar?

"Talvez você possa me incriminar por tentativa de estelionato ou algo no gênero. Mas ainda assim não poderá libertar a sra. Step sem a minha ajuda. Me liberte e eu lhe darei a carta que o doutor escreveu com o próprio punho, sobre uma notícia falsa de jornal, e que vai se encaixar perfeitamente na parte que falta no pedaço de jornal que está com a polícia. Nela, o doutor escreveu que ia se matar em palavras quase tão explícitas quanto as que uso agora."

Realmente isso faria muita diferença, não restava a menor dúvida. E eu acreditava na história de Ledwich. Quanto mais pensava, mais gostava dela. Encaixava-se perfeitamente com os fatos. Mas eu não estava assim tão propenso a deixar esse grande vigarista escapar.

– Não me faça rir! – disse eu. – Tanto vou prender você quanto libertar a sra. Estep.

– Tente! Você não tem a menor chance sem a carta. E você acha que um sujeito com cérebro para planejar algo assim seria tolo o bastante para deixá-la num lugar onde pudesse ser facilmente encontrada?

Eu não estava particularmente impressionado com a dificuldade que iria ter para incriminar Ledwich e libertar a viúva do morto. Seu esquema – esse ziguezague de perfídia friamente calculista com o qual ele envolveu a todos com quem lidou, inclusive sua última cúmplice, Edna Estep, não era tão à prova de falhas como dizia. Bastava uma semana de investigações no Leste e... mas uma semana era exatamente o que eu não tinha!

As palavras de Vance Richmond me acorriam à mente: "Mais outro dia na cadeia, dois dias ou duas horas, quem sabe, e ela não vai mais precisar de alguém para libertá-la. A morte se encarregará disso!"

Se eu pretendia fazer alguma coisa pela sra. Estep, tinha que ser rápido. Legal ou ilegalmente. Sua vida estava em minhas mãos. Esse homem diante de mim – os olhos cheios de esperança e a boca ansiosamente contraída – era um ladrão, chantagista, traidor e pelo menos duas vezes assassino. Detestava ter que deixá-lo ir. Mas havia a mulher morrendo no hospital...

XII

De olho em Ledwich, fui até o telefone e liguei para a casa de Vance Richmond.

– Como está a sra. Estep? – perguntei.

– Ainda mais fraca! Falei com o doutor há cerca de meia hora e ele disse...

Cortei-o. Não queria ouvir os detalhes.

– Vá para o hospital e fique onde eu possa encontrá-lo por telefone. Devo ter notícias para você antes de a noite terminar.

– O quê? Há alguma chance de... Você está...

Não prometi nada a ele. Simplesmente devolvi o fone ao gancho e disse a Ledwich:

– Vou fazer isso por você. Deixe o bilhete em minha mão e eu lhe dou o seu revólver e o deixo sair pelos fundos. Tem um policial na esquina aí em frente e não posso deixá-lo cruzar com ele.

Ele se pôs de pé, radiante.

– Sua palavra?

– Sim. Vá em frente.

Ele passou por mim, alcançou o telefone, deu um número à telefonista – que tive o cuidado de anotar – e depois falou apressadamente:

– Aqui é Shuler. Ponha um garoto num táxi com aquele envelope que eu lhe dei para guardar para mim e mande-o vir aqui imediatamente.

Em seguida, deu o seu endereço, disse "sim" duas vezes e desligou.

Nada havia de surpreendente no fato de ele ter aceitado a minha palavra.

Primeiro porque não tinha outra escolha. E também porque, ao fim de algum tempo, todos os trapaceiros de sucesso acabam acreditando que o resto do mundo – à exceção dele – é povoado por uma raça de dóceis cordeiros humanos nos quais se pode confiar.

Dez minutos depois, a campainha tocou. Atendemos a porta juntos e Ledwich recebeu em mãos um grande envelope. Aproveitei para decorar o número no boné do mensageiro. Depois, voltamos para a sala.

Ledwich abriu o envelope e me passou o conteúdo: um pedaço de jornal rasgado no qual havia uma mensagem escrita por mãos trêmulas:

Nunca pensei que você, Ledwich, fosse tão profundamente estúpido. Meu último pensamento será que esta bala que dá fim à minha vida também acaba com os seus anos de ócio. Agora, você terá que trabalhar.
Estep.

O doutor morreu com determinação!

Peguei o envelope das mãos do grandalhão, guardei o bilhete dentro dele e meti-o no bolso. Então fui até uma janela que dava para a rua em frente e amassei o rosto contra a vidraça até identificar a silhueta de O'Gar, que pacientemente esperava onde eu o deixara horas antes.

– O detetive de polícia ainda está na esquina – disse para Ledwich. – Aqui está o seu ferro.

E passei-lhe o revólver que eu havia arrancado de sua mão havia pouco.

– Pegue-o e fuja pela porta dos fundos. Lembre-se de que isso é tudo que estou lhe oferecendo: a arma e um outro início justo. Se você jogar limpo comigo, nada vou fazer para prendê-lo, a não ser que você me traia.

– Tudo bem!

Ele pegou a arma, abriu-a para ver se ainda estava carregada e correu para os fundos do apartamento. Na porta ele parou, hesitante, e voltou-se novamente para mim. Mantive-o sob a mira de minha automática.

– Você me faria um favor que não incluí na barganha?
– Qual?
– Este bilhete está num envelope que tem a minha letra e, talvez, as minhas digitais. Deixe-me trocá-lo por um envelope novo. Não gostaria de deixar nenhuma outra pista além das que já deixei.

Com a mão esquerda, já que a direita estava ocupada pela arma, peguei o envelope desajeitadamente e o joguei para ele. Ele pegou um envelope limpo de cima da mesa, limpou-o cuidadosamente com o lenço, meteu o bilhete dentro dele, cuidando para não tocá-lo com a ponta dos dedos, e me devolveu. E eu o guardei no bolso.

Foi difícil não rir.

A manobra com o lenço indicava que o envelope no meu bolso estava vazio, que o bilhete estava em poder de Ledwich embora eu não tivesse visto isso acontecer. Ele havia me aplicado um de seus truques de jogador.

– Se manda! – gritei, evitando rir na cara dele.

Ele girou nos calcanhares. Ouvi os seus passos pesados contra o chão. Uma porta bateu nos fundos da casa.

Procurei no envelope que ele me dera. Precisava ter certeza de que ele me traíra.

O envelope estava vazio.

Nosso acordo estava quebrado.

Corri até a janela da frente, escancarei-a e me debrucei para fora. O'Gar me viu imediatamente, melhor do que eu o via. Gesticulei indicando os fundos da casa. O'Gar correu para o beco atrás do edifício. Atravessei o apartamento de Ledwich até a cozinha e meti a cabeça para fora de uma janela que já estava aberta.

Pude ver Ledwich contra a cerca caiada, abrindo o portão e correndo para o beco.

O vulto atarracado de O'Gar surgiu sob a luz no fim do beco.

O revólver de Ledwich estava em sua mão. O de O'Gar não... não ainda.

Ledwich ergueu o revólver. O cão estalou.

O revólver de O'Gar cuspiu fogo.

Ledwich rodou em câmera lenta contra a cerca branca, arfou um par de vezes e caiu.

Desci a escada lentamente para me juntar a O'Gar; lentamente porque não é agradável olhar para um homem que você deliberadamente mandou para a morte. Nem mesmo se esse for o único modo de salvar uma vida inocente e o morto for Jake Ledwich, um perfeito canalha.

– Como foi? – perguntou O'Gar quando cheguei ao beco onde ele observava o corpo.

– Fugiu de mim – disse simplesmente.

– Compreensível.

Revistei os bolsos do cadáver até encontrar o bilhete de suicida, ainda amarrotado no interior do lenço. O'Gar examinava o revólver do morto.

– Veja! – exclamou. – Talvez esse não seja o meu dia de sorte! Ele atirou em mim uma vez e o seu revólver negou fogo. Não admira! Alguém deve ter maltratado esta arma. O pino do cão está quebrado!

– É mesmo? – perguntei, fingindo não saber que a bala que tirara o revólver das mãos de Ledwich também o tornara inofensivo.

O ASSASSINO ASSISTENTE

Em dourado, com bordas negras, estava escrito na porta: ALEXANDER RUSH, DETETIVE PARTICULAR. Lá dentro, um sujeito feioso reclinava-se na cadeira, pés pousados sobre uma escrivaninha amarela.

O escritório nada tinha de encantador. Os móveis, poucos e velhos, exibiam o aspecto gasto de objetos de segunda mão. Um quadrado de pano encardido e desfiado cobria o chão à guisa de tapete. Em uma parede amarela um alvará emoldurado autorizava Alexander Rush a exercer a atividade de detetive particular na cidade de Baltimore, desde que seguisse regras bem determinadas. Havia um mapa da cidade em outra parede. Sob o mapa, uma estante frágil, pequena, com poucos objetos: um velho roteiro de estradas de ferro, um pequeno guia de hotéis e as listas de telefones e de endereços de Baltimore, Washington e Filadélfia. Num canto junto à pia, um instável cabide de carvalho sustentava um chapéu-coco e um sobretudo negro. As quatro cadeiras da sala nada tinham uma com a outra, a não ser a idade. Além dos pés do proprietário, o tampo esfolado da escrivaninha abrigava um telefone, um tinteiro com tinta preta coagulada, uma confusão de recortes de jornais, a maioria a respeito de criminosos que escaparam desta ou daquela prisão, e um cinzeiro gris que continha mais cinzas e mais pontas de charutos do que poderia comportar.

Escritório feio. Proprietário ainda mais feio.

A cabeça era atarracada e em forma de pêra. Excessivamente pesada, larga, rombuda nos maxilares, estreitava-se até alcançar o cabelo rente e eriçado que brotava de uma testa baixa e oblíqua. Sua pele era vermelho-escura, rija, e cobria largos pneus de gordura. Mas essas deselegâncias fundamentais de modo algum compreendiam toda a sua feiúra. Outras coisas haviam alterado as suas feições.

Se você olhasse para o nariz dele de um determinado ângulo, diria que estava quebrado. De outro, diria que não; que simplesmente não tinha forma alguma. Contudo, fosse qual fosse a sua opinião quanto à forma, não restariam dúvidas quanto à cor. Naquele nariz, já naturalmente avermelhado, havia veias estouradas em forma de estrelas, espirais e misteriosos arabescos que pareciam ter algum significado secreto. Os lábios eram largos e grosseiros. Entre eles, brilhavam duas sólidas fileiras de dentes de ouro, a de baixo ultrapassando a de cima, de modo que a mandíbula era alongada e proeminente. Os olhos – pequenos, profundos e de íris azul-clara – tinham tantos vasos rompidos que levariam qualquer um a pensar que o sujeito estava com uma tremenda gripe. As orelhas davam conta de sua juventude: eram as orelhas grosseiras, torcidas e em forma de couve-flor de um pugilista.

Um homem de quarenta e poucos anos de idade, feio, recostado à cadeira, pés sobre a escrivaninha.

A porta com inscrições em dourado se abriu e outro homem entrou. Talvez dez anos mais novo, era, de modo geral, tudo o que o homem na escrivaninha deixava de ser. Alto, esbelto, pele clara, olhos castanhos, passaria despercebido tanto numa casa de jogos quanto numa galeria de arte. As roupas – terno e chapéu cinza – eram novas e bem passadas a ferro, e até elegantes em sua sobriedade. O rosto também nada tinha de marcante, o que era uma surpresa se considerarmos quão perto escapou de ser bonito devido à boca excessivamente fina, marca dos homens cautelosos.

Ele deu dois passos no interior do escritório e hesitou, olhos castanhos entre móveis surrados voltados para um proprietário de maus bofes. Tanta feiúra parecia desconcertar o homem de cinza. Um sorriso de desculpas começou a despontar em seus lábios, como se estivesse a ponto de murmurar: "Perdão, entrei no escritório errado".

Mas não foi o que disse. Deu outro passo adiante e perguntou, indeciso:

– Você é o sr. Rush?

– É, sou. – A voz do detetive era rouca, de uma aspereza sufocada que parecia corroborar a idéia de que estava muito gripado. Pôs os pés no chão e empurrou uma cadeira com a mão gorda e vermelha. – Sente-se, cavalheiro.

O homem de cinza sentou-se, tentando manter-se ereto à beira da cadeira.

– O que posso fazer por você? – grasnou Alec Rush amistosamente.

– Queria... desejo... gostaria de... – e o homem de cinza nada mais disse.

– Talvez você prefira só me dizer o que está errado – sugeriu o detetive, sorridente. – Então saberei o que quer de mim.

Havia gentileza no sorriso de Alec Rush, e essa gentileza era envolvente. De fato, o seu sorriso era um horroroso esgar de pesadelo, daí o seu charme. Quando uma pessoa bonita sorri, não há grande lucro: o sorriso não diz muito mais do que o rosto em repouso. Mas quando Alec Rush distorcia a sua máscara de ogro e, incoerentemente, fazia despontar amizade jovial daqueles olhos vermelhos e selvagens, daquela boca brutal e metalizada – era comovente e cativante.

– Sim, acho que seria melhor – disse o homem de cinza, que se recostou na cadeira mais confortavelmente, menos apressado. – Ontem, em Fayette Street, encontrei uma... uma jovem que conheço. Não nos víamos havia meses. Mas isso agora não vem ao caso. Depois que nos despedimos, após falarmos durante alguns minutos, vi um homem. Ou seja, ele saiu de uma porta e desceu a rua na mesma direção que ela, e achei que ele a estivesse seguindo. Ela dobrou a Liberty Street e ele fez o mesmo. Um número incontável de pessoas segue o mesmo trajeto, e a idéia de que ele a estivesse seguindo me pareceu tão fantástica que acabei esquecendo do assunto e fui cuidar da minha vida.

"Mas não conseguia tirar aquilo da cabeça. Parecia que havia alguma intenção peculiar no modo como ele agia, e não importava o quanto eu me dissesse que era absurda, a idéia insistia em me preocupar. Daí que ontem à noite, sem ter nada de especial para fazer, fui de carro até a vizinhança da... da casa da jovem. E vi o mesmo homem novamente. Estava de pé, a duas quadras da casa dela. Era o mesmo homem, estou certo disso. Tentei vigiá-lo, mas, enquanto eu procurava vaga para o meu carro, ele desapareceu e não mais o vi. Essas são as circunstâncias. Você é capaz de descobrir se ele realmente a está seguindo, e por quê?"

– Claro! – concordou o detetive com a voz rouca. – Mas você nada disse à jovem ou para a família dela?

O homem de cinza se remexeu na cadeira e olhou para o tapete desfiado.

– Não. Não quero incomodá-la nem assustá-la. No fim das contas, terá sido nada mais do que uma coincidência sem importância e... bem... eu não... isso é impossível! O que eu tinha em mente era você descobrir o que está errado, se é que há algo de errado, e consertar tudo sem que eu apareça na história.

– Talvez. Mas veja bem: não estou dizendo que farei o serviço. Preciso saber mais primeiro.

– Mais? Você quer dizer mais...

– Mais a respeito de você e dela.

– Mas nada há a nosso respeito! – protestou o homem de cinza. – É exatamente como eu lhe disse. Deveria ter acrescentado que essa jovem é... é casada e que eu não a via desde o seu casamento.

– Então o seu interesse nela é?... – o detetive deixou a rouca interrogação no ar.

– Amizade. Antiga amizade.

– É. E quem é essa mulher?

O homem de cinza se remexeu novamente.

– Veja, Rush – disse ele, corando –, pretendo lhe dizer o nome dela e o direi, é claro, mas não gostaria de dizê-lo a não ser que você realmente vá trabalhar para mim. Quer dizer, não quero trazer o nome dela à baila se... se você não for. Você vai?

Alec Rush coçou a cabeça grisalha com a ponta do indicador.

— Não sei – resmungou. – É isso o que eu quero saber. Não posso aceitar um caso que pode ser qualquer coisa. Tenho que ter certeza de que você é confiável.

Os olhos do jovem encheram-se de confusão.

— Mas eu não pensei que você fosse ser tão... – e virou o rosto em outra direção.

— Claro que não – disse o detetive com o riso engasgado na garganta, o riso típico de um homem tocado em um lugar outrora machucado e que hoje já não é mais sensível à dor. Ele usou a manzorra para impedir que o futuro cliente se levantasse da cadeira e prosseguiu: – Primeiro você foi a uma grande agência de detetives e contou a sua história. E eles não quiseram fazer nada a não ser que você esclarecesse os pontos podres. Daí você veio até aqui, lembrando-se de que eu fora expulso do departamento há alguns anos. "Aí está o meu homem", disse para si mesmo, "um cara que não vai ser tão exigente."

O homem de cinza protestou com a cabeça, com gestos e com a própria voz, indicando que não era nada disso. Mas os olhos mostravam que ele estava envergonhado.

Alec Rush ria gostosamente.

— Não se preocupe. Não me aborreço com isso. Poderia falar de politicagem, e de ter sido feito de bode expiatório e tudo o mais, mas os registros dizem que a Junta de Comissários de Polícia me exonerou por uma lista de crimes que vai daqui até Canton Hollow. Tudo bem, cavalheiro! Vou pegar o seu caso. Parece uma impostura, mas talvez não seja. Custará quinze por dia, mais despesas.

— Sei que tudo o que eu disse pode parecer estranho – assegurou o outro. – Mas verá que não é. Vai querer um depósito, é claro.

— Sim. Digamos, cinqüenta.

O homem de cinza tirou cinco notas de dez dólares de uma carteira de pele de porco e as colocou sobre a mesa. Com uma caneta grossa, Alec Rush pôs-se a garatujar um recibo.

— Seu nome? – perguntou.

— Preferia não dizê-lo. Não quero aparecer, você sabe. Meu nome não seria importante, seria?

Alec Rush largou a caneta e cerrou as sobrancelhas para o cliente.

– Ora, ora! – resmungou, bem-humorado. – Como posso fazer negócio com alguém como você?

O homem de cinza parecia embaraçado, quase apologético, mas era teimoso em sua reticência. Ele não daria o nome. Alec Rush resmungou, reclamou, mas meteu os cinqüenta dólares no bolso.

– Talvez seja para o seu bem – admitiu o detetive, rendendo-se. – Mas não é bom para a minha opinião a seu respeito. Contudo, se estivesse de má-fé, creio que você seria esperto o bastante para inventar um nome. E essa jovem... quem é ela?

– sra. Humbert Landow.

– Ora, ora, finalmente temos um nome! E onde mora a sra. Landow?

– Na Charles-Street Avenue – disse o homem de cinza. E deu um número.

– Como a descreve?

– Tem 22 ou 23 anos, é bem alta, esbelta, ruiva, olhos azuis e pele muito branca.

– E o marido, você o conhece?

– Já o vi. Tem aproximadamente a minha idade, trinta anos, porém é mais corpulento. É um homem alto, de ombros largos, louro da gema.

– E o seu homem misterioso, como é ele?

– É jovem, 22 anos no máximo. Tem a pele bem morena, zigomas salientes e nariz grande. É esguio e atlético, ombros retos. Anda em passinhos miúdos.

– Roupas?

– Usava um terno cinza e um boné castanho-amarelado quando eu o vi na Fayette Street ontem à tarde. Creio que vestia a mesma roupa à noite, mas não tenho certeza.

– Suponho que você apareça de vez em quando para ouvir os meus relatórios – atalhou o detetive –, uma vez que não saberei para onde enviá-los?

– Sim – disse o homem de cinza enquanto se levantava e estendia a mão para o detetive. – Sou-lhe muito grato por aceitar o meu caso, sr. Rush.

Alec Rush disse que estava tudo bem. Eles se cumprimentaram e o homem de cinza saiu.

O feioso esperou que o cliente tivesse tempo de dobrar a esquina do corredor que levava aos elevadores e disse: "Vejamos, sr. Homem!". Em seguida, levantou-se, pegou o chapéu-coco pendurado no mancebo e desceu as escadas às carreiras.

Correu com a agilidade ilusoriamente pesada de um urso. De fato havia algo nele que o fazia parecer um urso, talvez a frouxidão com que o terno azul se acomodava ao corpo robusto e sobre os ombros pesados – ombros de juntas flexíveis e cuja acentuada inclinação ocultava muito de sua corpulência.

Chegou ao térreo ainda a tempo de ver as costas do terno cinza do cliente subindo a rua. Alec Rush saiu atrás dele. Dois quarteirões, uma volta à esquerda, outro quarteirão, uma volta à direita. O homem de cinza entrou no escritório de uma empresa de seguros que ocupava o primeiro piso de um grande prédio comercial.

Bastou dar meio dólar ao porteiro para descobrir que o homem de cinza era Ralph Millar, assistente de caixa.

Caía a noite na Charles-Street Avenue quando Alec Rush, a bordo de um modesto cupê preto, passou em frente ao endereço que lhe dera Ralph Millar. Em meio ao lusco-fusco da tarde, viu que a casa era grande, separada das outras, bem como da rua, por um gramado cercado.

Alec Rush continuou a dirigir, virou à esquerda no primeiro cruzamento, esquerda novamente no cruzamento seguinte, e no seguinte, e no seguinte. Durante meia hora guiou numa rota tortuosa de muitas voltas e retornos, até que finalmente parou junto ao meio-fio, a alguma distância, mas dentro do campo de visão da casa dos Landows. Àquela altura, já havia dirigido por cada pedaço de via pública nas cercanias da casa.

Não vira o homem moreno e de ombros largos que Millar mencionara.

As luzes já estavam acesas na Charles-Street Avenue e o tráfego noturno começava a fluir para o sul, em direção à cidade. O corpo pesado de Alec Rush apoiou-se contra o volante e ele preencheu o interior do cupê com a fumaça pungente de um charuto, enquanto esperava pacientemente, olhos vermelhos voltados para a residência dos Landows.

Três quartos de hora se passaram até que houvesse movimento na casa. Uma limusine deixou a garagem dos fundos em direção ao portão da frente. Um casal, que mal se podia distinguir daquela distância, deixou a casa e entrou na limusine. A limusine ingressou no tráfego que fluía em direção à cidade. O terceiro carro atrás da limusine era o modesto cupê de Alec Rush.

Exceto por um momento perigoso, quando quase perdeu a limusine de vista, atrapalhado pelo tráfego de uma transversal que invadia a North Avenue, Alec Rush seguiu-a sem dificuldade. Em frente a um teatro na Howard Street, a limusine parou e um casal de jovens saltou, ambos altos, vestidos para a noite e que se encaixavam perfeitamente na descrição dada por seu cliente.

Os Landows entravam no teatro já às escuras enquanto Alec Rush comprava o seu ingresso. No primeiro intervalo, quando as luzes se acenderam, ele os descobriu novamente e, abandonando a cadeira no fundo do auditório, encontrou um ângulo do qual poderia estudá-los durante os cinco minutos de luz.

A cabeça de Hubert Landow era muito pequena para a sua estatura. E o cabelo louro que a cobria ameaçava fugir todo o tempo do forçado alisamento que lhe era imposto. O rosto, saudavelmente corado, era belo de um modo muito masculino, muscular, e que não denunciava grande agilidade mental. Já a esposa tinha aquele tipo de beleza que não pede classificação. Contudo, o cabelo era ruivo, os olhos azuis, a pele branca, e ela parecia um ou dois anos mais velha do que o máximo de 23 anos que Millar lhe atribuíra.

Enquanto durou o intervalo, Hubert Landow falou animadamente com a esposa, e seus olhos claros eram os olhos de um apaixonado. Alec Rush não podia ver os olhos da sra. Landow. Mas a viu responder ao marido vez ou outra. Seu perfil não demonstrava nem tédio, nem ansiedade.

Na metade do último ato, Alec Rush saiu para manobrar o cupê e deixá-lo numa posição favorável para cobrir a retirada dos Landows. Mas eles não entraram na limusine quando saíram do teatro. Em vez disso, desceram a Howard Street a pé, até um restaurante barato de segunda categoria, onde uma pequena orquestra ocultava a própria pequenez com a barulheira que fazia.

Alec Rush estacionou o cupê e encontrou uma mesa de onde podia observar o casal sem dar muito na vista. O marido ainda adulava a esposa com uma conversa longa e ansiosa. A esposa estava distante, formal, seca. Nenhum dos dois tocou na comida à sua frente. Dançaram uma vez, o rosto da mulher tão apático como quando ouvia as palavras do marido. Um belo rosto, embora vazio.

O ponteiro dos minutos do relógio niquelado de Alec Rush mal havia começado a última escalada do dia quando os Landows deixaram o restaurante. Duas portas mais adiante, um jovem negro vestindo um jaquetão de Norfolk fumava encostado à limusine, esperando para levá-los para casa.

Ao vê-los em casa, limusine na garagem, o detetive deu mais algumas voltas pela vizinhança e não viu o rapaz moreno do qual falara Millar.

Então Alec Rush foi dormir.

Às oito da manhã do dia seguinte, o feioso e o seu modesto cupê estavam novamente estacionados na Charles-Street. Com o sol à esquerda, os homens dirigiam-se para os seus escritórios. À medida que a manhã passava e as sombras ficavam menores e mais densas, ocorria o mesmo com os integrantes daquela procissão matinal. Geralmente, as oito horas eram dos homens jovens, esbeltos, enérgicos. Oito e meia, um pouco menos. Nove, menos ainda. E a retaguarda das dez não era de jovens, nem de esbeltos e, de modo geral, os homens que a integravam eram mais indolentes do que enérgicos.

Embora fisicamente pertencesse a um período não superior ao das oito e meia, Hubert Landow dirigia uma baratinha azul em meio a essa retaguarda. Os ombros largos envergavam um terno anil e os cabelos louros estavam protegidos por um boné cinza. Vinha só no veículo. Após dar uma olhada ao redor para ter certeza de que o moreno de Millar não estava por perto, Alec Rush e o seu cupê puseram-se na perseguição do carro azul.

Dirigiram rapidamente até o centro financeiro da cidade. Ali, Hubert Landow estacionou a baratinha em frente a um escritório de corretores da Bolsa na Redwood Street, onde ficou até o meio-dia. Depois, voltou à rua e seguiu para o norte.

Quando pararam novamente, já estavam na Mount Royal Avenue, onde Landow estacionou e entrou em um prédio de apartamentos. Parado a um quarteirão dali, Alec Rush acendeu um charuto e ficou quieto em seu cupê. Meia hora depois, Alec Rush olhou para trás e cravou profundamente os dentes de ouro no charuto.

A uns meros seis metros do cupê, na portaria de uma garagem, flanava um rapaz moreno com zigomas salientes, alto, de ombros largos e retos. O nariz era grande. A roupa, marrom. Os olhos também eram marrons e pareciam não estar prestando atenção a coisa alguma através do fio de fumaça azul que se desprendia do cigarro dependurado em seus lábios.

Alec Rush retirou o charuto da boca, pegou uma faca no bolso para cortar a extremidade mordida, devolveu o charuto à boca e a faca ao bolso e demonstrou estar tão indiferente ao que ocorria na Mount Royal Avenue quanto o jovem moreno atrás dele. Um cochilava na portaria. Outro no carro. E a tarde passava: uma hora, uma e meia...

Hubert Landow saiu do edifício de apartamentos e partiu rapidamente em sua baratinha azul. A retirada de Landow em nada abalou os dois homens imóveis, que mal olharam para ele. Passariam mais quinze minutos até finalmente se moverem.

Então o jovem moreno deixou a portaria. Seguiu sem pressa rua acima com passinhos miúdos. Alec Rush estava de costas quando ele passou ao longo do cupê. Ninguém poderia dizer que o detetive sequer tivesse olhado para o rapaz desde que o vira pela primeira vez. Os olhos do rapaz vagaram desinteressadamente pelas costas do detetive. Depois, ele caminhou em direção ao prédio de apartamentos que Landow visitara, subiu os degraus da portaria e desapareceu lá dentro.

Quando o jovem moreno sumiu de vista, Alec Rush jogou fora o charuto, espreguiçou-se, bocejou, ligou o motor do cupê, dirigiu quatro quadras e dois retornos e deixou o carro trancado e vazio em frente a uma igreja de fachada cinza. Em seguida, voltou à Mount Royal Avenue e postou-se numa esquina, duas quadras acima de sua posição anterior.

Esperou outra meia hora até o rapaz moreno reaparecer. Alec Rush estava comprando charutos em uma loja com vitrina quando ele passou. O jovem embarcou num bonde na North Avenue e se sentou. O detetive tomou o mesmo carro na esquina seguinte e ficou em pé na plataforma traseira. Alertado por um movimento de corpo do rapaz, Alec Rush foi o primeiro passageiro a descer do bonde na Madison Avenue e o primeiro a embarcar num outro carro que ia para o sul da cidade. E foi novamente o primeiro a desembarcar na Franklin Street.

Nessa rua, o jovem moreno entrou em uma casa de cômodos, enquanto o detetive se encostou ao lado da vitrine de uma loja especializada em maquiagem teatral. Às três e meia, o jovem moreno voltou à rua – Alec Rush atrás dele – e caminhou até a Eutaw Street, onde embarcou num carro de bonde que o levou até Camden Station.

No saguão da estação, o jovem moreno encontrou-se com uma jovem que lhe perguntou, aborrecida:

– Onde diabos você esteve?

Ao passar por eles, o detetive escutou o cumprimento petulante, mas a resposta do rapaz foi muito baixa para que pudesse entender alguma coisa. Tampouco ouviu o que a jovem disse a seguir. Falaram cerca de dez minutos, ambos de pé em um canto deserto do saguão, de modo que Alec Rush não podia se aproximar sem dar na vista. A jovem parecia estar impaciente, apressada. O jovem parecia explicar, assegurar, e gesticulava com as mãos feias e hábeis de um mecânico. Sua companheira mostrou-se então mais agradável. Ela era pequena, quadrada, como se tivesse sido economicamente esculpida em um cubo. De forma coerente, o nariz também era curto e o queixo, reto. Agora que o seu aborrecimento estava passando, notava-se que tinha um rosto alegre, atrevido, combativo, corado, que indicava inesgotável vitalidade. Essa vitalidade estava em cada traço, do cabelo castanho aos pés que pareciam cravados ao chão de cimento. As roupas eram escuras, pouco chamativas e caras, mas vestidas sem muita elegância, apoiando-se desgraciosamente naquele corpo robusto.

A certa altura, o rapaz meneou a cabeça várias vezes, bateu na aba do boné com dois dedos descuidados e saiu à rua. Alec Rush deixou que partisse. Mas quando a jovem saiu da estação, afastando-se lentamente em direção aos portões cobertos, dali para o guichê de bagagem e, depois, para a porta da rua, o feioso estava atrás dela. Ele ainda a seguia quando ela se juntou à multidão de consumidores das quatro da tarde que enxameavam a Lexington Street.

A jovem fez compras com o ar despreocupado de quem não tem outra coisa em mente. Na segunda loja de departamentos que visitou, Alec Rush deixou-a admirando um mostruário de passamanaria e caminhou o mais rápido e diretamente que lhe permitiam os clientes da loja, em direção a uma mulher alta, de ombros largos, cabelos acinzentados, vestida de negro, que parecia estar esperando alguém ao pé de uma escadaria.

– Olá, Alec! – disse ela quando o detetive a tocou no braço. E seus olhos bem-humorados realmente demonstraram prazer ao darem com aquele rosto insólito. – O que faz no meu território?

– Tenho uma gatuna para você – murmurou. – A garota robusta de azul na seção de rendas. Conhece?

A detetive da loja olhou e assentiu.

– Sim. Obrigada, Alec. Tem certeza de que ela está roubando?

– Ora, Minnie! – reclamou, a voz áspera reduzindo-se a um murmúrio metálico. – Você acha que eu ia lhe meter em confusão? Ela foi para lá com algumas peças de seda, e é muito provável que já tenha roubado alguma renda.

– Ahã – disse Minnie. – Bom, quando ela puser os pés na calçada eu a pego.

Alec Rush voltou a pousar a mão no braço da detetive da loja.

– Estou de olho nela – disse ele. – O que me diz se a seguirmos e vermos o que pretende antes de a prendermos?

– Se não levar o dia inteiro... – concordou a mulher.

E quando a garota robusta de azul saiu à rua, o detetive a seguiu até outra loja, longe demais para poder ver se roubava qualquer coisa, satisfeito apenas em mantê-la sob vigilância. Dessa última loja, a presa desceu até o ponto mais sombrio da Pratt Street e entrou numa casa sombria de três andares.

A duas quadras dali, um policial dobrava a esquina.

– Fique de olho no edifício enquanto eu chamo o tira – pediu Alec Rush.

Quando ele voltou com o policial, a detetive da loja já os aguardava no vestíbulo.

– Segundo andar – disse ela.

Através da porta entreaberta via-se um corredor escuro e a base de uma escadaria com um tapete esfarrapado. Nesse sinistro corredor surgiu uma mulher magra e desmazelada, vestindo roupas de algodão sujas e amarrotadas.

– O que querem? – queixou-se. – Esta é uma casa de respeito, vocês têm que entender, e eu...

– Garota robusta, olhos castanhos. Mora aqui – rosnou Alec Rush. – Segundo andar. Leve-nos até lá.

O rosto esquelético da mulher sobressaltou-se e os olhos mortiços se arregalaram, como se atribuísse a aspereza da voz do detetive à aspereza de uma grande emoção.

– Por que... por que... – gaguejou. E então, lembrando-se do primeiro princípio da administração de casas sombrias, "nunca fique no caminho da polícia", disse: – Vou levá-los até lá – e, suspendendo o vestido amarrotado com uma das mãos, seguiu escada acima.

Seus dedos afilados golpearam uma porta junto ao topo da escada.

– Quem é? – perguntou uma lacônica voz feminina.

– A senhoria.

Já sem chapéu, a garota robusta de azul abriu a porta. Alec Rush esticou o pezinho para manter a porta aberta enquanto a senhoria dizia:

– É ela.

– Você deve nos acompanhar – disse o policial.

E Minnie:

– Queridinha, queremos entrar e falar com você.

– Meu Deus! – exclamou a garota. – Faria mais sentido se vocês todos pulassem ao mesmo tempo e gritassem "Buuu!".

– Em vez disso – disse Alec Rush, avançando e sorrindo o seu sorriso hediondamente amistoso –, vamos entrar e conversar.

O detetive moveu o vulto desconjuntado e, com um único olhar, despachou a senhoria e convidou os outros a entrarem no apartamento da garota.

– Lembrem-se de que não tenho idéia do que se trata – disse ela já na sala de visitas, uma sala estreita na qual brigavam o azul e o vermelho sem jamais se conciliarem em púrpura. – Sou uma pessoa fácil de lidar, e se vocês acham que aqui é um bom lugar para conversarmos, vão em frente! Mas se estão esperando que eu também fale, é bom me avisarem sobre o quê.

– Roubo de loja, queridinha – disse Minnie, inclinando-se à frente para tocar o braço da garota. – Sou da Goodbody's.

– Vocês acham que eu roubei a sua loja? Essa é a idéia?

– Sim. Exato. Ahã. É isso – disse Alec Rush, sem deixar dúvida quanto à questão.

A garota apertou os olhos, franziu a boca vermelha e olhou de esguelha para o feioso.

– Por mim tudo bem – disse ela. – Afinal, é a Goodbody's que está tentando me incriminar, uma loja que eu posso processar por um milhão no fim das contas. Nada tenho a dizer. Me levem para passear.

– Você vai ter o seu passeio, irmã – disse o feioso bondosamente. – Ninguém vai tirá-lo de você. Mas se incomoda se eu der uma olhada no seu apartamento primeiro?

– Tem alguma coisa com o nome de um juiz dizendo que você pode fazer isso?

– Não.

– Então não pode bisbilhotar.

Alec Rush sorriu, meteu as mãos nos bolsos da calça e pôs-se a vagar pelos três cômodos do apartamento. Em dado momento, saiu de um quarto trazendo em mãos um retrato em uma moldura de prata.

– Quem é? – perguntou à garota.

– Tente e descubra!

– Estou tentando – mentiu.

– Seu desocupado! – disse ela. – Você não saberia encontrar água no oceano!

Alec Rush sorriu com gosto. Tinha motivos para isso. A fotografia em sua mão era de Hubert Landow.

Entardecia perto da igreja de fachada cinza quando o proprietário do cupê voltou. A garota robusta – Polly Vanness, foi o nome que forneceu – acabou fichada e metida em uma cela na Delegacia Sudoeste. Em seu apartamento foi encontrada uma grande quantidade de objetos roubados. A colheita daquela tarde ainda estava em seu poder quando Minnie e uma matrona da polícia a revistaram. Recusou-se a falar. O detetive não disse para ela que sabia a identidade do sujeito na foto nem que testemunhara o encontro dela com o jovem moreno na estação de trem. Nada do que foi encontrado em seu quarto lançava qualquer luz sobre esses fatos.

Alec Rush jantou, pegou o carro novamente e foi até a Charles-Street Avenue. As luzes estavam acesas na casa dos Landows quando ele passou. Mais adiante, estacionou o cupê à sombra de uma árvore, ao longo do meio-fio, com a frente voltada para a cidade e dentro do raio de visão da casa.

A noite passava mas ninguém entrava ou saía da residência dos Landows.

Ouviu-se o tamborilar de unhas contra o vidro da porta do cupê.

Havia um homem parado ao lado do carro. No escuro, nada se podia dizer a respeito dele a não ser que não era grande e que, para ter escapado da atenção do detetive, deve ter se aproximado do carro furtivamente pela traseira.

Alec Rush esticou a mão e a porta se abriu.

– Tem fósforo? – perguntou o homem.

O detetive hesitou, disse "É" e estendeu-lhe uma caixa.

Um fósforo brilhou na escuridão iluminando um rosto jovem e moreno: nariz grande, zigomas salientes. Era o jovem que Alec Rush seguira naquela tarde.

Mas o reconhecimento foi expresso pelo jovem moreno.

– Achei que fosse você – disse ele enquanto levava a chama à ponta do cigarro. – Talvez não se lembre de mim. Mas eu o conheci quando você era da polícia.

O ex-sargento-detetive nada disse além de um rouco "É".

– Achei que fosse você no cupê essa tarde na Mount Royal, mas não tinha certeza – prosseguiu o rapaz, entrando no carro, sentando-se ao lado do detetive e fechando a porta. – Sou Zeipp "Passinho". Não sou tão conhecido quanto Napoleão, de modo que se você nunca ouviu falar a meu respeito, tudo bem, sem problemas.

– É.

– Isso aí, irmão! Quando tiver uma boa resposta, aferre-se a ela! – O rosto de Zeipp Passinho era uma máscara de bronze sob o brilho da brasa do cigarro. – A mesma resposta caberia à minha próxima pergunta. Você está interessado nesses Landows? "É" – acrescentou, imitando a voz rouca do detetive.

Outra tragada iluminou o rosto moreno e as palavras seguintes vieram em meio a baforadas de fumaça.

– Você deve querer saber o que eu quero com eles, não é mesmo? Tudo bem, não sou jogo duro. Vou lhe dizer. Me deram quinhentos dólares para matar a garota... duas vezes. Que tal?

– Estou ouvindo – disse Alec Rush. – Mas qualquer um pode vir com uma conversa dessas.

– Conversa? Claro que é conversa – admitiu Zeipp jovialmente. – Mas também é conversa quando o juiz diz "Pendurado pelo pescoço até a morte e que Deus tenha piedade de sua alma!". Um bando de coisas é só conversa, o que não impede que sejam reais.

– É?

– É, irmão. É! Agora escuta. Esta é por conta da casa: uma pessoa me procurou alguns dias atrás, mandada por uma outra pessoa que me conhece. Essa pessoa perguntou quanto eu cobrava para matar uma garota. Achei que mil dólares seria um bom preço. Muito caro, contestou. Entramos em acordo por quinhentos. Peguei 250 adiantados e vou ter o resto quando a Landow bater as botas. Nada mal para um truquezinho tão simples quanto meter uma azeitona na lateral de um carro, hein?

– Bem, o que está esperando? – perguntou o detetive. – Ou quer fazer o serviço com estilo, matando-a no próprio aniversário ou em algum feriado nacional?

Zeipp Passinho estalou os lábios e tocou o peito do detetive com o dedo.

– Nada disso, irmão! Estou pensando adiante de você! Escuta só: embolsei os meus 250 e vim até aqui dar uma olhada no terreno, para não ser surpreendido por algo inesperado. Enquanto eu bisbilhotava, encontrei outra pessoa que também estava bisbilhotando. Eu e essa mulher entramos em acordo, fui esperto, e bingo! Me fez uma proposta. Adivinha? Ela queria saber quanto eu cobrava para matar uma garota. A mesma garota, acredita nisso? Não sou bobo. Pus as mãos em outros 250, esperando receber o restante quando terminar o trabalho.

Agora, você acha que eu vou fazer alguma coisa com essa Landow? Nem pensar! Ela é o meu tíquete-refeição. Dependendo de mim, morre de velha. Vou ficar pelas redondezas e esperar outros clientes que não gostem dela. Se dois a querem fora deste mundo, por que outros não vão querer também? A resposta é: "É!". Em meio a tudo isso, eis que aparece você atrás dela! É isso aí, irmão, essa é toda a história.

Na escuridão do cupê, o silêncio se prolongou durante vários minutos antes que a voz áspera do detetive levantasse a pergunta:

– E quem são as pessoas que a querem morta?

– Cai na real! – advertiu Zeipp Passinho. – Estou jogando com eles, mas não vou dedurá-los para você.

– E por que está me dizendo tudo isso?

– Por quê? Por que você está no negócio de algum modo. Se brigarmos, não vamos a lugar algum. Se não nos unirmos, só vamos estragar o plano um do outro. Já consegui quinhentos dólares. São meus, porém há mais a ser recolhido por dois sujeitos que sabem o que estão fazendo. Tudo bem: estou oferecendo meio a meio de tudo o que conseguirmos. Mas a identidade dos meus parceiros está fora de questão. Não me incomodo de enganá-los, mas não sou trapaceiro o bastante para dedurá-los para você.

Alec Rush grunhiu outra pergunta dúbia:

– Como é possível que você confie tanto em mim, Passinho?

O assassino de aluguel riu astuciosamente.

– E por que não? Você é um cara legal, alguém capaz de identificar um bom negócio quando lhe é proposto. Certamente não o expulsaram da polícia por que você não sabia pendurar as suas meias. Além do mais, suponha que tente me trair. O que faria? Nada pode provar. Eu lhe disse que não quero fazer mal à mulher. Nem mesmo tenho um revólver. Você é inteligente. Você sabe das coisas. Eu e você, Alec, podemos ganhar uma boa grana!

Silêncio novamente até o detetive falar com calma e seriedade:

– O primeiro passo seria descobrir por que os seus cúmplices querem a moça morta. Sabe algo a respeito?

– Nada.

– Ambas são mulheres, percebi.

Zeipp Passinho hesitou.

– Sim – admitiu. – Mas não me pergunte sobre elas. Em primeiro lugar, nada sei e, em segundo, não abriria o bico se soubesse.

– É – grasnou o detetive como se de fato compreendesse a idéia corrompida de lealdade que tinha o rapaz. – Mas, se são mulheres, há chances de o motivo ser um homem. Que tal Landow? É um cara atraente.

Zeipp Passinho se inclinou e pôs novamente o dedo no peito do detetive.

– É isso aí, Alec! Isso é possível, claro que é!

– É – concordou Alec Rush, mexendo nas alavancas do carro. – Vamos embora. Seria bom ficarmos longe daqui até eu dar uma verificada nesse cara.

Na Franklin Street, a meia quadra da casa de cômodos até onde seguira o jovem naquela tarde, o detetive parou o cupê.

– Quer saltar aqui? – perguntou.

Surpreso, Zeipp Passinho olhou de esguelha para o feioso.

– Está bem – disse. – Mas você é um tremendo adivinho. – E, com a mão ainda na porta, acrescentou: – Então, Alec? Fechado? Meio a meio?

– Não diria isso. – Alec Rush sorriu o seu sorriso hediondamente amistoso. – Você não é mau rapaz, Passinho. E havendo algum dinheiro fácil, terá a sua parte. Mas não espere que eu ande com você por aí.

Os olhos de Zeipp se estreitaram e os lábios se entreabriram, mostrando uma fileira de dentes amarelados.

– Se você me trair, maldito gorila, eu... – ameaçou o rapaz de brincadeira, o rosto novamente jovial e descuidado. – Seja como quiser, Alec. Sei que não fiz mau negócio ao contar tudo para você. Confio em sua palavra.

– É – concordou o feioso. – Deixe de vigiar a casa até segunda ordem. Venha me ver amanhã. Procure o endereço de meu escritório na lista telefônica. Até logo, garoto.

– Até logo, Alec.

Na manhã seguinte, Alec Rush decidiu investigar Hubert Landow. Primeiro foi à prefeitura consultar os livros cinza onde são guardadas as certidões de casamento. Ali, descobriu que Hubert Britman Landow e Sara Falsoner estavam casados havia seis meses.

O nome de solteira da noiva encheu os olhos avermelhados do detetive. O ar escapou com força por entre as suas narinas achatadas. "É! É!", disse com os seus botões, e tão bruscamente que um assistente de advogado magricela que consultava outros registros assustou-se e afastou-se dali.

Da prefeitura, Alec Rush foi a duas redações de jornal onde, após visitar os arquivos, selecionou um punhado de exemplares, velhos de seis meses. Levou os jornais para o escritório, espalhou-os pela mesa e atacou-os com uma tesoura. Quando o último pedaço de papel foi selecionado, havia uma grossa camada de recortes sobre a escrivaninha.

Enquanto organizava os recortes em ordem cronológica, Alec Rush acendeu um charuto, apoiou os cotovelos na escrivaninha, a cabeça feiosa entre as palmas das mãos, e começou a ler uma história que os leitores de jornal de Baltimore acompanharam seis meses antes.

Saneada de irrelevâncias e digressões preliminares, a história era essencialmente a seguinte:

Jerome Falsoner, 45 anos, solteiro, vivia em um apartamento na Cathedral Street e tinha uma renda mais do que suficiente para o seu conforto. Era alto, mas de psique delicada, resultado talvez de excessiva indulgência para com os prazeres da vida, o que certamente abalou sua fraca constituição. Era bem conhecido, pelo menos de vista, por todos os noctívagos de Baltimore e pelos freqüentadores de pistas de corrida, de casas de jogos e de rinhas furtivas que se materializavam de uma hora para outra nos 75 quilômetros que separavam Baltimore de Washington.

Um dia, certa Fanny Kidd, moça que costumava arrumar o quarto de Jerome Falsoner toda manhã, encontrou-o deitado de costas, no chão da sala de estar, os olhos mortos voltados para um ponto no teto, um ponto luminoso que era o reflexo de um raio de sol na empunhadura de metal da faca de papel cravada em seu peito.

As investigações da polícia chegaram a quatro conclusões:

Primeira: Jerome Falsoner já estava morto havia quatorze horas quando Fanny Kidd o encontrou, o que situa a sua morte por volta das vinte horas da véspera.

Segunda: as últimas pessoas que o viram com vida foram uma mulher chamada Madeline Boudin, de quem era íntimo, e três amigos dela. Eles o viram vivo entre sete e meia e oito da noite, ou seja, menos de meia hora antes do crime. Os quatro estavam indo de carro até uma casa de campo no rio Severn, e ela disse aos outros que gostaria de ver Falsoner antes de partir. Enquanto os outros esperavam no carro, Madeline Boudin tocou a campainha, Jerome Falsoner abriu a porta e ela entrou. Dez minutos depois, voltou a se juntar aos amigos. Jerome Falsoner a acompanhou até a porta e acenou para um dos homens no carro – certo Frederick Stoner, que conhecia Falsoner de vista e que tinha ligações com o gabinete da promotoria. Duas mulheres que conversavam na escada de uma casa do outro lado da rua também viram Falsoner, bem como viram Madeline Boudin e seus amigos irem embora.

Terceira: a herdeira e única parente próxima de Jerome Falsoner era sua sobrinha, Sara Falsoner, a qual, por uma incrível coincidência, estava se casando com Hubert Landow no exato momento em que Fanny Kidd encontrava o cadáver do patrão no chão da sala. Sobrinha e tio pouco se viam. Estava definitivamente provado que a sobrinha – sobre quem a polícia concentrou as suspeitas durante algum tempo – esteve em sua casa, em Carey Street, das seis da tarde até oito e meia da manhã seguinte ao assassinato. O marido, então seu noivo, esteve com ela das seis até as onze naquela noite. Antes de se casarem, a garota trabalhara como estenógrafa na mesma empresa de seguros que empregava Ralph Millar.

Quarta: Jerome Falsoner, que não era um sujeito dos mais ponderados, havia discutido com um islandês chamado Einar Jokumsson em uma casa de jogos alguns dias antes de ser assassinado. Jokumsson – um sujeito baixo, pesado, cabelos e olhos escuros – ameaçou Falsoner e, no dia do assassinato, sumiu do hotel onde estava hospedado, deixando toda a bagagem. Nunca mais foi visto.

Após ler cuidadosamente o último desses recortes, Alec Rush reclinou-se na cadeira e, pensativo, lançou uma careta de monstro para o teto. Depois, debruçou-se na escrivaninha para consultar o catálogo de telefones e encontrar o número da empresa de seguros para a qual trabalhava Ralph Millar. Mas assim que conseguiu o número, mudou de idéia.

– Deixa pra lá – disse ele. E discou o número da Goodbody's.

No outro lado da linha, Minnie disse que Polly Vanness fora reconhecida como certa Polly Bangs, presa em Milwaukee havia dois anos por roubo de loja, crime pelo qual ficara dois anos na cadeia. Minnie disse também que Polly Bangs fora libertada sob fiança cedo pela manhã.

Alec Rush desligou o telefone e consultou os seus recortes até encontrar o endereço de Madeline Boudin, a mulher que visitara Falsoner pouco antes de ele morrer. Era um número da Madison Avenue. Para lá o cupê levou o detetive.

Não, a srta. Boudin não morava mais lá. Havia morado, sim, mas mudara-se quatro meses antes. Talvez a sra. Blender do terceiro andar soubesse onde ela vivia agora. A sra. Blender não sabia. Soubera que a srta. Boudin se mudara para uma casa de apartamentos na Garrison Avenue, mas que achava que ela também não morava mais lá. Na casa da Garrison Avenue disseram-lhe que a srta. Boudin havia se mudado havia um mês e meio para algum lugar na Mount Royal Avenue, talvez. O número ninguém sabia.

O cupê levou o feioso até Mount Royal Avenue, até o prédio de apartamentos no qual, na véspera, entraram Hubert

Landow e, depois, Zeipp Passinho. No escritório da gerência, perguntou por certo Walter Boyden, que supostamente morava ali. Walter Boyden não era conhecido do gerente. Havia uma srta. Boudin no 604, mas o nome era B-o-u-d-i-n, e morava só.

Alec Rush deixou o edifício e entrou no carro novamente. Esfregou os olhos selvagens, balançou a cabeça, satisfeito, e com um dedo descreveu um pequeno círculo no ar. Daí voltou ao escritório.

Discando novamente o número da empresa de seguros, deu o nome de Ralph Millar e logo estava falando com o assistente de caixa.

– Aqui é Rush. Pode vir ao meu escritório agora mesmo?

– O quê? Certamente. Mas como?... Como?... Sim. Estarei aí em um minuto.

A surpresa na voz de Millar durante o telefonema já havia desaparecido quando ele chegou ao escritório do detetive. Também não fez perguntas para descobrir como este sabia sua identidade. Então de marrom, foi tão discreto quanto vestido de cinza, na véspera.

– Entre – convidou o feioso. – Sente-se. Preciso de mais fatos, sr. Millar.

A boca fina de Millar se estreitou e as sobrancelhas juntaram-se com renitência obstinada.

– Pensava que já tínhamos conversado a esse respeito, Rush. Eu lhe disse que...

Alec Rush franziu as sobrancelhas com exasperação jovial, embora não menos assustadora.

– Eu sei o que conversamos – atalhou. – Mas isso foi antes. As coisas mudaram. A situação está ficando enrolada e eu posso me enrolar nela se não me cuidar. Encontrei o seu homem misterioso, falei com ele. Sim, estava seguindo a sra. Landow. Segundo me disse, foi contratado para matá-la.

Millar pulou da cadeira para se debruçar na escrivaninha amarela, o rosto próximo ao do detetive.

– Meu Deus, Rush! O que está dizendo? Matá-la?

– Ora, ora, acalme-se! Ele não vai matá-la. Creio que nunca pretendeu matá-la. Mas diz que foi contratado para isso.

– Você o prendeu? Encontrou o homem que o contratou?

O detetive voltou os olhos para o rapaz, estudando-lhe o rosto apaixonado.

– Em verdade – grasnou calmamente ao terminar de examiná-lo –, não fiz nem uma coisa nem outra. Ela não corre perigo imediato. Talvez o sujeito estivesse me enganando, talvez não. De um modo ou de outro, não me diria tudo isso se realmente fosse fazer alguma coisa. Quando ele estiver a ponto de fazer alguma coisa, você o quer preso, sr. Millar?

– Sim. Quero dizer... – Millar afastou-se da mesa, recostou-se na cadeira e, com as mãos trêmulas cobrindo o rosto, disse: – Meu Deus, Rush! Não sei!

– Exato – disse Alec Rush. – Então aí vai: a sra. Landow era sobrinha e herdeira de Jerome Falsoner. Trabalhava na empresa onde você trabalha. Casou-se com Landow na manhã em que o tio foi encontrado morto. Ontem, Landow visitou o prédio onde mora Madeline Boudin, a última pessoa a estar na sala de Falsoner antes de ele ser assassinado. Mas o álibi dela parece ser tão impecável quanto o dos Landows. O homem que diz ter sido contratado para matar a sra. Landow também visitou o prédio de Madeline Boudin ontem à tarde. Eu o vi entrar. Eu o vi se encontrar com outra mulher, uma ladra de loja. Em um dos quartos da casa dessa ladra encontrei uma fotografia de Hubert Landow. O moreno diz ter sido contratado duas vezes para matar a sra. Landow, por duas mulheres diferentes que não sabem da existência uma da outra. Ele não quis me dizer quem eram, mas não é necessário.

A voz áspera de Alec Rush fez uma pausa, à espera de que Millar falasse. Mas Millar estava afônico. Seus olhos estavam arregalados e desesperadamente vazios. Alec Rush estendeu a mão, fechou-a num punho que era quase perfeitamente esférico e bateu de leve sobre o tampo da escrivaninha.

– E é isso, sr. Millar – arranhou o detetive. – Um tremendo rolo. Se me disser o que sabe, ajeitamos tudo, sem dúvida. Se não... estou fora!

Millar finalmente encontrou palavras, embora confusas:

– Não pode, Rush! Você não pode me abandonar... nós... ela! Não é... Você não é...

Mas Alec Rush balançou a horrenda cabeça piriforme e disse lentamente:

– Há um assassinato nessa história e Deus sabe o que mais. Não gosto de brincar de cabra-cega. Como saber o que você pretende? Ou me diz o que sabe, tudo o que sabe, ou pode ir arrumando outro detetive. É isso aí.

Os dedos de Ralph Millar se contorceram nervosamente, os dentes chocaram-se contra os lábios e os olhos voltaram-se para o detetive com ar de súplica.

– Não pode, Rush! – implorou. – Ela ainda está em perigo. Mesmo você estando certo quanto àquele homem não querer atacá-la, ainda assim ela não está segura. As mulheres que o contrataram podem contratar outro assassino. Você tem que protegê-la, Rush.

– É? Então você tem que falar.

– Tenho o quê?... Sim, eu falo, Rush. Respondo a tudo o que me perguntar. Mas nada sei, ou quase nada, além do que você já descobriu.

– Ela trabalhou na sua empresa?

– Sim, no meu departamento.

– Deixou o emprego para casar?

– Sim. Quer dizer... Não, Rush, a verdade é que foi demitida. Foi ultrajante, mas...

– Quando foi isso?

– Foi no dia anterior à... antes de se casar.

– Fale a respeito.

– Ela... terei que explicar a situação dela primeiro, Rush. Ela é órfã. O pai dela, Ben Falsoner, foi um sujeito irrequieto na juventude e, talvez, não apenas na juventude, como acredito que foram todos os Falsoners. Entretanto, ele brigou com o pai, o velho Howard Falsoner, que o deserdou. Mas não completamente. O velho tinha esperança de que o filho se emendasse com o tempo e, nesse caso, não pretendia deixá-lo sem nada. Infelizmente, escolheu o outro filho, Jerome, para cuidar disso.

"O velho Howard Falsoner deixou um testamento no qual os seus bens deveriam ficar com Jerome enquanto este vivesse. Jerome fora encarregado de prover o irmão, Ben, como achasse mais justo. Ou seja, tinha controle absoluto da situação. Podia dividir a renda igualmente com o irmão, podia dar-lhe apenas uma ninharia, ou nada, a depender da conduta de Ben. No caso da morte de Jerome, a herança deveria ser dividida igualmente entre os netos e netas do velho.

"Teoricamente, era um arranjo inteligente, mas não na prática. Não nas mãos de Jerome Falsoner. Você não o conheceu? Bem, ele seria a última pessoa a quem confiar um assunto dessa natureza, alguém que exerce o próprio poder sempre que possível. Ben Falsoner nunca recebeu um centavo do irmão. Há três anos, Ben morreu, e daí a garota, sua única filha, passou a ocupar a posição do pai no que dizia respeito ao dinheiro do avô. Sua mãe já havia morrido. Jerome Falsoner nunca deu um centavo para ela.

"Essa era a situação da garota quando veio trabalhar na minha empresa de seguros há dois anos. Não era uma situação das melhores. Tinha ao menos um toque da imprudência e da extravagância dos Falsoners. Ali estava ela, herdeira de cerca de dois milhões de dólares (Jerome nunca se casara e ela era a única neta), mas sem outra renda além do próprio salário, que estava longe de ser bom.

"Endividou-se. Suponho que tenha tentado economizar a certa altura, mas sempre havia aqueles dois milhões de dólares esperando por ela, o que tornava o ato de poupar duplamente desagradável. Finalmente, os diretores da empresa de seguro souberam de suas dívidas. Alguns cobradores chegaram a vir até o escritório onde ela trabalhava. Uma vez que estava empregada no meu departamento, eu tinha a desagradável função de adverti-la. Ela prometeu pagar as dívidas antigas e não contrair novas, e suponho que de fato tenha tentado, embora sem muito sucesso. Nossos diretores são antiquados e ultraconservadores. Fiz tudo o que podia para poupá-la, mas não adiantou. Eles simplesmente não aceitam um funcionário muito endividado."

Millar fez uma pausa, olhou miseravelmente para o chão e prosseguiu:

– Tive a triste incumbência de informá-la que os serviços dela já não eram mais requisitados pela empresa. Tentei... foi terrivelmente desagradável. Isso foi no dia anterior ao de seu casamento com Landow. Foi... – fez uma pausa e, como se nada mais tivesse a dizer, repetiu: – Sim, foi no dia anterior ao de seu casamento com Landow.

E voltou a olhar miseravelmente para o chão.

Alec Rush, que se mantivera quieto durante toda a história, impassível como um monstro entalhado em uma igreja antiga, debruçou-se sobre a escrivaninha e fez a seguinte pergunta:

– E quem é esse Hubert Landow? O que ele é?

Ralph Millar balançou a cabeça desolado.

– Só o conheço de vista. Nada sei a respeito dele.

– A sra. Landow falou sobre ele alguma vez? Quero dizer, quando trabalhava na empresa de seguros?

– É provável, mas não me recordo.

– Portanto foi uma grande surpresa quando soube que ela se casara com ele?

O jovem olhou para cima com olhos temerosos.

– Aonde quer chegar, Rush? Você não pensa que... Sim, como você disse, fiquei surpreso. Aonde quer chegar?

– A certidão de casamento – disse o detetive, ignorando a pergunta repetida do cliente – foi lavrada para Landow quatro dias antes do dia do casamento, quatro dias antes de o corpo de Jerome Falsoner ser encontrado.

Millar roía a unha de um dedo e balançava a cabeça de um lado a outro desesperançado.

– Não vejo aonde quer chegar – murmurou com o dedo na boca. – É tudo muito confuso.

– É verdade, sr. Millar – a rouca voz do detetive preencheu o escritório –, que você era mais amigo de Sara Falsoner do que qualquer um na empresa de seguros?

O jovem levantou a cabeça e olhou dentro dos olhos de Alec Rush com olhos marrons obstinadamente sinceros.

– A verdade – disse ele calmamente – é que pedi Sara Falsoner em casamento no dia em que ela foi embora.

– É. E ela?...

– E ela... acho que foi minha culpa. Fui desajeitado, rude, o que preferir. Deus sabe o que ela pensou... que eu a estava pedindo em casamento por piedade; que a estava tentando forçar a se casar demitindo-a, mesmo sabendo que estava até o pescoço de dívidas! Deve ter pensado qualquer coisa. De qualquer forma foi... foi desagradável.

– Quer dizer que ela não apenas recusou mas ficou, digamos, desagradada com a proposta?

– Sim.

Alec Rush recostou-se na cadeira e fez uma careta grotesca, os olhos vermelhos voltados para o teto e um bico de profunda reflexão repuxando os lábios grosseiros para o lado.

– O que nos resta a fazer – disse por fim – é ir a Landow e dizer o que sabemos.

– Tem certeza?... – objetou Millar sem muita convicção.

– A não ser que seja um tremendo ator, ele ama a esposa – disse o detetive, categórico. – Nada mais justo do que levar a história até ele.

Millar não estava convencido.

– Tem certeza que seria o melhor a fazer?

– É. Ou vamos a ele, ou vamos a ela, ou vamos à polícia. Acho que ele é a melhor alternativa. Mas você é quem decide.

O jovem assentiu com relutância.

– Tudo bem. Mas não precisa me meter nessa, precisa? – disse ele, subitamente alarmado. – Você cuida disso. Eu não quero me envolver. Entende o que eu disse? Ela é esposa dele e seria...

– Claro – prometeu Alec Rush. – Vou mantê-lo fora disso.

Rodando o cartão do detetive entre os dedos, Hubert Landow recebeu Alec Rush em uma sala luxuosamente mobiliada no segundo andar da casa em Charles-Street Avenue. Lá estava ele – alto, louro, belo e jovial – no meio da sala, olhando para a porta, quando o detetive – gordo, grisalho, abatido e feio – entrou.

– Queria me ver? Aqui, sente-se.

Os modos de Hubert Landow não eram bruscos nem cordiais. Eram exatamente os modos que se esperariam de um jovem que recebesse a visita inesperada de um detetive tão feio.

– É – disse Alec Rush quando se sentaram um defronte ao outro. – Tenho algo a dizer. Não vai demorar muito, mas é meio sério. Talvez seja uma surpresa para você, talvez não. Mas é honesto. Não quero que pense que estou de brincadeira.

Hubert Landow inclinou-se para a frente, vivamente interessado.

– Não pensarei – prometeu. – Vá em frente.

– Alguns dias atrás investiguei um homem que talvez esteja envolvido num negócio meu. Ele é um vigarista. Seguindo-o, descobri que estava interessado na sua vida, em sua esposa. Ele tem seguido vocês. Ele estava rondando o prédio de apartamentos onde você esteve ontem, na Mount Royal Avenue. Depois que você foi embora, ele entrou no prédio.

– Mas que diabos ele quer? – exclamou Landow. – Você acha que ele...

– Espere – aconselhou o feioso. – Espere até ouvir tudo e depois me diga o que acha. Depois que saiu de lá, ele foi até Camden Station, onde se encontrou com uma jovem. Conversaram um pouco e depois, naquela mesma tarde, ela foi presa por roubo numa loja de departamentos. O nome dela é Polly Bangs, e pagou uma pena em Wisconsin pelo mesmo crime. Sua fotografia estava na penteadeira dela.

– Minha fotografia?

Alec Rush assentiu calmamente. O jovem levantou-se.

– Sim, a sua. Conhece essa Polly Bangs? Garota robusta, quadrada, perto dos 26, olhos e cabelos castanhos... jeito atrevido?

Hubert Landow estava atônito.

– Não! O que diabos fazia ela com a minha foto? – perguntou. – Tem certeza de que era uma foto minha?

– Não a ponto de pôr a mão no fogo. Mas estou certo disso a ponto de precisar que me provem do contrário. Talvez seja alguém que você esqueceu, ou talvez ela tenha encontrado a foto em algum lugar, tenha gostado e guardado.

– Não faz sentido! – disse o jovem louro, embaraçado diante desse tributo à beleza de seu rosto. E corou, um vermelho tão vívido que Alec Rush pareceu pálido ao lado dele. – Tem que haver um motivo racional. Ela foi presa, você disse?

– É, mas já foi libertada sob fiança. Mas deixe-me prosseguir com a história. Na noite passada, conversei com esse vigarista de que lhe falei. Alega que foi contratado para matar a sua esposa.

Hubert Landow, que havia voltado a se sentar, moveu-se bruscamente, fazendo ranger todas as juntas da cadeira. Seu rosto, púrpura havia um segundo, tornou-se branco como uma folha de papel. Ouvia-se outro som na sala além do ranger da cadeira: o ruído abafado de uma respiração entrecortada. Aparentemente o jovem louro não estava ouvindo, mas os olhos avermelhados de Alec Rush moveram-se ligeiramente para o lado e fitaram brevemente uma porta fechada no outro lado da sala.

Landow levantara-se novamente, inclinando-se para o detetive, os dedos apoiados nos ombros ágeis e musculosos do feioso.

– Isso é horrível! – gritava. – Temos que...

A porta para a qual o detetive olhara pouco antes se abriu. Uma mulher alta e muito bonita entrou na sala. Era Sarah Landow. O cabelo revolto pairava como uma nuvem castanho-avermelhada ao redor de seu rosto pálido. Os olhos eram mortos. Caminhou lentamente em direção aos dois, o corpo ligeiramente inclinado para a frente, como se lutasse contra um vento forte.

— Não adianta, Hubert — a voz era mortiça como os olhos. — É hora de encarar os fatos. É Madeline Boudin. Ela descobriu que eu matei o meu tio.

— Cale-se, querida. Cale-se! — Landow tomou a mulher entre os braços e tentou acalmá-la acariciando o seu ombro. — Você não sabe o que está dizendo.

— Ah, mas eu sei — ela se esquivou de seus braços com indiferença e sentou-se na cadeira que Alec Rush acabava de vagar. — É Madeline Boudin. Ela sabe que eu matei o tio Jerome.

Landow voltou-se e agarrou o braço do detetive com ambas as mãos.

— Por favor, não dê atenção ao que ela diz, Rush — pediu. — Ela não tem estado bem. Ela não sabe o que diz.

Sarah Landow sorriu com amargura enfastiada.

— Não tenho estado bem? — disse ela. — É verdade, não ando nada bem. Não desde que o matei. Como poderia?

Os olhos vazios voltaram-se para Alec Rush.

— Você é um detetive. Prenda-me. Eu matei Jerome Falsoner.

Com as mãos nos quadris, pernas afastadas uma da outra, Alec Rush lançou um olhar severo para a mulher. Mas nada disse.

— Você não pode, Rush! — Landow voltou a puxar o braço do detetive. — Não pode, cara. Isso é ridículo! Você...

— Onde se encaixa essa Madeline Boudin? — perguntou a voz rouca de Alec Rush. — Eu sei que ela era íntima de Jerome, mas por que ela desejaria matar a sua esposa?

Landow hesitou, trançou os pés e respondeu com relutância:

— Era amante de Jerome, tem um filho dele. Quando minha mulher descobriu isso, insistiu em fazer um acordo quanto à herança. Foi por isso que fui vê-la ontem.

— É. Mas voltando a Jerome. Se bem me lembro, você e sua esposa estavam no apartamento dela quando ele foi morto.

Sarah Landow suspirou com impaciência desalentada.

– Por que toda essa discussão? – disse com a voz baixa e cansada. – Eu o matei. Ninguém mais o matou. Ninguém mais estava lá quando eu o matei. Eu o esfaqueei com a faca de papel quando ele me atacou. Ele disse: "Não! Não!" e começou a gritar, de joelhos. Daí eu fugi.

Alec Rush voltou os olhos da garota para o homem. O rosto de Landow estava suado, as mãos estavam pálidas e alguma coisa se revolvia em seu peito. Quando falou, a voz estava mais rouca que a do detetive, se não tão alta.

– Sara, você me esperaria aqui até eu voltar? Vou sair um pouquinho, talvez uma hora. Você me esperaria aqui, sem fazer nada, até eu voltar?

– Sim – disse ela sem interesse nem curiosidade na voz. – Mas não adianta, Hubert. Eu deveria ter dito antes. Não adianta.

– Apenas espere por mim, Sara – implorou. Depois, voltando-se para o detetive, murmurou em seu ouvido deformado: – Fique com ela, Rush, por favor!

E saiu apressadamente da sala.

Ouviu-se a porta da frente bater. Um automóvel afastou-se da casa.

– Onde é o telefone? – perguntou Alec Rush para a garota.

– Na sala ao lado – disse ela, sem tirar os olhos do lenço que tinha em mãos.

O detetive atravessou a porta pela qual a mulher entrara na sala e descobriu que se abria para uma biblioteca, com um telefone em um canto. No outro lado da biblioteca um relógio marcava 3h35. O detetive foi até o telefone, ligou para o escritório de Ralph Millar, chamou-o e disse:

– É Rush. Estou na casa dos Landows. Venha até aqui imediatamente.

– Mas eu não posso, Rush. Você não entende a minha...

– Não pode o diabo! – grasnou Rush. – Venha rápido!

A jovem de olhos mortiços ainda brincava com a bainha do lenço e não levantou o rosto quando o feioso voltou.

Nenhum dos dois disse uma palavra. Sentado de costas para a janela, Alec Rush tirou o relógio do bolso duas vezes para consultá-lo com impaciência.

Ouviu-se o tilintar da campainha lá embaixo. O detetive cruzou o corredor e desceu as escadas com pesada agilidade. Ralph Millar – o rosto um campo de batalha onde lutavam o medo e o embaraço – estava no vestíbulo, murmurando qualquer coisa ininteligível para a empregada que abrira a porta. Alec Rush afastou a moça bruscamente e guiou Millar escada acima.

– Ela diz que matou Jerome – murmurou no ouvido do cliente enquanto subiam.

O rosto de Ralph Millar empalideceu, mas não demostrou surpresa com o que acabara de ouvir.

– Você sabia que ela o tinha matado? – rosnou Alec Rush.

Millar tentou falar duas vezes, mas não conseguiu emitir som algum. As palavras só vieram quando chegaram ao segundo andar.

– Eu a vi na rua naquela noite, indo para o apartamento dele!

Alec Rush sorriu com malícia e levou o jovem à sala onde estava Sara Landow.

– Landow saiu – sussurrou apressadamente. – Vou sair também. Fique com ela. Está birutinha, capaz de fazer qualquer coisa se a deixarmos só. Se Landow voltar antes, diga para me esperar.

Antes que Millar pudesse externar em palavras a confusão que tomara conta de seu rosto, já estavam na sala. Sara Landow levantou a cabeça. Seu corpo ergueu-se da cadeira como se movido por um poder invisível. Levantou-se, alta e ereta, sobre os próprios pés. Millar ficou parado diante da porta. Olharam-se, olhos nos olhos, agindo como se houvesse uma força que os unia e outra que os mantinha separados.

Silencioso, desgracioso, Alec Rush saiu à rua.

Na Mount Royal Avenue, viu a baratinha azul imediatamente. Estava vazia, parada em frente ao prédio de apartamentos onde morava Madeline Boudin. O detetive passou diante do prédio e estacionou o cupê junto ao meio-fio três quarteirões adiante. Mal havia feito isso quando Landow saiu do prédio, pulou dentro do carro e foi até um hotel na Charles Street. Atrás dele seguiu o detetive.

No hotel, Landow dirigiu-se à sala de leitura. Durante meia hora ficou ali, debruçado sobre uma escrivaninha, preenchendo apressadamente diversas folhas de papel, enquanto o detetive se ocultava por trás de um jornal num canto escondido do saguão, de olho na porta da sala de leitura. Landow saiu dali metendo um grosso envelope no bolso, deixou o hotel, entrou no carro e dirigiu até o escritório de um serviço de mensageiros, na St. Paul Street.

Esteve nesse escritório durante cinco minutos. Quando saiu, deixou a baratinha estacionada e foi a pé até a Calvert Street, onde embarcou num bonde que ia para o norte. O cupê de Alec Rush seguiu atrás do bonde. Landow saltou do bonde em Union Station e foi até o guichê de passagens. Havia acabado de pedir uma passagem só de ida para a Filadélfia quando Alec Rush deu-lhe um tapinha no ombro.

Hubert Landow voltou-se lentamente, o dinheiro da passagem ainda nas mãos. Não esboçou expressão em seu belo rosto ao reconhecer o detetive.

– Sim – disse com frieza. – O que é?

Alec Rush apontou para o guichê e para o dinheiro na mão de Landow.

– Você não devia estar aqui – grunhiu o detetive.

– Aí está – disse o bilheteiro através da grade. Nenhum dos dois homens deu-lhe atenção. Uma mulher alta, vestindo rosa, vermelho e violeta, acotovelou Landow, pisou no pé dele e passou à sua frente. Landow se afastou do guichê, o detetive o seguiu.

– Não devia ter deixado Sara sozinha – disse Landow. – Ela está...

– Ela não está só. Deixei alguém tomando conta dela.

– Não a...

– Não a polícia, se é o que está pensando.

Landow pôs-se a caminhar devagar ao longo do pátio da estação, o feioso ao lado dele. Mais adiante parou e olhou diretamente nos olhos do detetive.

– É o tal de Millar que está com ela? – perguntou.
– É.
– É o homem para quem está trabalhando?
– É.

Landow voltou a caminhar. Quando atingiram a extremidade norte do pátio da estação, ele falou novamente.

– O que quer esse Millar?

Alec Rush deu de ombros e nada disse.

– Bem, e o que quer você? – perguntou o jovem com certa veemência, olhando diretamente para o detetive.

– Quero que não saia da cidade.

Landow franziu as sobrancelhas enquanto pensava.

– Suponha que eu insista em sair – perguntou. – Como vai me impedir?

– Posso acusá-lo de cumplicidade no assassinato de Jerome.

Novo silêncio, quebrado por Landow.

– Veja, Rush. Você trabalha para Millar. Ele está em minha casa. Acabo de enviar uma carta para Sara através de um mensageiro. Dê-lhes tempo para lerem a carta e depois ligue para lá e pergunte a Millar se ele me quer preso.

Alec Rush moveu a cabeça de um lado a outro, decidido.

– Nada disso – arranhou. – Millar é muito leviano e eu não posso levá-lo a sério por telefone, em se tratando de um assunto como esse. Vamos voltar lá e conversar.

Foi a vez de Landow torcer o nariz.

– Não – rebateu. – Não vou! – E olhando com frieza calculada para o rosto do detetive disse: – Posso comprá-lo, Rush?

– Não, Landow. Não deixe que a minha aparência e a minha ficha o enganem.

– Achei que não. – Landow olhou para o teto e depois para os próprios pés, suspirou profundamente e disse: – Não podemos falar aqui. Vamos procurar um lugar mais tranqüilo.

– Minha carroça está lá fora – disse Alec Rush. – Podemos ir até lá.

Sentados no cupê de Alec Rush, Hubert Landow acendeu um cigarro e o detetive acendeu um charuto.

– Essa Polly Bangs, de quem você falou, Rush, é minha mulher – disse o louro, sem preâmbulos. – Meu nome é Henry Bangs. Você não vai encontrar as minhas impressões em lugar algum. Nos dois anos em que Polly ficou presa em Milwaukee, vim para o Leste e conheci Madeline Boudin. Formamos um bom time. Ela era inteligente, e se eu tiver alguém para pensar por mim acabo me revelando um ótimo operário.

Ele sorriu para o detetive, chamando atenção para o próprio rosto com a ponta do cigarro. O detetive olhou. O rosto do louro foi tomado de um rubor semelhante ao de uma menina em idade escolar. Depois, riu novamente, e o rubor desvaneceu.

– É o meu melhor truque. Fácil se você tem o dom e mantém a prática. Encha o pulmão e tente expulsar o ar enquanto o prende com a laringe. É uma mina de ouro para um vigarista! Você ficaria surpreso como as pessoas acreditavam em mim após eu corar uma ou duas vezes. Portanto, eu e Madeline estávamos nos dando bem. Ela tinha miolos, sangue-frio e uma bela fachada. Eu tinha tudo, menos miolos. Fizemos dois golpes juntos, um estelionato e uma chantagem, e daí ela conheceu Jerome Falsoner. Íamos dar um suadouro nele. Mas quando Madeline descobriu que Sara era a sua herdeira, que devia dinheiro, e que ela e seu tio não se davam bem, decidimos desistir do primeiro plano e preparar outro muito mais lucrativo. Madeline deu um jeito de me apresentar a Sara. Me fiz de agradável, bancando o tolo, o jovem tímido embora virtuoso.

"Madeline tinha miolos, como já disse. E os usava todo o tempo. Cortejei Sara enviando-lhe doces, livros, flores, levando-a a peças de teatro e para jantar fora. Os livros e as peças eram parte do trabalho de Madeline. Dois dos livros mencionavam o fato de um cônjuge não poder testemunhar contra o outro em corte. Uma das peças tratava do mesmo assunto. Assim, plantamos as sementes. Plantamos outra com o meu ruborescer e o meu tartamudear, persuadindo Sara ou, melhor, deixando-a descobrir por si mesma que eu era o pior mentiroso do mundo.

"Feita a semeadura, levamos o jogo adiante. Madeline estava bem com Jerome. Sara se endividava cada vez mais. Demos uma força para piorar as coisas. Certa noite, mandamos um ladrão fazer a limpa no apartamento dela, um tal de Roby Sweeger, talvez você o conheça. Está no xilindró agora por outra extravagância. Levou o dinheiro que ela tinha e tudo o mais que podia pôr no prego. Então, instigamos algumas das pessoas para as quais ela devia, enviando-lhes cartas anônimas e avisando-os para não se fiarem demais no fato de ela ser herdeira de Jerome Falsoner. Cartas tolas, mas que funcionaram. Alguns credores enviaram cobradores à empresa de seguros onde ela trabalhava.

"Jerome recolhia a renda da herança a cada quatro meses. Tanto Sara quanto Madeline sabiam a data. No dia anterior a uma dessas coletas, Madeline voltou à carga sobre os credores de Sara. Eu não sei o que ela disse para eles, mas foi o bastante. Acorreram à empresa de seguros em bando. No dia seguinte, Sara recebeu o salário equivalente a duas semanas de trabalho e foi demitida. Quando ela saiu eu a encontrei... por acaso... sim, eu a estava vigiando desde a manhã. Eu a levei para um passeio e voltamos para o apartamento dela às seis. Lá encontramos mais credores frenéticos esperando para saltar sobre ela. Expulsei-os e banquei o rapaz de bom coração, propondo-lhe, envergonhado, todo tipo de ajuda. Ela recusou, é claro, e vi a idéia formando-se em seu rosto. Ela sabia que aquele era o dia em que Jerome recebia o cheque quadrimestral e decidiu visitá-lo para pedir que, pelo menos, quitasse as suas dívidas. Não me disse aonde ia, mas eu já sabia, uma vez que estava esperando por isso.

"Fui embora e esperei defronte do prédio de Sarah, na Franklin Square, até ela sair. Encontrei um telefone, liguei para Madeline e disse que Sara estava a caminho do apartamento do tio."

O cigarro de Landow queimava-lhe os dedos. Ele o jogou fora, amassou-o com o pé e acendeu outro.

– É uma história comprida, Rush – desculpou-se. – Mas já está acabando.

– Continue, filho – disse Alec Rush.

– Havia algumas pessoas na casa de Madeline quando liguei, gente que tentava persuadi-la a ir a uma festa no interior. Daí ela concordou em ir. Seria um álibi ainda melhor do que o que ela estava preparando. Madeline disse-lhes que iria, mas que tinha que ver Jerome antes. Então eles a levaram até lá e esperaram no carro enquanto ela o visitava.

"Madeline havia trazido uma garrafa de conhaque devidamente batizado. Serviu uma dose para Jerome e falou do novo contrabandista de bebidas alcoólicas que ela havia encontrado, sujeito que tinha uma dúzia ou mais de caixas do mesmo conhaque e que pretendia vendê-las a um preço bem razoável. O conhaque era bom e o preço melhor ainda, o que o fez pensar que ela de fato havia aparecido ali para lhe oferecer algo de bom. Jerome fez um pedido que ela se encarregaria de entregar ao contrabandista. Após certificar-se de que a faca de papel estava bem visível sobre a mesa, Madeline levou Jerome até a porta, de modo que todos vissem que ele estava vivo, e foi embora com os amigos.

"Eu não sei o que Madeline pôs no conhaque. Se me disse, esqueci. Era uma droga poderosa... não era veneno, era um excitante. Saberá o que quero dizer quando ouvir o resto. Sara deve ter chegado ao apartamento do tio cerca de dez ou quinze minutos depois da partida de Madeline. Segundo me disse, quando o tio abriu a porta, estava com o rosto vermelho, nervoso. Mas Jerome era um homem frágil e ela era forte, e naquele momento ela não teria medo do próprio demônio. Sara entrou e pediu que ele pagasse as suas dívidas, mesmo que não concordasse em dar-lhe uma parte da renda.

"Eram dois Falsoners e a briga deve ter ficado séria. Ao mesmo tempo, a droga estava fazendo efeito, e ele acabou atacando a sobrinha. A faca de papel estava em cima da mesa, como vira Madeline. Jerome estava histérico, e Sara não é dessas garotinhas amedrontadas que se espremem num canto e berram por socorro. Ela pegou a faca de papel e o golpeou. Quando ele caiu, ela se foi.

"Tendo seguido Sara tão logo acabei de telefonar para Madeline, eu estava em frente à casa de Jerome quando ela saiu. Eu a parei e ela me disse que matara o tio. Pedi-lhe que esperasse ali mesmo e entrei para ver se ele estava realmente morto. Daí, levei-a para casa, explicando a minha presença à porta de Jerome dizendo em meu modo tolo e canhestro que ficara com medo que ela fizesse algo impensado e que, por isso, decidi ficar de olho nela.

"Quando voltou para casa, Sara estava disposta a se entregar para a polícia. Mostrei-lhe o perigo que correria fazendo isso, argumentando que, estando endividada e tendo ido pedir dinheiro ao tio, de quem era herdeira, ela certamente seria condenada. A história sobre o ataque sofrido, eu a persuadi, seria desprezada pela polícia como uma lorota insignificante. Atônita como estava, não foi difícil convencê-la. O próximo passo foi fácil. A polícia iria investigá- la mesmo que não suspeitasse dela diretamente. Até então, eu era a única pessoa cujo testemunho poderia incriminá-la. Eu era leal. Mas também era o pior mentiroso do mundo. Então não era verdade que a mentira mais tola me fazia corar como uma bandeira de leiloeiro? O único modo de superar essa dificuldade estava nos dois livros que eu lhe dera e numa das peças que víramos: se eu me casasse com Sara não poderia ser chamado a testemunhar contra ela. Casamos na manhã seguinte, com uma licença que eu carregava havia quase uma semana.

"Bem, ali estávamos nós. Eu estava casado com ela. Sara receberia dois milhões de dólares quando saísse a herança do tio, mas, ao que tudo indicava, não poderia escapar da prisão e da condenação. Mesmo que ninguém a tivesse visto entrar ou sair do apartamento, a sua culpa ainda era evidente. E o caminho tolo que eu a obrigara a seguir apenas arruinaria sua alternativa de alegar legítima defesa. Se a enforcassem, os dois milhões seriam meus. Se pegasse uma longa pena, eu pelo menos administraria o dinheiro."

Landow jogou fora e amassou o segundo cigarro e olhou durante um momento para um ponto indefinido ao longe.

– Você acredita em Deus ou na Providência Divina, ou no destino, ou em alguma dessas coisas, Rush? – perguntou.
– Uns acreditam numa coisa, outros em outra, mas ouça. Sara nunca foi presa e nem chegou a ser suspeita do crime. Parece que tinha um finlandês ou sueco, sei lá, que teve uma briga com Jerome, e que o ameaçara. Suponho que esse cara não pudesse provar onde estava na noite do assassinato. Daí que ele se escondeu quando soube da morte de Jerome, e a suspeita da polícia recaiu sobre ele. Investigaram Sara, é claro, mas apenas superficialmente. Ninguém parecia tê-la visto na rua, e as pessoas no prédio onde morava, que a viram chegar comigo às seis horas da tarde, não a viram ou não se lembraram de tê-la visto sair novamente, e disseram à polícia que ela ficara lá a noite inteira. A polícia estava muito interessada no finlandês desaparecido, ou seja lá qual a nacionalidade dele, para continuar investigando Sara.

"E aí estávamos nós novamente. Eu estava casado com o dinheiro, mas não podia dar a parte de Madeline. Esta, por sua vez, sugeriu que podíamos deixar as coisas como estavam por enquanto, até ser resolvido o assunto da herança, e depois denunciar Sara para a polícia. Mas quando o dinheiro saiu, houve outro impedimento. Esse por minha conta. Eu... eu... bem, eu queria que a coisa continuasse como estava. Nada tinha a ver com o racional, compreende? Era só isso... bem... viver com Sara era tudo o que eu mais desejava. Eu nem mesmo estava arrependido do que fizera por que, de outro modo, nunca a teria.

"Não sei se posso explicar isso para você, Rush, mas mesmo agora não me arrependo de nada. Se pudesse ter sido diferente... mas não pôde. Seria assim ou não seria de modo algum. E eu tive esses seis meses. Vejo que fui um idiota. Sara não era para o meu bico. Eu a conquistara com um crime e com um truque, e embora eu me agarrasse à tola esperança de que algum dia ela me olharia... me olharia como eu olho para ela, no fundo eu sabia que isso jamais iria acontecer. Há um sujeito, esse Millar. Ela está livre, agora que sabe do meu casamento com Polly, e espero que ela... espero... bem, Madeline começou a exigir a parte dela. Eu disse que Madeline havia tido um filho de Jerome e Sara concordou em dar algum dinheiro para ela. Mas isso não satisfez Madeline. Não por ciúme de mim. Só pelo dinheiro. Queria cada centavo que pudesse conseguir, e ela não teria o bastante num acordo do tipo que Sara lhe propusera.

"Com Polly era isso também, mas talvez um pouco mais. Ela gostava de mim, acho. Não sei como ela me encontrou aqui depois que foi libertada em Wisconsin, mas imagino o que ela pensou. Eu estava casado com uma mulher rica. Se a mulher morresse – assassinada por um bandido numa tentativa de assalto, por exemplo –, então eu teria todo o dinheiro e Polly teria tanto o dinheiro quanto a mim. Eu não a vi e nem saberia que ela estava em Baltimore se você não tivesse me dito, mas foi assim que ela raciocinou. A idéia do assassinato deve ter ocorrido tão facilmente quanto ocorreu a Madeline.

"Eu dissera a Madeline que não continuaria a fazer o jogo com Sara. Madeline sabia que se fosse adiante por conta própria e denunciasse Sara pela morte de Falsoner eu abriria o jogo e a incriminaria. Mas se Sara morresse, então eu teria o dinheiro e Madeline poderia ficar com a parte dela.

"Eu não sabia de nada disso até você me dizer, Rush. Não dou a mínima para a sua opinião ao meu respeito, entretanto é a mais pura verdade que eu não sabia que Polly e Madeline estavam tentando matar Sara. Bem, isso é quase tudo. Você estava me seguindo quando fui ao hotel?"

– É.

– Achei que sim. A carta que escrevi e mandei para casa diz exatamente o que eu lhe disse agora, dá conta de toda a história. Eu ia fugir, deixando Sara livre. Ela está livre, com certeza, e agora eu tenho que encarar os fatos. Mas não quero revê-la, Rush.

– Não creio que queira – concordou o detetive. – Não depois de tê-la transformado numa assassina.

– Mas eu não fiz isso – protestou Landow. – Ela não é assassina. Esqueci-me de lhe dizer, mas está na carta. Jerome Falsoner não estava morto, nem mesmo morrendo, quando eu cheguei ao seu apartamento. A faca entrou muito alta no peito. Eu o matei enfiando a faca no mesmo ferimento, mas forçando-a para baixo. Foi por isso que fui até lá, para ter certeza de que ele estava acabado!

Alec Rush ergueu os olhos selvagens e vermelhos e olhou longamente para o rosto do assassino confesso.

– Isso é mentira – grasnou por fim. – Mas é das boas. Tem certeza de que quer mantê-la? A verdade seria suficiente para libertar a garota e talvez nem o atinja.

– Que diferença isso faz? – perguntou o jovem. – Estou muito comprometido de qualquer modo. Assim, deixo Sara quite com a lei e com a própria consciência. Outro crime não fará diferença. Eu lhe disse que Madeline tinha miolos. E eu estava com medo deles. Talvez ela tivesse alguma carta na manga para lançar contra nós... e arruinar Sara. Ela podia me enganar quando quisesse. Eu não podia dar-lhe essa chance.

Ele riu para o rosto feioso de Alec Rush e com um gesto quase teatral tirou o punho da camisa alguns centímetros para fora da manga do terno. O punho ainda estava úmido de uma mancha castanho-avermelhada.

– Matei Madeline há uma hora – disse Henry Bangs, ou Hubert Landow.

O GUARDIÃO DO SEU IRMÃO

Eu sabia o que muita gente falava de Loney, mas ele sempre foi legal comigo. Na minha lembrança ele sempre foi legal, e acho que teria gostado dele tanto quanto gostava, ainda que fosse qualquer outro em vez de meu irmão; mas ficava contente porque não era um outro qualquer.

Ele não era como eu. Era esguio e ficava elegante em qualquer tipo de roupa, só que sempre se vestia com classe e parecia ter saído do alfaiate mesmo quando só estava sem fazer nada em casa, tinha cabelos lisos e os dentes mais brancos que já se viu, e dedos longos, finos e limpos. Parecia-se com a lembrança que eu tinha de meu pai, só que mais bonito. Eu puxei mais a família de mamãe, os Malones, o que era engraçado, porque foi Loney quem recebeu o nome deles. Malone Bolan. Era esperto como poucos, também. Não adiantava tentar passar a perna nele, e era talvez isso o que incomodava algumas pessoas, e uma coisa que Pete Gonzales não podia suportar.

Às vezes eu me chateava por Pete Gonzales não gostar de Loney porque ele também era um cara legal e nunca tentava enganar ninguém. Ele tinha dois pugilistas e um lutador chamado Kilchak, e sempre mandava que fossem ao ringue para fazer o melhor possível, assim como Loney também me mandava. Era o melhor empresário da nossa região e muita gente dizia que não havia melhor em lugar algum, por isso me senti muito contente por ele querer me empresariar, ainda que tenha dito não.

Foi no corredor saindo do ginásio de Tubby White que dei de cara com ele naquela tarde e ele falou:

– Olá, Kid, como vai a coisa? – rolando o charuto num canto da boca para poder falar.

– Olá, está tudo bem.

Ele me olhou de cima a baixo, quase fechando os olhos por causa da fumaça do charuto:

– Vai pegar este cara no sábado?

– Acho que sim.

Ele me olhou de novo de cima a baixo como se estivesse me pesando. Seus olhos já eram pequenos, e quando ele os apertava assim a gente quase não os podia ver.

– Quantos anos tem, Kid?

– Vou fazer dezenove.

– E vai pesar uns 72 quilos – falou.

– Setenta e dois, novecentos e oitenta. Estou crescendo rápido.

– Já viu este cara com quem vai lutar no sábado?

– Não.

– É bem duro.

Sorri e disse:

– Acho que é.

– E muito esperto.

Eu disse, de novo:

– Acho que é.

Tirou o charuto da boca, carrancudo, e falou como se estivesse zangado comigo:

– Você sabe que não tem nenhuma chance no ringue com ele, não sabe?

Antes que eu pudesse pensar em alguma coisa para dizer, ele enfiou o charuto de novo na boca e seu rosto e sua voz mudaram.

– Por que não me deixa tomar conta de você, Kid? Você leva jeito. Vou cuidar de você numa boa, fazer você crescer em vez de ser usado, e então estará pronto para uma longa viagem.

– Não posso fazer isso – falei. – Loney me ensinou tudo o que sei e...

– Ensinou o quê?

Pete rosnou. Parecia de novo zangado:

– Se você acha que aprendeu alguma coisa é só dar uma olhada na sua carantonha no primeiro espelho que encontrar.

Tirou o charuto da boca e cuspiu um pedaço de tabaco que tinha se soltado:

— Só dezoito anos de idade, não faz um ano que vem lutando, e vejam só a carantonha dele!

Senti meu rosto corar. Acho que nunca fui uma beleza, mas, como Pete falou, tinha sido muito golpeado no rosto e acho que meu rosto mostrava isso. Eu disse:

— Bem, claro, não sou um boxeador.

— E essa é a verdade de Deus – disse Pete. – E por que você não é?

— Não sei. Acho que simplesmente não é o meu jeito de lutar.

— Você podia aprender. É rápido e não é burro. Que é que está lucrando com isso? Toda semana Loney manda você contra um cara para o qual ainda não está preparado e você agasalha uma porção de socos e...

— E eu ganho, não? – falei.

— Claro, você ganha, até agora, porque é jovem e duro, tem peito e sabe bater, mas eu não gostaria de pagar pela vitória o que você está pagando e não gostaria disso para nenhum dos meus garotos. Já vi garotos, alguns talvez tão promissores como você, seguirem esse mesmo caminho e vi o que sobrou deles ao fim de dois anos. Acredite em mim, Kid, você vai se sair muito melhor comigo.

— Talvez você tenha razão – falei –, e fico agradecido e tudo mais, mas não seria capaz de deixar Loney. Ele...

— Vou dar a Loney uns bons trocados por seu contrato, mesmo que você não tenha um contrato com ele.

— Não, me desculpe, eu... eu não seria capaz.

Pete começou a dizer alguma coisa e parou, e seu rosto começou a ficar vermelho. A porta do escritório de Tubby se abriu e Loney vinha saindo. O rosto de Loney estava branco e mal se podia ver seus lábios porque estavam muito apertados, por isso eu percebi que ele tinha ouvido nossa conversa.

Caminhou até bem próximo de Pete, sem olhar para mim sequer uma vez, e disse:

— Seu rato galego vigarista.

Pete falou:

– Eu só disse a ele o que lhe disse quando fiz a oferta na semana passada.

Loney falou:

– Legal. Então você já contou a todo mundo. Então pode também contar isto a eles...

E golpeou a boca de Pete com as costas da mão.

Eu me afastei um pouco porque Pete era muito maior que Loney, mas Pete só disse:

– Ok, amigo, talvez você não viva para sempre. Talvez você não viva para sempre mesmo que Big Jake não descubra nunca sobre a patroa dele.

Loney atacou Pete com um punho dessa vez, mas Pete já se afastava no corredor e Loney errou o golpe por cerca de meio metro, e quando Loney se lançou atrás dele, Pete se virou e correu para o ginásio.

Loney voltou para mim rindo, já não irritado. Era capaz de mudar o humor mais rápido que ninguém. Pôs um braço em volta de meus ombros e disse:

– O rato galego vigarista. Vamos embora.

Na rua, ele me virou para que eu visse o cartaz anunciando as lutas.

– Lá está você, Kid. Não culpo Pete por querer você. Vai ter um monte de gente querendo você em pouco tempo.

O cartaz era legal, KID BOLAN *VS.* MARUJO PERELMAN, em letras vermelhas maiores do que os outros nomes e bem no alto do cartaz. Era a primeira vez que eu tinha meu nome no topo do cartaz. Pensei: meu nome vai estar ali o tempo todo a partir de agora e talvez um dia em Nova York, mas apenas sorri para Loney sem dizer nada e fomos para casa.

Mamãe estava fora, visitando minha irmã casada em Pittsburgh, e tínhamos uma negra chamada Susan tomando conta da casa, e depois que acabou de lavar os pratos do jantar e foi embora, Loney pegou o telefone e eu podia ouvir que falava baixo. Queria dizer algo para ele quando voltou, mas tinha medo de dizer a coisa errada, porque Loney podia achar que eu estava me metendo nos seus negócios, e antes que eu pudesse achar um jeito de começar a campainha tocou.

Loney foi até a porta. Era a sra. Schiff, como eu já desconfiava, porque ela havia vindo na primeira noite em que mamãe foi embora.

Entrou rindo, com o braço de Loney em volta de sua cintura, e falou para mim:

– Alô, campeão.

Eu disse "Alô" e apertei sua mão.

Eu gostava dela, eu acho, mas acho que tinha um certo medo dela. Quero dizer, não só medo dela por causa de Loney, mas de um jeito diferente. Sabe, como quando você era criança e se via de repente sozinho num bairro estranho do outro lado da cidade. Não havia nada à vista que pudesse dar medo, mas você ficava de certa forma esperando alguma coisa. Era algo assim. Ela era bonita de doer, mas havia uma espécie de maluquice nela. Não quero dizer maluca como algumas donas que a gente vê por aí; mas uma coisa meio animal, como se estivesse à espreita de algo. Como se estivesse faminta. Só seus olhos e talvez a boca, porque ela não era magrela ou coisa assim, nem gorda.

Loney pegou uma garrafa de uísque e copos e tomaram um drinque. Fiquei por ali alguns minutos por simples educação e depois disse que estava cansado e dei boa-noite, peguei minhas revistas e subi para meu quarto.

Depois tirei a roupa, tentei ler, mas continuava preocupado com Loney. Foi sobre essa sra. Schiff que Pete fez a piada naquela tarde. Ela era a mulher de Big Jake Schiff, o chefão do nosso bairro, e uma porção de gente devia saber sobre o caso dela com Loney. Pete, pelo menos, sabia, e ele e Big Jake eram muito bons amigos. Além do mais, agora tinha uma conta a acertar com Loney. Eu queria que Loney cortasse aquela onda. Podia ter uma porção de outras garotas e Big Jake não era homem com quem ninguém procurasse encrenca, mesmo sem levar em conta a influência que ele tinha na Prefeitura. Toda vez que eu tentava ler acabava pensando em coisas daquele tipo. Finalmente desisti e fui dormir muito cedo, até mesmo para mim.

Aquilo aconteceu numa segunda-feira. Na terça, quando voltei do cinema, ela estava me esperando no vestíbulo. Usava um casaco longo, não usava chapéu, e parecia bastante agitada.

– Onde está Loney? – perguntou, sem dizer alô nem nada.

– Não sei. Ele não disse aonde ia.

– Preciso falar com ele. Não tem idéia de onde está?

– Não, não sei onde está.

– Acha que vai demorar?

Eu disse:

– Acho que ele geralmente demora.

Ela fez uma cara feia e disse:

– Preciso falar com ele. Vou esperar um pouco, de qualquer maneira.

Voltamos à sala de jantar.

Não tirou o casaco e começou a caminhar pela sala olhando as coisas mas sem prestar muita atenção a elas. Perguntei se queria um drinque e ela disse "Sim", meio distraída, mas quando comecei a preparar o drinque ela me agarrou pela lapela do casaco e disse:

– Ouça, Eddie, pode me dizer uma coisa? Pelo amor de Deus?

Eu falei:

– Claro – me sentindo um pouco embaraçado de estar olhando bem no rosto dela. – Se eu puder.

– Loney está de verdade apaixonado por mim?

Essa foi difícil. Podia sentir meu rosto ficar cada vez mais vermelho. Desejei que a porta se abrisse e Loney entrasse. Queria que começasse um incêndio ou coisa assim.

Ela sacudiu minha lapela:

– Ele me ama?

Eu disse:

– Acho que sim. Acho que sim, com certeza.

– Você não sabe?

Eu disse:

– Claro, eu sei, mas Loney nunca fala comigo dessas coisas. Acredite, ele não fala.

Ela mordeu o lábio e virou as costas para mim. Eu estava suando. Passei o tempo que podia na cozinha preparando o uísque e as coisas. Quando voltei para a sala de jantar ela havia se sentado e estava passando batom na boca. Coloquei o uísque na mesa ao lado dela.

Sorriu para mim e disse:

– Você é um garoto legal, Eddie. Espero que ganhe um milhão de lutas. Quando vai lutar de novo?

Tive de rir com esta. Eu andava por aí achando que todo mundo sabia que eu ia lutar com o Marujo Perelman naquele sábado só porque era o meu primeiro evento principal. Acho que é assim que você fica com a cabeça cheia. Eu disse:

– Neste sábado.

– Ótimo – disse ela e olhou para o relógio de pulso. – Oh, por que ele não chega? Tenho de ir para casa antes que Jake volte.

Pulou de pé.

– Bem, não posso esperar mais. Não devia ter ficado este tempo todo. Pode dar um recado para Loney?

– Claro.

– E para ninguém mais?

– Claro.

Deu a volta na mesa e agarrou minha lapela de novo:

– Bem, ouça. Diga a ele que alguém anda falando para Jake de... de nós. Diga que temos de tomar cuidado, Jake mataria nós dois. Diga a ele que não acho que Jake tenha certeza ainda, mas temos de tomar cuidado. Diga a Loney para não me telefonar e esperar aqui até que eu telefone para ele amanhã de tarde. Vai dizer isso para ele?

– Claro.

– E não deixe que ele faça nenhuma loucura.

Eu disse:

– Não vou deixar.

Teria dito qualquer coisa para me ver livre.

Ela disse:

– Você é um bom rapaz, Eddie – e me beijou na boca e saiu da casa.

Não fui até a porta com ela. Olhei para o uísque na mesa e pensei que talvez devesse beber o primeiro drinque da minha vida, mas em vez disso sentei e pensei sobre Loney. Cochilei um pouco, talvez, mas estava acordado quando ele chegou em casa e isso quase às duas horas.

Estava bem bêbado.

– Que diabo faz acordado a esta hora? – falou.

Eu lhe contei sobre a sra. Schiff e o que ela dissera para falar para ele.

Ficou parado de pé de chapéu e de sobretudo até que lhe contei tudo e então falou "Aquele rato galego vigarista" meio num sussurro e seu rosto começou a ficar como ficava quando ele sentia raiva.

– E ela disse que você não devia fazer nenhuma loucura.

– Loucura?

Olhou para mim e meio que riu.

– Não, não vou fazer nenhuma loucura. Que tal correr para a cama?

Eu disse "Tudo bem" e subi as escadas.

Na manhã seguinte, ele ainda estava na cama quando eu saí para o ginásio e tinha saído antes de eu voltar para casa. Esperei para jantar com ele até quase as sete horas e então comi sozinho. Susan estava chateada porque ia acabar seu trabalho mais tarde. Talvez ele tenha passado a noite toda fora, mas parecia bem quando apareceu no ginásio de Tubby na tarde seguinte para me ver treinar. Fazia piadas e brincava com os camaradas que faziam hora por ali como se não tivesse nenhuma preocupação na cabeça.

Esperou que eu me vestisse e caminhamos juntos para casa. A única coisa estranha foi que me perguntou:

– Como está se sentindo, Kid?

Aquilo foi meio estranho, porque ele sabia que eu sempre me sentia bem. Acho que nunca cheguei a pegar um resfriado na vida.

Eu disse:

– Estou bem.

– Você está trabalhando bem – falou. – Leve na maciota amanhã. Você tem de estar descansado para este garoto de Providence. Como falou aquele rato galego vigarista, ele é muito duro e muito esperto.

Eu disse:

– Acho que é. Loney, você acha que Pete realmente dedurou você para o Big Jake...

– Esqueça – falou. – Que vão pro diabo!

Cutucou meu braço.

– Você não tem nada com que se preocupar a não ser como vai lutar lá no sábado à noite.

– Vou estar bem.

– Não tenha tanta certeza – disse ele. – Talvez você tenha a sorte de conseguir um empate.

De repente, fiquei parado na rua, de tão surpreso. Loney nunca tinha falado assim em nenhuma das minhas lutas antes. Dizia sempre:

– Não se preocupe com a cara de durão desse sujeito, vá em frente e arrase com ele.

Ou algo parecido.

Eu falei:

– Você quer dizer...?

Pegou meu braço para me fazer caminhar de novo.

– Talvez eu tenha escalado errado desta vez, Kid. Esse marujo é muito bom. Sabe boxear e bate muito mais forte do que qualquer adversário que você enfrentou até agora.

– Deixa que vou me safar – falei.

– Talvez – falou, carrancudo e olhando para a frente. – Escute, que achou do que Pete disse de você precisar de mais boxe?

– Não sei. Nunca dou muita atenção ao que os outros dizem, só ouço você.

– Bem, o que você acha da coisa agora? – perguntou.

– Claro, eu gostaria de aprender a boxear melhor, eu acho.

Riu para mim sem mexer muito os lábios.

– Você deverá receber umas ótimas lições desse Marujo, queira ou não. Mas, sem brincadeira, e se eu lhe pedisse para boxear com ele em vez de atacar, você aceitaria? Quero dizer, pela experiência, ainda que, desse jeito, não pudesse dar um *show*.

Eu disse:

– E não luto sempre do jeito que você me manda lutar?

– Claro que sim. Mas suponha que signifique talvez perder desta vez, mas aprender alguma coisa!

– Quero ganhar, é claro – falei –, mas faço qualquer coisa que você mandar. Quer que eu lute com ele desse jeito?

– Não sei – falou. – Vamos ver.

Sexta e sábado eu simplesmente andei à toa. Tentei achar alguém para sair e atirar nuns faisões, mas tudo o que encontrei foi Bob Kirby, e estava cansado de ouvir o cara contando as mesmas piadas de sempre, então mudei de idéia e fiquei em casa.

Loney chegou para o jantar e perguntei quais eram nossas chances na luta.

Ele disse:

– Dinheiro empatado. Você tem uma porção de amigos.

– Vamos apostar? – perguntei.

– Ainda não. Talvez se o preço melhorar. Não sei.

Queria que ele não tivesse tanto medo de que eu fosse perder, mas achei que seria presunçoso falar qualquer coisa e por isso simplesmente continuei comendo.

Tínhamos uma casa fabulosa naquele sábado à noite. O vestiário estava cheio e foi boa a sensação quando subimos ao ringue. Eu me sentia ótimo e acho que Dick Cohen, que ia ficar no meu córner com Loney, também se sentia ótimo, porque parecia que se esforçava para não sorrir. Só Loney parecia um pouco preocupado, não o bastante para se notar, a não ser que você o conhecesse bem, como eu conhecia, mas eu podia notar.

– Estou bem – falei a ele. Uma porção de lutadores diz que não está se sentindo bem enquanto espera a luta começar, mas eu sempre me sentia bem.

Loney disse:

– Claro que você está bem – e me deu um tapinha nas costas.

– Ouça, Kid – falou e clareou a garganta. Pôs a boca bem perto de meu ouvido para que ninguém pudesse escutar. – Ouça, Kid, talvez... talvez seja melhor você boxear com ele do jeito que a gente falou. Ok?

Eu disse:

– Ok.

– E não se deixe levar pelo que aqueles caras nas cadeiras da frente gritarem para você fazer. Você está lutando aqui em cima.

Eu disse:

– Ok.

Os dois primeiros assaltos foram de certo modo divertidos porque era coisa nova para mim, girando em volta dele nas pontas dos pés e entrando e saindo com as mãos no alto. Claro que eu tinha feito um pouco disso com os caras no ginásio, mas não no ringue e não com alguém tão bom quanto ele. Ele era muito bom e me dominou naqueles dois assaltos, mas ninguém machucou ninguém.

Mas no primeiro minuto do terceiro assalto ele acertou meu queixo com um cruzado de direita doce como mel e então me bateu forte e rápido no corpo duas vezes com a esquerda. Pete e Loney não estavam brincando quando disseram que ele sabia bater. Esqueci do boxe e saí martelando com as duas mãos, empurrando ele por todo o ringue antes que me agarrasse num clinche. Todo mundo gritou, por isso achei que a coisa estava boa, mas só consegui acertar nele uma vez; o resto dos golpes aparou nos braços. Era o lutador mais esperto que eu já tinha enfrentado.

Quando Pop Agnew nos separou, lembrei que eu devia estar boxeando e então voltei a socar, mas Perelman batia mais forte e passei a maior parte do resto do assalto tentando manter sua esquerda longe de minha cara.

– Ele te machucou? – perguntou Loney quando voltei ao meu córner.

– Ainda não – falei –, mas sabe bater.

No quarto assalto aparei outro cruzado de esquerda com meu olho e uma porção de esquerdas com outras partes do meu rosto, e o quinto assalto foi ainda mais duro. Àquela altura o olho que ele acertou estava quase fechado e acho que já conhecia todos os meus truques. Girava e girava em volta de mim e não me deixava tomar a iniciativa.

– Como se sente? – perguntou Loney quando ele e Dick cuidavam de mim depois daquele assalto. Sua voz estava esquisita, como se estivesse resfriado.

Eu disse:

– Tudo bem.

Era difícil falar muito, porque meus lábios estavam inchados.

– Cubra-se mais – disse Loney.

Sacudi a cabeça para cima e para baixo dizendo que eu ia me cobrir.

– E não dê muita atenção àqueles babacas nas cadeiras da frente.

Eu estava muito ocupado com o Marujo Perelman para dar atenção a mais alguém, mas quando saímos para o sexto assalto eu podia ouvir pessoas berrando coisas como "Vá lá e lute com ele, Kid" ou "Vamos lá, Kid, dá porrada nele" e "Que é que está esperando, Kid?", e por isso imaginei que estavam gritando assim o tempo todo. Talvez aquilo tivesse a ver com o que fiz ou talvez eu só quisesse mostrar a Loney que ainda estava bem para que não se preocupasse comigo. Mesmo assim, lá pelo fim do assalto, quando Perelman me chacoalhou com outro daqueles cruzados de direita que tantos problemas estavam me causando, tratei de me recompor e parti pra cima dele. Me acertou algumas, mas não o bastante para me manter afastado e, ainda que assimilasse a maioria dos meus golpes, consegui acertar uns dois de bom tamanho e pude ver que ele sentiu. E quando me travou num clinche eu sabia que ele podia fazer aquilo porque era mais esperto, e não porque era mais forte.

– Que é que há com você? – grunhiu no meu ouvido.
– Ficou louco?

Eu não gostava de conversar no ringue, por isso apenas sorri para mim mesmo sem dizer nada e continuei tentando mandar a mão.

Loney me olhou de cara feia quando me sentei depois daquele assalto.

– Qual é o problema? – perguntou. – Não mandei boxear com ele?

Estava terrivelmente pálido e com a voz muito rouca.

Eu disse:

– Muito bem, vou boxear.

Dick Cohen começou a praguejar de lado e eu não podia ouvir bem. Não parecia praguejar contra ninguém nem contra nada, só praguejava em voz baixa até que Loney mandou que calasse a boca.

Eu queria perguntar a Loney o que devia fazer em relação àquele cruzado de direita mas, com a boca do jeito que estava, falar exigia muito trabalho e, além do mais, meu nariz estava obstruído e eu tinha de usar a boca para respirar, por isso fiquei quieto. Loney e Dick me massagearam muito mais forte do que em qualquer intervalo dos outros assaltos. Quando Loney se arrastou para fora do ringue pouco antes do gongo, deu um tapa no meu ombro e disse numa voz aguda:

– Agora boxeie.

Eu saí e boxeei. Perelman deve ter acertado meu rosto trinta vezes naquele assalto; seja como for, parecia ter acertado, mas eu continuava tentando boxear com ele. Pareceu um assalto muito longo.

Voltei para o meu córner não me sentindo exatamente enjoado, mas como se fosse ficar enjoado, o que era estranho porque eu não me lembrava de ter sido atingido no estômago para estar daquele jeito. A maior parte do tempo Perelman trabalhava em minha cabeça. Loney parecia muito mais enjoado do que eu. Parecia tão enjoado que tentei não olhar para ele e me senti um pouco envergonhado de fazê-la parecer um babaca deixando este Perelman me fazer de palhaço.

– Consegue agüentar até o fim? – perguntou Loney.

Quando tentei responder, vi que não podia mexer o lábio inferior porque tinha um pedaço de dente encravado na parte de dentro. Coloquei um polegar na boca mas Loney empurrou minha luva de lado e arrancou o pedaço de dente do lábio.

Então eu disse:

– Claro. Vou me acostumar logo com isso.

Loney fez um estranho som de gorgolejo no fundo da garganta e de repente colocou seu rosto bem de frente ao meu e me obrigou a deixar de olhar a lona para o encarar. Seus olhos eram como você imagina que são os olhos de um drogado.

– Ouça, Kid – falou, sua voz cruel e dura, quase como se me odiasse. – Ao diabo com esta merda. Vá lá e pegue aquele babaca. Por que diabo está boxeando? Você é um lutador. Vá lá e lute.

Comecei a dizer qualquer coisa e então parei e tive a idéia esquisita de que gostaria de dar um beijo nele ou coisa parecida, e então ele passou pelas cordas e o gongo tocou.

Fiz o que Loney mandou e acho que ganhei aquele assalto por uma boa margem. Era legal lutar do meu jeito de novo, sair batendo com as duas mãos, sem dançar ou qualquer outra frescura, simplesmente dando pancadas curtas e duras, inclinando de um lado para o outro para golpear a partir dos tornozelos até o alto. Ele me acertou, claro, mas senti que não podia me bater mais forte do que tinha batido nos outros assaltos e eu tinha agüentado, por isso agora não me preocupava mais. Pouco antes de soar o gongo, acertei nele saindo de um clinche e quando o gongo bateu ele estava acossado no seu córner.

Foi legal voltar ao meu córner. Todo mundo estava gritando, exceto Loney e Dick, e nenhum deles me falou uma única palavra. Mal chegaram a olhar para mim, só para as partes do corpo que estavam massageando, e foram mais duros comigo do que em qualquer outro assalto. Dava para pensar que eu era uma máquina que estavam ajustando. Loney não parecia mais enjoado. Eu podia sentir que ele estava excitado porque seu rosto estava rígido e calmo. Gosto de me lembrar dele assim, terrivelmente bonito. Dick assobiava entre os dentes baixinho enquanto molhava minha cabeça com uma esponja.

Acertei Perelman mais cedo do que esperava, no nono. A primeira parte do assalto foi dele porque veio se mexendo rápido e me pegando com golpes de esquerda e me fazendo de bobo, mas não conseguiu manter a carga e eu me esquivei de uma das suas esquerdas e rachei seu queixo com um gancho de esquerda, a primeira vez que pude acertar na sua cabeça do jeito que queria. Sabia que tinha sido um bom golpe antes mesmo que sua cabeça caísse para trás e dei seis socos nele tão rápido quanto podia, esquerda, direita, esquerda, direita, esquerda, direita. Ele recebeu quatro deles, mas eu o acertei no queixo de novo com uma direita e pouco acima do calção com outra, e quando seus joelhos dobraram um pouco e ele tentou um clinche, eu o afastei com um empurrão e acertei na mandíbula com tudo o que eu tinha.

Então Dick Cohen estava colocando o roupão sobre meus ombros, me abraçando e fungando, praguejando e rindo, tudo ao mesmo tempo, e do outro lado do ringue eles estavam amparando Perelman no seu tamborete.

– Onde está Loney? – perguntei.

Dick olhou em volta.

– Não sei. Estava aqui. Garoto, que luta!

Loney se juntou a nós quando caminhávamos para o vestiário.

– Tive que ver um cara – falou. Seus olhos estavam brilhantes como se estivesse rindo de alguma coisa, mas estava branco como um fantasma e cerrava os lábios contra os dentes mesmo quando sorria meio desajeitado para mim e dizia: – Vai levar muito tempo até que alguém consiga ganhar de você, Kid.

Eu disse que esperava que sim. Estava terrivelmente cansado agora que tudo tinha acabado. Geralmente fico com uma fome terrível depois de uma luta, mas dessa vez estava só terrivelmente cansado.

Loney caminhou até onde tinha pendurado o casaco e o colocou sobre o suéter, e quando colocou o casaco a aba prendeu e vi que ele tinha uma arma no bolso de trás das calças. O que era esquisito, porque nunca soube que ele tivesse carregado uma arma antes, e se estivesse com ela no ringue todo mundo certamente ia ver quando ele se abaixava para me massagear. Eu não podia perguntar a ele porque tinha muita gente no lugar falando e discutindo.

Pouco tempo depois, Perelman entrou com seu empresário e dois outros homens estranhos para mim, por isso calculei que tivessem vindo de Providence com ele também. Ele olhava direto para a frente, mas os outros olhavam de um jeito meio duro para Loney e para mim e foram até o outro lado da sala sem dizer nada. Todos nós trocávamos as roupas numa sala comprida no ginásio.

Loney disse para Dick, que estava me ajudando:

– Não se apresse. Não quero que o Kid saia antes de ter esfriado bem.

Perelman se vestiu bem rápido e saiu ainda olhando sempre para a frente. Seu empresário e os dois homens com ele pararam diante de nós. O empresário era um grandalhão com olhos verdes como um peixe e um rosto meio achatado e escuro. Tinha um sotaque também, podia ser um polaco. Ele falou:

– Garotos espertos, hein?

Loney estava de pé com uma das mãos para trás. Dick Cohen pôs as mãos nas costas de uma cadeira e como que se apoiou nela. Loney disse:

– Sou esperto. O Kid luta do jeito que eu mando ele lutar.

O empresário olhou para mim, olhou para Dick e olhou para Loney de novo e disse:

– Hum, então a coisa é assim.

Pensou um minuto e falou:

– É bom a gente saber.

E então enfiou o chapéu ainda mais na cabeça, virou-se e saiu com os dois outros homens atrás dele.

Perguntei a Loney:

– Qual é o problema?

Ele riu, mas não como se aquilo fosse engraçado:

– Maus perdedores.

– Mas você tem uma arma no...

Ele me cortou a fala:

– Um cara me pediu que guardasse para ele. Vou devolver agora. Você e Dick vão para casa e vejo vocês lá daqui a pouco. Mas não se apressem, quero que vocês esfriem bastante antes de sair. Vocês dois peguem o carro, sabem onde ficou estacionado. Venha cá, Dick.

Levou Dick para um canto e conversou com ele em sussurros. Dick ficou concordando com a cabeça para cima e para baixo e parecendo cada vez mais apavorado, ainda que tentasse esconder de mim quando voltou para o meu lado. Loney disse:

– Vejo vocês mais tarde – e saiu.

– Qual é o problema? – perguntei a Dick.

Ele sacudiu a cabeça e disse:

– Nada pra gente se preocupar.

E foi tudo o que pude arrancar dele.

Cinco minutos depois Pudge, o irmão de Bob Kirby, entrou correndo e gritou:

– Jesus, deram um tiro em Loney!

Eu dei um tiro em Loney. Se não fosse tão burro ele ainda estaria vivo de qualquer jeito. Por muito tempo botei a culpa na sra. Schiff, mas acho que foi para não ter de aceitar que foi minha própria culpa. Quero dizer, nunca pensei que ela mesma tivesse atirado, como as pessoas disseram; quando ele perdeu o trem no qual os dois deviam ter embarcado juntos, ela voltou e esperou do lado de fora do vestiário, quando ele saiu disse a ela que tinha mudado de idéia e ela disparou contra ele. Quero dizer, eu a culpava por mentir para ele, porque se soube depois que ninguém tinha dedurado ela e Loney a Big Jake. Loney tinha colocado a idéia na cabeça dela, contando o que Pete tinha dito, e ela fabricou a mentira para que Loney fugisse com ela. Mas se eu não fosse tão burro Loney teria pego aquele trem.

Então um monte de gente disse que Big Jake tinha matado Loney. Disseram que foi por isso que a polícia nunca chegou muito longe, por causa das ligações de Big Jake com a Prefeitura. Era verdade que ele tinha chegado em casa mais cedo do que a sra. Schiff esperava e ela deixara uma nota para ele dizendo que estava fugindo com Loney, e Jake podia ter chegado à rua perto do vestiário onde Loney foi alvejado a tempo de fazer o disparo, mas não podia ter chegado à estação ferroviária a tempo de pegar o trem deles, e se eu não fosse tão burro Loney teria pego aquele trem.

E ia ser do mesmo jeito se o pessoal do Marujo Perelman tivesse acertado Loney, coisa que a maioria das pessoas achava, inclusive a polícia, embora não tivesse provas suficientes contra ele. Se eu não fosse tão burro, Loney podia ter dito simplesmente para mim:

– Ouça, Kid, eu tenho de ir embora e preciso de todo o dinheiro que posso juntar, e o melhor jeito é fazer um acordo com Perelman para você perder a luta e então aposto tudo o que temos contra você.

Ora, eu podia lutar um milhão de lutas para Loney, mas como podia ele saber se valia a pena confiar em mim sendo eu tão burro?

Ou eu podia ter adivinhado o que ele queria e podia ter ido à lona quando Perelman me acertou aquele *uppercut* no quinto assalto. Teria sido fácil. Ou, se eu não fosse tão burro, teria aprendido a boxear melhor e, mesmo perdendo para Perelman como ia perder de qualquer jeito, eu podia ter evitado que ele me massacrasse tão feio que Loney não pôde agüentar mais e teve que jogar tudo para o alto e me mandar parar de boxear e ir à luta.

Ou, ainda que tudo tivesse acontecido do jeito que aconteceu até então, ele podia ter se mandado no último minuto se eu não fosse tão burro que o obrigasse a ficar por ali para me proteger dizendo àqueles caras de Providence que eu nada tive a ver com a traição pra cima deles.

Eu queria estar morto em vez de Loney.

DUAS FACAS AFIADAS

A caminho de casa depois do habitual jogo de pôquer da noite de quarta-feira na casa de Ben Kamsley, parei na estação ferroviária para ver chegar o trem das 2h11 – chamado o-que-bota-a-cidade-na-cama –, e assim que o cara desceu do vagão para fumantes eu o reconheci. Não havia como errar o seu rosto, os olhos pálidos com as pálpebras inferiores retas como se tivessem sido traçadas a régua, o nariz visivelmente ossudo de ponta achatada, a cova funda no queixo, as faces pardacentas ligeiramente encovadas. Era alto e magro e muito bem-vestido num terno escuro, sobretudo longo escuro e chapéu-coco, e carregava uma mala de viagem preta. Parecia um pouco mais velho do que os quarenta que devia ter. Passou por mim a caminho dos degraus da rua.

Quando me virei para segui-lo, vi Wally Shane saindo da sala de espera. Lancei um olhar para Wally e apontei com a cabeça para o homem que carregava a mala preta. Wally o examinou com cuidado ao passar. Não pude ver se o homem notou que o examinavam. Quando encostei em Wally o homem estava descendo os degraus para a rua.

Wally cerrou os lábios e seus olhos azuis estavam brilhantes e duros.

– Ouça – falou pelo canto da boca –, é a cara do sujeito que estamos...

– Este é o cara – disse eu, e descemos os degraus atrás dele.

Nosso homem caminhou até um dos táxis no meio-fio e então viu as luzes do Deerwood Hotel a dois quarteirões de distância, sacudiu a cabeça para o chofer do táxi e seguiu pela rua a pé.

– Que fazemos? – perguntou Wally. – Viu o que ele...?

– Não é nada para nós. Nós o alcançamos. Pegue meu carro. Está na esquina do beco.

Dei a Wally os poucos minutos que precisava para pegar o carro e então me aproximei.

– Olá, Furman – falei, quando estava bem atrás do homem alto.

Seu rosto virou-se bruscamente para mim:

– Como é que você...?

Estacou.

– Não acredito que o...

Olhou a rua para cima e para baixo. Tínhamos o quarteirão todo só para nós.

– Você é Lester Furman, não é? – perguntei.

Ele disse "Sim" rapidamente.

– Da Filadélfia?

Ele me examinou sob a luz, que não era muito forte onde estávamos.

– Sim.

– Sou Scott Anderson – falei. – Chefe de polícia daqui. Eu...

Sua mala bateu com um baque na calçada.

– O que aconteceu com ela? – perguntou áspero.

– Aconteceu com quem?

Wally chegou no meu carro, abruptamente, patinando no meio-fio. Furman, o rosto tomado de pânico, deu um pulo para fugir de mim. Fui atrás dele e o agarrei com minha mão boa e o prensei contra a parede da frente do depósito de Henderson. Lutou comigo até que Wally saiu do carro. Aí ele viu o uniforme de Wally e imediatamente parou de lutar.

– Vocês me desculpem – disse debilmente. – Por um segundo pensei que talvez vocês não fossem da polícia. Você não estava de uniforme e... foi besteira minha. Me desculpem.

– Tudo bem – falei a ele. – Vamos saindo antes que junte uma multidão aqui.

Dois carros tinham parado um pouco atrás do meu e eu podia ver um mensageiro e um homem sem chapéu saírem do hotel em nossa direção. Furman apanhou a mala e entrou sem resistência no meu carro antes de mim. Sentamos no banco traseiro. Wally dirigia. Rodamos um quarteirão em silêncio e então Furman perguntou:

– Estão me levando para a chefatura de polícia?

– Sim.

– Por quê?

– Filadélfia.

– Eu – limpou a garganta – não estou entendendo vocês.

– Você entende que é procurado na Filadélfia, não, por assassinato?

Falou indignado:

– É ridículo. Assassinato! Mas isso...

Pôs uma das mãos no meu braço, o rosto perto do meu, e em vez de indignação na sua voz havia agora uma espécie de franqueza.

– Quem lhe falou isso?

– Não inventei nada. Bem, aqui estamos. Venha, vou lhe mostrar.

Nós o levamos até o meu escritório. George Propper, que estava cochilando numa cadeira no escritório da frente, nos seguiu. Achei a circular da Agência de Detetives Transamericana e a passei para Furman. Na linguagem habitual, ela oferecia mil e quinhentos dólares pela detenção e condenação de Lester Furman, vulgo Lloyd Fields, vulgo J.D. Carpenter, pelo assassinato de Paul Frank Dunlap na Filadélfia no dia 26 do mês anterior.

As mãos de Furman segurando a circular estavam firmes e ele leu o papel cuidadosamente. Seu rosto estava pálido, mas nenhum músculo se mexeu até que abriu a boca para falar. Tentou falar com calma:

– É uma mentira.

Não ergueu os olhos da circular.

– Você é Lester Furman, não é? – perguntei.

Ele acenou a cabeça, ainda sem erguer os olhos.

– Esta é a sua descrição, não?

Concordou com a cabeça.

– Esta é sua fotografia, não?

Acenou que sim com a cabeça e então, olhando para sua fotografia na circular, começou a tremer, os lábios, as mãos, as pernas.

Empurrei uma cadeira atrás dele e disse "Sente-se" e ele se deixou cair nela e fechou os olhos, apertando as pálpebras. Peguei a circular de suas mãos inertes.

George Propper, encostado na moldura da porta, abriu seu sorriso frouxo para mim e Wally e disse:

– Então caso encerrado, vocês dois sortudos dividem uma milha e meia do dinheiro da recompensa. Wally sortudo! Se não são férias em Nova York por conta da cidade é dinheiro de recompensa.

Furman pulou da cadeira e gritou:

– É mentira! É uma armação. Vocês não podem provar nada. Não há nada a provar. Nunca matei ninguém. Não vou aceitar esta armação. Não vou...

Empurrei-o de novo na cadeira.

– Vamos com calma – falei. – Você está desperdiçando seu fôlego aqui. Guarde o fôlego para a polícia da Filadélfia. Estamos apenas segurando você para eles. Se existe algo errado é lá, não aqui.

– Mas não é a polícia. É a Agência de Dete...

– Vamos entregá-lo para a polícia.

Começou a dizer algo, parou, soluçou, fez um pequeno gesto inútil com as mãos e tentou sorrir.

– Então não há nada que eu possa fazer agora?

– Não há nada que nenhum de nós possa fazer até o amanhecer – falei. – Vamos ter de revistá-lo e depois não vamos chateá-lo mais até que eles venham apanhar você.

Na mala de viagem preta encontramos duas mudas de roupas, alguns artigos de toalete e uma 38 automática carregada. Em seus bolsos encontramos 160 e poucos dólares, um talão de cheques de um banco da Filadélfia, cartões de visita, umas poucas cartas que pareciam mostrar que ele estava no ramo imobiliário e o tipo de miudezas que geralmente a gente encontra em bolsos de homens. Enquanto Wally colocava essas coisas no cofre, mandei George Propper engaiolar Furman.

George chocalhou as chaves no seu bolso e disse:

– Vamos indo, querido. Há três dias que não temos ninguém no nosso xilindró. Vai ser todo seu, igualzinho a uma suíte no Ritz.

Furman disse "Boa noite e obrigado" para mim e acompanhou George.

Quando George voltou, ele se encostou de novo na ombreira da porta e perguntou:

– Que tal os rapazes de coração grande me darem uma pequena sobra daquele dinheiro manchado de sangue?

Wally disse:

– Claro. Vou esquecer daqueles dois e meio que você me deve há três meses.

Eu falei:

– Faça com que ele se sinta o mais confortável que você puder, George. Se pedir alguma coisa, tome as providências.

– Ele é valioso, hein? Se fosse algum vagabundo que não representasse nenhum níquel para vocês... Talvez eu devesse tirar um travesseiro de minha cama e dar para ele.

Cuspiu na escarradeira e errou o alvo.

– Ele é igualzinho a todos os outros para mim.

Pensei: *Qualquer dia destes vou esquecer que seu tio é presidente do conselho municipal e vou mandar você de volta à sarjeta.* Eu disse:

– Fale o quanto você quiser, mas faça o que eu mandar.

Eram cerca de quatro horas quando cheguei em casa – minha fazenda ficava um pouco fora da cidade –, e talvez meia hora depois fui dormir. O telefone me acordou às 6h05.

Era a voz de Wally:

– É melhor vir até aqui, Scott. O tal do Furman se enforcou.

– O quê?

– Com o seu cinto, de uma grade na janela, está mortinho da silva.

– Certo. Estou a caminho. Telefone para Ben Kamsley dizendo que eu o apanho a caminho da cidade.

– Nenhum médico vai conseguir fazer nada com este cara, Scott.

– Não vai doer dar uma olhadinha nele – insisti. – É melhor você telefonar para Douglassville, também.

Douglassville era a sede do condado.

– Ok.

Wally me telefonou de novo enquanto eu me vestia para dizer que Ben Kamsley tinha sido chamado num caso de emergência e estava do outro lado da cidade, mas sua mulher ia entrar em contato com ele e avisar para que passasse na chefatura a caminho de casa.

Quando, dirigindo para a cidade, eu estava a uns quinze ou vinte metros da lanchonete Red Top, Heck Jones saiu com um revólver na mão e começou a atirar em dois homens numa baratinha que tinha acabado de me ultrapassar.

Enfiei a cabeça para fora da janela e gritei para ele enquanto girava meu carro:

– Que é isto?

– Um assalto – berrou com raiva. – Me espere.

E deu outro tiro que deve ter errado meu pneu dianteiro por menos de uma polegada e galopou em minha direção com o avental batendo em suas pernas gordas. Abri a porta para ele, ele espremeu seu corpanzil do meu lado e partimos à caça da baratinha.

– O que me chateia – falou – é que fizeram a coisa como uma piada. Eles entram, só pedem presunto, ovos e café, e então começam a brincar meio que sussurrando e apontam as armas para mim como se fosse uma piada.

– Quanto levaram?

– Sessenta, mais ou menos, mas não é isso o que me chateia tanto, é que fizeram a coisa como se fosse uma piada.

– Deixa pra lá – falei. – Vamos pegá-los.

E quase que não conseguimos. Eles saíram à nossa frente na corrida. Nós os perdemos algumas vezes e finalmente os pegamos mais por sorte do que por outra coisa, alguns quilômetros depois da divisa estadual.

Não tivemos problema algum em pegá-los depois que os alcançamos, mas eles sabiam que tinham cruzado a divisa do estado e insistiram numa extradição regular, de modo que tivemos de levá-los para Badington, e pô-los na cadeia até que os papéis necessários pudessem ser enviados. Só às dez horas tive uma chance de ligar para meu escritório.

Hammill atendeu o telefone e me disse que Ted Carroll, nosso promotor público, estava lá e então falei com Ted, embora não tanto quanto ele falou comigo.

– Ouça, Scott – perguntou excitado –, o que é tudo isso?

– Tudo o quê?

– Esta palhaçada, esta bobajada toda.

– Não sei o que quer dizer – falei. – Não foi suicídio?

– Claro que foi suicídio, mas passei um telegrama para a Transamericana e eles me telefonaram há poucos minutos e disseram que nunca mandaram circular nenhuma sobre Furman, não sabiam de nenhum crime pelo qual ele fosse procurado. Tudo o que sabiam é que ele era um cliente deles.

Não pude pensar em nada para dizer exceto que estaria de volta a Deerwood ao meio-dia. E estava.

Quando entrei no escritório, encontrei Ted na minha escrivaninha com o telefone colado ao ouvido, dizendo:

– Sim... Sim... Sim.

Pôs o fone no gancho e perguntou:

– Que aconteceu com você?

– Uns rapazes assaltaram a lanchonete Red Top e tive de caçá-los até Badington.

Sorriu com um lado da boca:

– A cidade está escapando às suas mãos?

Eu e ele estávamos de lados opostos da cerca, politicamente, e levávamos a política a sério no condado de Candle.

Devolvi o sorriso.

– É o que parece, com um crime em seis meses.

– E isto.

Apontou um dedo para os fundos do edifício, onde ficavam as celas.

– O que é que tem isso? Vamos falar nisso.

– Está tudo errado – disse. – Acabei de falar com a polícia da Filadélfia. Não houve nenhum Paul Frank Dunlap assassinado lá que seja do conhecimento deles; eles não têm nenhum crime sem explicação no dia 26 do mês passado.

Olhou para mim como se fosse minha culpa:

– O que você arrancou de Furman antes que o deixasse se enforcar?

– Que ele era inocente.

– Você não fez um interrogatório cerrado? Não descobriu o que ele estava fazendo na cidade? Você não...?

– Pra quê? – perguntei. – Ele admitiu que seu nome era Furman, a descrição casava, a fotografia era dele, a Transamericana tinha credibilidade. A Filadélfia o procurava, eu não. Claro, se soubesse que ia se enforcar... Você disse que ele era cliente da Transamericana. Eles disseram o tipo de serviço?

– Sua mulher o deixou há uns dois anos e ele os contratou para caçá-la por cinco ou seis meses, mas nunca a encontraram. Estão mandando um homem hoje para dar uma olhada.

Levantou-se.

– Vou ver se almoço alguma coisa.

Na porta virou a cabeça sobre o ombro para dizer:

– É provável que esta história dê confusão.

Eu sabia disso; geralmente há confusão quando alguém morre numa cela.

George Propper entrou sorrindo todo feliz.

– E aí, que fim levaram aqueles mil e quinhentos?

– O que aconteceu na noite passada? – perguntei.

– Nada. Ele se enforcou.

– Você o encontrou?

Sacudiu a cabeça:

– Wally foi dar uma olhada para ver como estavam as coisas antes de entrar de folga e o encontrou.

– Você estava dormindo, eu imagino.

– Bem, eu estava tirando um cochilo, acho – resmungou –, mas todo mundo faz isso de vez em quando, até Wally às vezes quando volta de suas rondas e eu sempre acordo quando o telefone toca ou coisa assim. E mesmo que eu estivesse acordado. Você não pode ouvir um cara se enforcando.

– Kamsley disse há quanto tempo ele estava morto?

– Ele se enforcou por volta das cinco, na opinião de Kamsley. Quer dar uma olhada nos restos mortais? Estão na agência funerária do Fritz.

Eu disse:

– Agora, não. É melhor você ir para casa e dormir mais um pouco para que sua insônia não o deixe acordado esta noite.

Ele falou:

– Eu me sinto tão mal quanto você e Wally por terem perdido toda aquela grana – e saiu com um sorrisinho de satisfação.

Ted Carroll voltou do almoço com a idéia de que talvez houvesse uma ligação entre Furman e os dois homens que tinham roubado Heck Jones. Aquilo não parecia fazer muito sentido, mas prometi investigar. Naturalmente, nunca encontramos tal ligação.

Naquela noite, chegou um sujeito chamado Rising, gerente assistente da filial da Filadélfia da Agência de Detetives Transamericana. Trazia com ele o advogado do morto, um homem magricela e asmático chamado Wheelock. Depois que identificaram o corpo, voltamos ao meu escritório para uma reunião.

Não levei muito tempo para contar a eles tudo o que eu sabia, com o fato adicional, que eu tinha descoberto aquela tarde, de que a polícia na maioria das cidades de nossa região do estado tinha recebido cópias da circular oferecendo a recompensa. Rising examinou a circular e chamou-a de uma excelente falsificação: papel, estilo, tipologia, era tudo quase exatamente igual ao usado por sua agência.

Disseram-me que o morto era um cidadão bastante conhecido, respeitável e próspero da Filadélfia. Em 1938, tinha casado com uma jovem de 22 anos chamada Ethel Brian, filha de uma família respeitável, ainda que não próspera, também da Filadélfia. Tiveram um bebê, nascido em 1940, mas que viveu apenas poucos meses. Em 1941, a mulher de Furman desapareceu e nem ele nem a família souberam dela desde então, embora ele tivesse gasto um bom dinheiro tentando encontrá-la. Rising mostrou-me uma fotografia dela, uma loura de feições miúdas, bonita, com uma boca frágil e grandes olhos arregalados.

– Gostaria de ter uma cópia – falei.

– Pode ficar com esta. É uma das muitas que fizemos. Sua descrição está no verso.

– Obrigado. E ele não se divorciou?

Rising sacudiu a cabeça com ênfase.

– Não, senhor. Estava muito apaixonado por ela e parecia pensar que a morte da criança tinha deixado a garota meio biruta, sem saber o que estava fazendo.

Olhou para o advogado.

– Não é isso?

Wheelock fez uns sons asmáticos e disse:

– Esta é a minha opinião.

– Você disse que ele tinha dinheiro. Mais ou menos quanto, e quem vai herdar?

O advogado esquelético fungou um pouco mais e falou:

– Eu diria que o seu espólio chegará a talvez meio milhão de dólares, deixados em sua totalidade para sua esposa.

Aquilo me deu algo para pensar, mas o que pensei não me ajudou no momento.

Não sabiam dizer por que ele tinha vindo para Deerwood. Parecia nunca dizer a ninguém para onde ia, simplesmente avisou aos empregados e funcionários que ia deixar a cidade por um dia ou dois. Nem Rising nem Wheelock sabiam que tivesse inimigos. Isso era o que se sabia.

E era ainda o que se sabia no inquérito no dia seguinte. Tudo indicava que alguém havia feito uma armação para cima de Furman que o levou a nossa cadeia, e a armação o levou ao suicídio. Nada indicava qualquer outra coisa. E tinha de haver algo mais, muito mais.

Um pouco do algo começou a aparecer imediatamente depois do inquérito. Ben Kamsley estava me esperando quando deixei a agência funerária onde tivera lugar a investigação criminal.

– Vamos fugir desta multidão – disse ele. – Quero lhe contar uma coisa.

– Venha comigo ao escritório.

Fomos até o escritório. Ele fechou a porta, que geralmente ficava aberta, e sentamos num canto da minha escrivaninha. Sua voz era baixa:

– Duas daquelas equimoses eram visíveis.

– Que equimoses?

Olhou curiosamente para mim por um segundo e então colocou a mão no alto da sua cabeça.

– Furman. Debaixo do cabelo dele havia duas equimoses.

Tentei me refrear e não gritar.

– Por que não me contou?

– Estou lhe contando. Você não estava aqui naquela manhã. Esta é a primeira vez que vejo você desde então.

Amaldiçoei os dois marginais que me mantiveram afastado assaltando a lanchonete Red Top e perguntei:

– Então por que não deu o serviço quando testemunhava no inquérito?

Ele fechou a cara:

– Sou seu amigo. Não ia querer colocá-lo numa sinuca em que as pessoas diriam que você levou este sujeito ao suicídio ao prendê-lo de uma maneira muito dura.

– Você é maluco. E como estava a cabeça dele?

– Aquilo não o matou, se é o que quer saber. Não há nenhum problema com o seu crânio. Apenas duas equimoses que ninguém notaria a não ser que repartisse os cabelos.

– Matou ele de qualquer maneira – rosnei. – Você e a sua *amizade*...

O telefone tocou. Era Fritz.

– Ouça, Scott – falou –, tem duas senhoras aqui que querem dar uma olhada no sujeito. Posso deixar?

– Quem são elas?

– Não conheço... são de fora da cidade.

– Por que elas querem ver o sujeito?

– Não sei. Espere um minuto.

Uma voz de mulher se fez ouvir pelo telefone.

– Não posso dar uma olhada nele?

Era uma voz muito agradável e sincera.

– Por que gostaria de vê-lo? – perguntei.

– Bem, eu... – houve uma longa pausa – ...eu sou – uma pausa mais curta e quando ela terminou a frase sua voz não parecia muito mais do que um sussurro – ...a esposa dele.

– Oh, certamente – falei. – Vou até aí agora mesmo.

Saí apressado.

Quando deixava o edifício, encontrei Wally Shane. Vestido à paisana, porque estava de folga.

– Ei, Scott?

Pegou meu braço e arrastou-me de volta para o vestíbulo, fora de vista da rua.

– Duas damas chegaram no Fritz assim que eu ia saindo. Uma delas é Hotcha Randall, uma garota com uma ficha grande como o seu braço. Você sabe que ela está naquela gangue que me mandou investigar em Nova York no verão passado.

– Ela conhece você?

Sorriu.

– Claro. Mas não pelo nome verdadeiro, ela pensa que sou um bandido de Detroit.

– Quero dizer, ela reconheceu você agora há pouco?

– Não acho que me viu. De qualquer maneira, se viu não pareceu me reconhecer.

– Você não conhece a outra?

– Não. É uma loura, bem bonita.

– Ok – falei. – Fique por aqui, mas fora de vista. Talvez eu traga as duas de volta comigo.

Atravessei a rua até a agência funerária.

Ethel Furman era mais bonita do que a fotografia indicava. A mulher com ela era cinco ou seis anos mais velha, bem maior, bonita de um jeito grande e de certo modo vulgar. As duas estavam atraentemente vestidas em estilos que ainda não haviam chegado a Deerwood. A grandalhona foi apresentada a mim como sra. Crowder. Eu falei:

– Pensei que seu nome fosse Randall.

Ela riu.

– Que diferença faz, chefe? Não estou bagunçando a sua cidade.

Eu disse:

– Não me chame de chefe. Para vocês espertalhonas da cidade grande eu sou apenas o cirurgião da vila. Vamos entrar aqui por trás.

Ethel Furman não teve nenhum chilique quando viu o marido. Apenas olhou gravemente seu rosto por cerca de três minutos, depois se afastou e disse para mim:

– Obrigada.

– Vou ter de fazer algumas perguntas – falei –, por isso gostaria que viesse até o outro lado da rua...

Ela concordou com a cabeça.

– E eu gostaria de fazer-lhe algumas perguntas.

Olhou para a companheira.

– Será que a sra. Crowder pode...

– Chame-a de Hotcha – falei. – Estamos entre amigos. Claro, ela pode vir também.

A tal da Randall disse:

– Divertido, você.

E pegou no meu braço.

No meu escritório eu lhes dei cadeiras e falei:

– Antes de perguntar qualquer coisa quero lhes dizer algo. Furman não cometeu suicídio. Ele foi assassinado.

Ethel Furman arregalou os olhos.

– Assassinado?

Hotcha Randall disse logo, como se tivesse as palavras na ponta da língua:

– Nós temos álibis. Estávamos em Nova York. Podemos provar isso.

– Vai ter uma chance de provar isso, também – falei a ela. – E, afinal, por que vocês vieram parar aqui?

Ethel Furman repetiu num tom entorpecido:

– Assassinado?

A tal da Randall disse:

– Quem teria mais direito de vir até aqui? Ela ainda era a esposa dele, não era? Tem direito a uma parte do seu espólio, não tem? Tem o direito de defender seus próprios interesses, não?

Aquilo me lembrou de algo. Peguei o telefone e disse a Hammill para mandar alguém atrás do advogado Wheelock, que tinha ficado para o inquérito, naturalmente, antes que deixasse a cidade e dizer que eu queria vê-lo.

– Wally está por aí?

– Não está aqui. Ele disse que você mandou que ficasse fora de vista. Mas vou encontrá-lo.

– Certo. Diga que quero que ele vá a Nova York esta noite. Mande Mason para casa para dormir um pouco. Ele vai ter de cobrir a ronda noturna de Wally.

Hammill disse "Ok" e eu voltei para minhas convidadas.

Ethel Furman tinha saído do seu torpor. Inclinou-se para a frente e perguntou:

– Sr. Anderson, o senhor acha que eu tive... qualquer coisa a ver com Lester... com a morte dele?

– Não sei. Sei que ele foi morto. Sei que deixou para você algo em torno de meio milhão.

A tal da Randall assobiou suavemente. Aproximou-se e botou uma mão com anel de diamante no meu ombro.

– Dólares?

Quando confirmei com a cabeça, a euforia abandonou seu rosto, tornando-o sério.

– Tudo bem, chefe – falou –, não seja um palhaço. A garota nada teve a ver com o que quer que você acha que aconteceu. Lemos sobre o suicídio dele no jornal da manhã de ontem e que havia algo estranho na história e eu a convenci a vir até aqui e...

Ethel Furman interrompeu a amiga.

– Sr. Anderson, eu não faria nada para machucar Lester. Eu o deixei porque queria deixá-lo, mas não teria feito nada a ele por dinheiro ou qualquer outra coisa. Se eu quisesse o dinheiro dele, tudo o que tinha a fazer era pedir. Ele até publicou anúncios nos jornais dizendo para mim que se eu quisesse qualquer coisa era só falar para ele, mas eu nunca fiz. Você pode... o advogado dele, qualquer pessoa que sabia a respeito pode lhe dizer isso.

A tal da Randall prosseguiu a história:

– É a verdade, chefe. Eu venho dizendo a ela que é uma otária por não arrancar grana dele, mas ela nunca faria isso. Tive muita dificuldade em convencê-la a correr atrás da sua parte, agora que ele está morto e não tem ninguém mais para deixar a grana.

Ethel Furman disse:

– Eu nunca o teria machucado.

– Por que o deixou?

Ela sacudiu os ombros.

– Não sei como explicar. O jeito que a gente vivia não era o jeito como eu queria viver. Eu queria... não sei bem o quê. De qualquer maneira, depois que o bebê morreu eu não podia agüentar mais aquela vida e me mandei, mas não queria nada dele e nunca o teria machucado. Ele sempre foi bom para mim. Eu era... era eu que estava errada.

O telefone tocou. A voz de Hammill.

– Encontrei os dois. Wally está em casa. Dei o recado a ele. O velho Wheelock está a caminho.

Apanhei a circular falsa e mostrei para Ethel Furman.

– Foi isso que o botou na cadeia. Já viu esta foto antes?

Ela começou a dizer "Não" e então um olhar assustado tomou conta do seu rosto.

– Ora, é... não pode ser. É... é um instantâneo que eu tinha... que tenho. É uma ampliação dele.

– Quem mais tem uma cópia?

Seu rosto ficou mais assustado, mas ela disse:

– Ninguém que eu saiba. Não acho que ninguém mais possa ter um.

– Ainda tem o seu?

– Sim. Não me lembro se o vi há pouco tempo... estava com algumas coisas e papéis velhos... mas deve estar comigo.

Eu disse:

– Bem, sra. Furman, é coisa desse tipo que tem de ser verificada, e nenhum de nós pode escapar a isso. Existem duas maneiras de tratarmos a questão. Eu posso detê-la aqui sob suspeita até que tenha tempo de conferir as coisas ou posso mandar um de meus homens até Nova York com a senhora para a verificação. Estou disposto a fazer isso se a senhora apressar as coisas ajudando o quanto puder e se me prometer que não vai tentar nenhum truque.

– Eu prometo – disse ela. – Estou tão ansiosa quanto o senhor para...

– Muito bem. Como chegou aqui?

– Viemos de carro – disse a dona chamada Randall. – Aquele é o meu carro, o verde grande do outro lado da rua.

– Ótimo. Então podemos voltar de carro com você, mas não tente nenhum truque.

O telefone tocou de novo enquanto elas estavam me garantindo que não haveria nenhum truque. Hammill disse:

– Wheelock está aqui.

– Mande entrar.

A asma do advogado quase o estrangulou quando viu Ethel Furman. Antes que ele pudesse se recuperar, perguntei:

– Esta é realmente a sra. Furman?

Ele balançou a cabeça para cima e para baixo, ainda ofegante.

– Ótimo – falei. – Espere por mim. Volto em pouco tempo.

Conduzi as duas mulheres para fora, atravessando a rua até o carro verde.

– Direto até o final da rua e então dois quarteirões à esquerda – falei para a Randall, que estava na direção.

– Aonde estamos indo? – perguntou.

– Encontrar Shane, o homem que vai até Nova York com você.

A sra. Dober, a senhoria de Wally, abriu a porta para nós.

– Wally está? – perguntei.

– Sim, por certo, sr. Anderson. Pode subir.

Ela observou com olhos arregalados e curiosidade minhas acompanhantes enquanto falava comigo.

Subimos um lance de escadas e bati à sua porta.

– Quem é? – perguntou.

– Scott.

– Entre.

Abri a porta e fiquei de lado para deixar entrar as mulheres.

Ethel Furman sufocou um grito e disse:

– Harry.

E deu um passo para trás.

Wally tinha uma das mãos atrás, mas minha arma já estava empurrada.

– Acho que você ganhou – disse ele.

Eu falei que achava que sim e voltamos todos para a chefatura.

– Sou um babaca – queixou-se quando estávamos sozinhos no meu escritório. – Eu sabia que tudo tinha terminado quando vi aquelas duas damas entrando no Fritz. Então, quando estava me afastando e encontrei você, fiquei com medo de que me levasse até lá e por isso tive de dizer que uma delas me conhecia, imaginando que você ia querer me manter escondido por algum tempo pelo menos... o suficiente para que eu saísse da cidade. E então não tive o bom senso de me mandar.

"Voltei em casa para apanhar umas coisas antes de me arrancar, aquele telefonema do Hammill me pegou e eu caí na esparrela. Achei que estava tendo uma chance. Achei que você não tinha sacado a história ainda e ia me mandar para Nova York, como o bandido de Detroit de novo, para ver que tipo de informação eu podia arrancar daqueles caras, e eu ia ficar numa boa. Bem, você me enganou, meu irmão, ou não... Ouça, Scott, você não descobriu tudo acidentalmente, descobriu?"

– Não. Furman tinha sido assassinado por um tira. Um tira conhecia bem as circulares de recompensa para fazer um bom trabalho de falsificação. Quem imprimiu esta para você?

– Continue sua história – falou. – Não vou arrastar ninguém comigo. Foi só um impressor imbecil que precisava de grana.

– Ok. Só um tira seria capaz de conhecer bem a rotina e saber como as coisas seriam encaminhadas. Só um tira, um dos meus tiras, seria capaz de entrar em sua cela, golpeá-lo na cabeça e pendurá-lo na... Bem, as equimoses ficaram visíveis.

– Ficaram? Eu enrolei o cassetete numa toalha, achando que ia apagá-lo sem deixar uma marca que alguém encontrasse debaixo dos cabelos. Parece que cometi uma porção de erros.

– E então a suspeita recaiu mais ainda sobre um dos meus tiras – continuei –, e... bem... você me falou que conhecia a tal de Randall e lá estava, só que eu imaginei que você estivesse trabalhando com elas. O que foi que meteu você nesta história?

Fez uma boca amarga:

– O que mete a maioria dos trouxas em confusão? O desejo de grana fácil. Estou em Nova York, sacou, trabalhando naquela investigação do Dutton para você, me misturando com jogadores e chantagistas, passando por um deles; e começo a pensar que aqui meu trabalho exige tanto tutano quanto o deles, que é tão duro e perigoso como o deles, mas eles estão levando muita grana e eu estou trabalhando pelo café e pelas rosquinhas. Esse tipo de coisa incomoda a gente.

"Então dou de cara com esta Ethel e ela se derrete por mim como um sorvete no sol. Eu gosto dela também e por isso a coisa é legal; mas uma noite ela me fala do seu marido e de quanta grana ele tem e como é louco por ela e ainda está tentando encontrá-la e começo a pensar. Penso que ela é louca o bastante por mim para se casar comigo. Acho ainda que ela se casaria comigo se não soubesse que eu o matei. Divorciar-se dele não é bom negócio, porque as chances são de que ela não receberia nenhum dinheiro e, de qualquer maneira, seria só uma parte. Então comecei a pensar, supondo que ele morresse e deixasse para ela a bolada.

"Achei que era por aí. Fui até a Filadélfia umas duas tardes e dei uma olhada nele e tudo parecia numa boa. Ele nem mesmo tinha algum parente próximo o suficiente para merecer uma pequena grana. Então eu parti para a ação. Não imediatamente; usei meu tempo elaborando os detalhes, enquanto me correspondia com ela por intermédio de um cara em Detroit.

"E então mandei aquelas circulares para uma porção de lugares, esperando não chamar muito a atenção neste aqui. E quando ele estava pronto telefonei para ele dizendo que, se viesse ao Deerwood Hotel aquela noite, em algum momento entre aquela e a noite seguinte teria notícias de Ethel. E, como pensei, ele seguiria qualquer pista que encontrasse sobre ela. Quando você o viu na estação surgiu um problema. Se não o tivesse encontrado, eu teria só de descobrir que ele estava hospedado no hotel naquela noite. De qualquer maneira, eu o teria matado e em pouco tempo ia começar a beber ou coisa parecida, você ia me demitir e eu me casaria com Ethel e seu meio milhão com meu nome de Detroit."

Fez a boca amarga de novo:

– Só que não sou tão esperto quanto pensava.

– Talvez seja – falei –, mas isso nem sempre ajuda. O velho Kamsley, o pai de Ben, costumava dizer: "Uma faca afiada pede um bife duro". Lamento que tenha entrado nessa, Wally. Sempre gostei de você.

Ele sorriu, cansado.

– Eu sei que você gostava de mim – falou – e estava contando com isso

AGRADECIMENTOS

Este livro percorreu um caminho longo e demorado até a publicação, e muito se deve à gentileza e ao encorajamento de amigos e colegas: Glenn Lord, Walter Martin, Robert Weinberg, Gordon R. Dickinson, David Drake, T. E. D. Klein, Judy Zelazny, Isidore Hailblum, Richard Layman, Otto Penzler, Larry Segriff, William F. Nolan e Kay McCauley.

Também agradecemos aos nossos bons e pacientes agentes, Kassandra Duane e Joy Harris; e ao livreiro nova-iorquino Jon White por seu auxílio inteligente em localizar contos em revistas e livros antigos e raros.

Temos uma dívida igualmente para com Martin Asher da Vintage Books e Sonny Mehta da Alfred A. Knopf, pelo apoio contínuo durante o período bastante longo que se passou desde o contrato até a publicação. Edward Kastenmeier fez o melhor tipo de editoração que se pode pedir: exato, inteligente e repleto de boas críticas e sugestões.

Finalmente é necessária uma saudação a Ellery Queen. Ele era um grande conhecedor da arte do mistério e dos contos policiais, e sua crença nas histórias curtas de Dashiell Hammett, bem como a publicação dessas histórias durante quase vinte anos, é uma realização duradoura.

Os Editores [*]

---

[*] Kirby McCauley, Ed Gorman, Martin H. Greenberg e William F. Nolan são os editores responsáveis pela edição original de 1999 pela Alfred Knopf. Inc., na qual se baseou esta tradução.

Coleção **L&PM** POCKET (LANÇAMENTOS MAIS RECENTES)

559(4).**Júlio César** – Joël Schmidt
560.**Receitas da família** – J. A. Pinheiro Machado
561.**Boas maneiras à mesa** – Celia Ribeiro
562(9).**Filhos sadios, pais felizes** – R. Pagnoncelli
563(10).**Fatos & mitos** – Dr. Fernando Lucchese
564.**Ménage à trois** – Paula Taitelbaum
565.**Mulheres!** – David Coimbra
566.**Poemas de Álvaro de Campos** – Fernando Pessoa
567.**Medo e outras histórias** – Stefan Zweig
568.**Snoopy e sua turma (1)** – Schulz
569.**Piadas para sempre (1)** – Visconde da Casa Verde
570.**O alvo móvel** – Ross Macdonald
571.**O melhor do Recruta Zero (2)** – Mort Walker
572.**Um sonho americano** – Norman Mailer
573.**Os broncos também amam** – Angeli
574.**Crônica de um amor louco** – Bukowski
575(5).**Freud** – René Major e Chantal Talagrand
576(6).**Picasso** – Gilles Plazy
577(7).**Gandhi** – Christine Jordis
578.**A tumba** – H. P. Lovecraft
579.**O príncipe e o mendigo** – Mark Twain
580.**Garfield, um charme de gato (7)** – Jim Davis
581.**Ilusões perdidas** – Balzac
582.**Esplendores e misérias das cortesãs** – Balzac
583.**Walter Ego** – Angeli
584.**Striptiras (1)** – Laerte
585.**Fagundes: um puxa-saco de mão cheia** – Laerte
586.**Depois do último trem** – Josué Guimarães
587.**Ricardo III** – Shakespeare
588.**Dona Anja** – Josué Guimarães
589.**24 horas na vida de uma mulher** – Stefan Zweig
590.**O terceiro homem** – Graham Greene
591.**Mulher no escuro** – Dashiell Hammett
592.**No que acredito** – Bertrand Russell
593.**Odisséia (1): Telemaquia** – Homero
594.**O cavalo cego** – Josué Guimarães
595.**Henrique V** – Shakespeare
596.**Fabulário geral do delírio cotidiano** – Bukowski
597.**Tiros na noite 1: A mulher do bandido** – Dashiell Hammett
598.**Snoopy em Feliz Dia dos Namorados! (2)** – Schulz
599.**Mas não se matam cavalos?** – Horace McCoy
600.**Crime e castigo** – Dostoiévski
601(7).**Mistério no Caribe** – Agatha Christie
602.**Odisséia (2): Regresso** – Homero
603.**Piadas para sempre (2)** – Visconde da Casa Verde
604.**À sombra do vulcão** – Malcolm Lowry
605(8).**Kerouac** – Yves Buin
606.**E agora são cinzas** – Angeli
607.**As mil e uma noites** – Paulo Caruso
608.**Um assassino entre nós** – Ruth Rendell
609.**Crack-up** – F. Scott Fitzgerald
610.**Do amor** – Stendhal
611.**Cartas do Yage** – William Burroughs e Allen Ginsberg
612.**Striptiras (2)** – Laerte
613.**Henry & June** – Anaïs Nin
614.**A piscina mortal** – Ross Macdonald
615.**Geraldão (2)** – Glauco
616.**Tempo de delicadeza** – A. R. de Sant'Anna
617.**Tiros na noite 2: Medo de tiro** – Dashiell Hammett
618.**Snoopy em Assim é a vida, Charlie Brown! (3)** – Schulz
619.**1954 – Um tiro no coração** – Hélio Silva
620.**Sobre a inspiração poética (Íon)** e ... – Platão
621.**Garfield e seus amigos (8)** – Jim Davis
622.**Odisséia (3): Ítaca** – Homero
623.**A louca matança** – Chester Himes
624.**Factótum** – Bukowski
625.**Guerra e Paz: volume 1** – Tolstói
626.**Guerra e Paz: volume 2** – Tolstói
627.**Guerra e Paz: volume 3** – Tolstói
628.**Guerra e Paz: volume 4** – Tolstói
629(9).**Shakespeare** – Claude Mourthé
630.**Bem está o que bem acaba** – Shakespeare
631.**O contrato social** – Rousseau
632.**Geração Beat** – Jack Kerouac
633.**Snoopy: É Natal! (4)** – Charles Schulz
634(8).**Testemunha da acusação** – Agatha Christie
635.**Um elefante no caos** – Millôr Fernandes
636.**Guia de leitura (100 autores que você precisa ler)** – Organização de Léa Masina
637.**Pistoleiros também mandam flores** – David Coimbra
638.**O prazer das palavras** – vol. 1 – Cláudio Moreno
639.**O prazer das palavras** – vol. 2 – Cláudio Moreno
640.**Novíssimo testamento: com Deus e o diabo, a dupla da criação** – Iotti
641.**Literatura Brasileira: modos de usar** – Luís Augusto Fischer
642.**Dicionário de Porto-Alegrês** – Luís A. Fischer
643.**Clô Dias & Noites** – Sérgio Jockymann
644.**Memorial de Isla Negra** – Pablo Neruda
645.**Um homem extraordinário e outras histórias** – Tchékhov
646.**Ana sem terra** – Alcy Cheuiche
647.**Adultérios** – Woody Allen
648.**Para sempre ou nunca mais** – R. Chandler
649.**Nosso homem em Havana** – Graham Greene
650.**Dicionário Caldas Aulete de Bolso**
651.**Snoopy: Posso fazer uma pergunta, professora? (5)** – Charles Schulz
652(10).**Luís XVI** – Bernard Vincent
653.**O mercador de Veneza** – Shakespeare
654.**Cancioneiro** – Fernando Pessoa
655.**Non-Stop** – Martha Medeiros
656.**Carpinteiros, levantem bem alto a cumeeira & Seymour, uma apresentação** – J.D.Salinger
657.**Ensaios céticos** – Bertrand Russell
658.**O melhor do Hagar 5** – Dik e Chris Browne
659.**Primeiro amor** – Ivan Turguêniev
660.**A trégua** – Mario Benedetti
661.**Um parque de diversões da cabeça** – Lawrence Ferlinghetti
662.**Aprendendo a viver** – Sêneca
663.**Garfield, um gato em apuros (9)** – Jim Davis
664.**Dilbert 1** – Scott Adams

665. **Dicionário de dificuldades** – Domingos Paschoal Cegalla
666. **A imaginação** – Jean-Paul Sartre
667. **O ladrão e os cães** – Naguib Mahfuz
668. **Gramática do português contemporâneo** – Celso Cunha
669. **A volta do parafuso** seguido de **Daisy Miller** – Henry James
670. **Notas do subsolo** – Dostoiévski
671. **Abobrinhas da Brasilônia** – Glauco
672. **Geraldão (3)** – Glauco
673. **Piadas para sempre (3)** – Visconde da Casa Verde
674. **Duas viagens ao Brasil** – Hans Staden
675. **Bandeira de bolso** – Manuel Bandeira
676. **A arte da guerra** – Maquiavel
677. **Além do bem e do mal** – Nietzsche
678. **O coronel Chabert** seguido de **A mulher abandonada** – Balzac
679. **O sorriso de marfim** – Ross Macdonald
680. **100 receitas de pescados** – Sílvio Lancellotti
681. **O juiz e seu carrasco** – Friedrich Dürrenmatt
682. **Noites brancas** – Dostoiévski
683. **Quadras ao gosto popular** – Fernando Pessoa
684. **Romanceiro da Inconfidência** – Cecília Meireles
685. **Kaos** – Millôr Fernandes
686. **A pele de onagro** – Balzac
687. **As ligações perigosas** – Choderlos de Laclos
688. **Dicionário de matemática** – Luiz Fernandes Cardoso
689. **Os Lusíadas** – Luís Vaz de Camões
690(11).**Átila** – Éric Deschodt
691. **Um jeito tranqüilo de matar** – Chester Himes
692. **A felicidade conjugal** seguido de **O diabo** – Tolstói
693. **Viagem de um naturalista ao redor do mundo** – vol. 1 – Charles Darwin
694. **Viagem de um naturalista ao redor do mundo** – vol. 2 – Charles Darwin
695. **Memórias da casa dos mortos** – Dostoiévski
696. **A Celestina** – Fernando de Rojas
697. **Snoopy: Como você é azarado, Charlie Brown! (6)** – Charles Schulz
698. **Dez (quase) amores** – Claudia Tajes
699(9).**Poirot sempre espera** – Agatha Christie
700. **Cecília de bolso** – Cecília Meireles
701. **Apologia de Sócrates** precedido de **Êutifron** e seguido de **Críton** – Platão
702. **Wood & Stock** – Angeli
703. **Striptiras (3)** – Laerte
704. **Discurso sobre a origem e os fundamentos da desigualdade entre os homens** – Rousseau
705. **Os duelistas** – Joseph Conrad
706. **Dilbert (2)** – Scott Adams
707. **Viver e escrever** (vol. 1) – Edla van Steen
708. **Viver e escrever** (vol. 2) – Edla van Steen
709. **Viver e escrever** (vol. 3) – Edla van Steen
710(10).**A teia da aranha** – Agatha Christie
711. **O banquete** – Platão
712. **Os belos e malditos** – F. Scott Fitzgerald
713. **Libelo contra a arte moderna** – Salvador Dalí
714. **Akropolis** – Valerio Massimo Manfredi
715. **Devoradores de mortos** – Michael Crichton
716. **Sob o sol da Toscana** – Frances Mayes
717. **Batom na cueca** – Nani
718. **Vida dura** – Claudia Tajes
719. **Carne trêmula** – Ruth Rendell
720. **Cris, a fera** – David Coimbra
721. **O anticristo** – Nietzsche
722. **Como um romance** – Daniel Pennac
723. **Emboscada no Forte Bragg** – Tom Wolfe
724. **Assédio sexual** – Michael Crichton
725. **O espírito do Zen** – Alan W.Watts
726. **Um bonde chamado desejo** – Tennessee Williams
727. **Como gostais** seguido de **Conto de inverno** – Shakespeare
728. **Tratado sobre a tolerância** – Voltaire
729. **Snoopy: Doces ou travessuras? (7)** – Charles Schulz
730. **Cardápios do Anonymus Gourmet** – J.A. Pinheiro Machado
731. **100 receitas com lata** – J.A. Pinheiro Machado
732. **Conhece o Mário?** vol.2 – Santiago
733. **Dilbert (3)** – Scott Adams
734. **História de um louco amor** seguido de **Passado amor** – Horacio Quiroga
735(11).**Sexo: muito prazer** – Laura Meyer da Silva
736(12).**Para entender o adolescente** – Dr. Ronald Pagnoncelli
737(13).**Desembarcando a tristeza** – Dr. Fernando Lucchese
738. **Poirot e o mistério da arca espanhola & outras histórias** – Agatha Christie
739. **A última legião** – Valerio Massimo Manfredi
740. **As virgens suicidas** – Jeffrey Eugenides
741. **Sol nascente** – Michael Crichton
742. **Duzentos ladrões** – Dalton Trevisan
743. **Os devaneios do caminhante solitário** – Rousseau
744. **Garfield, o rei da preguiça (10)** – Jim Davis
745. **Os magnatas** – Charles R. Morris
746. **Pulp** – Charles Bukowski
747. **Enquanto agonizo** – William Faulkner
748. **Aline: viciada em sexo (3)** – Adão Iturrusgarai
749. **A dama do cachorrinho** – Anton Tchékhov
750. **Tito Andrônico** – Shakespeare
751. **Antologia poética** – Anna Akhmátova
752. **O melhor de Hagar 6** – Dik e Chris Browne
753(12).**Michelangelo** – Nadine Sautel
754. **Dilbert (4)** – Scott Adams
755. **O jardim das cerejeiras** seguido de **Tio Vânia** – Tchékhov
756. **Geração Beat** – Claudio Willer
757. **Santos Dumont** – Alcy Cheuiche
758. **Budismo** – Claude B. Levenson
759. **Cleópatra** – Christian-Georges Schwentzel
760. **Revolução Francesa** – Frédéric Bluche, Stéphane Rials e Jean Tulard
761. **A crise de 1929** – Bernard Gazier
762. **Sigmund Freud** – Edson Sousa e Paulo Endo
763. **Império Romano** – Patrick Le Roux
764. **Cruzadas** – Cécile Morrisson
765. **O mistério do Trem Azul** – Agatha Christie
766. **Os escrúpulos de Maigret** – Simenon
767. **Maigret se diverte** – Simenon
768. **Senso comum** – Thomas Paine
769. **O parque dos dinossauros** – Michael Crichton
770. **Trilogia da paixão** – Goethe

771. **A simples arte de matar** (vol.1) – R. Chandler
772. **A simples arte de matar** (vol.2) – R. Chandler
773. **Snoopy: No mundo da lua! (8)** – Charles Schulz
774. **Os Quatro Grandes** – Agatha Christie
775. **Um brinde de cianureto** – Agatha Christie
776. **Súplicas atendidas** – Truman Capote
777. **Ainda restam aveleiras** – Simenon
778. **Maigret e o ladrão preguiçoso** – Simenon
779. **A viúva imortal** – Millôr Fernandes
780. **Cabala** – Roland Goetschel
781. **Capitalismo** – Claude Jessua
782. **Mitologia grega** – Pierre Grimal
783. **Economia: 100 palavras-chave** – Jean-Paul Betbèze
784. **Marxismo** – Henri Lefebvre
785. **Punição para a inocência** – Agatha Christie
786. **A extravagância do morto** – Agatha Christie
787. (13). **Cézanne** – Bernard Fauconnier
788. **A identidade Bourne** – Robert Ludlum
789. **Da tranquilidade da alma** – Sêneca
790. **Um artista da fome** *seguido de* **Na colônia penal e outras histórias** – Kafka
791. **Histórias de fantasmas** – Charles Dickens
792. **A louca de Maigret** – Simenon
793. **O amigo de infância de Maigret** – Simenon
794. **O revólver de Maigret** – Simenon
795. **A fuga do sr. Monde** – Simenon
796. **O Uraguai** – Basílio da Gama
797. **A mão misteriosa** – Agatha Christie
798. **Testemunha ocular do crime** – Agatha Christie
799. **Crepúsculo dos ídolos** – Friedrich Nietzsche
800. **Maigret e o negociante de vinhos** – Simenon
801. **Maigret e o mendigo** – Simenon
802. **O grande golpe** – Dashiell Hammett
803. **Humor barra pesada** – Nani
804. **Vinho** – Jean-François Gautier
805. **Egito Antigo** – Sophie Desplancques
806. (14). **Baudelaire** – Jean-Baptiste Baronian
807. **Caminho da sabedoria, caminho da paz** – Dalai Lama e Felizitas von Schönborn
808. **Senhor e servo e outras histórias** – Tolstói
809. **Os cadernos de Malte Laurids Brigge** – Rilke
810. **Dilbert (5)** – Scott Adams
811. **Big Sur** – Jack Kerouac
812. **Seguindo a correnteza** – Agatha Christie
813. **O álibi** – Sandra Brown
814. **Montanha-russa** – Martha Medeiros
815. **Coisas da vida** – Martha Medeiros
816. **A cantada infalível** *seguido de* **A mulher do coroavante** – David Coimbra
817. **Maigret e os crimes do cais** – Simenon
818. **Sinal vermelho** – Simenon
819. **Snoopy: Pausa para a soneca (9)** – Charles Schulz
820. **De pernas pro ar** – Eduardo Galeano
821. **Tragédias gregas** – Pascal Thiercy
822. **Existencialismo** – Jacques Colette
823. **Nietzsche** – Jean Granier
824. **Amar ou depender?** – Walter Riso
825. **Darmapada: A doutrina budista em versos**
826. **J'Accuse...!** – a verdade em marcha – Zola
827. **Os crimes ABC** – Agatha Christie
828. **Um gato entre os pombos** – Agatha Christie
829. **Maigret e o sumiço do sr. Charles** – Simenon

830. **Maigret e a morte do jogador** – Simenon
831. **Dicionário de teatro** – Luiz Paulo Vasconcellos
832. **Cartas extraviadas** – Martha Medeiros
833. **A longa viagem de prazer** – J. J. Morosoli
834. **Receitas fáceis** – J. A. Pinheiro Machado
835. (14). **Mais fatos & mitos** – Dr. Fernando Lucchese
836. (15). **Boa viagem!** – Dr. Fernando Lucchese
837. **Aline: Finalmente nua!!!** (4) – Adão Iturrusgarai
838. **Mônica tem uma novidade!** – Mauricio de Sousa
839. **Cebolinha em apuros!** – Mauricio de Sousa
840. **Sócios no crime** – Agatha Christie
841. **Bocas do tempo** – Eduardo Galeano
842. **Orgulho e preconceito** – Jane Austen
843. **Impressionismo** – Dominique Lobstein
844. **Escrita chinesa** – Viviane Alleton
845. **Paris: uma história** – Yvan Combeau
846. (15). **Van Gogh** – David Haziot
847. **Maigret e o corpo sem cabeça** – Simenon
848. **Portal do destino** – Agatha Christie
849. **O futuro de uma ilusão** – Freud
850. **O mal-estar na cultura** – Freud
851. **Maigret e o matador** – Simenon
852. **Maigret e o fantasma** – Simenon
853. **Um crime adormecido** – Agatha Christie
854. **Satori em Paris** – Jack Kerouac
855. **Medo e delírio em Las Vegas** – Hunter Thompson
856. **Um negócio fracassado e outros contos de humor** – Tchékhov
857. **Mônica está de férias!** – Mauricio de Sousa
858. **De quem é esse coelho?** – Mauricio de Sousa
859. **O burgomestre de Furnes** – Simenon
860. **O mistério Sittaford** – Agatha Christie
861. **Manhã transfigurada** – Luiz Antonio de Assis Brasil
862. **Alexandre, o Grande** – Pierre Briant
863. **Jesus** – Charles Perrot
864. **Islã** – Paul Balta
865. **Guerra da Secessão** – Farid Ameur
866. **Um rio que vem da Grécia** – Cláudio Moreno
867. **Maigret e os colegas americanos** – Simenon
868. **Assassinato na casa do pastor** – Agatha Christie
869. **Manual do líder** – Napoleão Bonaparte
870. (16). **Billie Holiday** – Sylvia Fol
871. **Bidu arrasando!** – Mauricio de Sousa
872. **Desventuras em família** – Mauricio de Sousa
873. **Liberty Bar** – Simenon
874. **E no final a morte** – Agatha Christie
875. **Guia prático do Português correto – vol. 4** – Cláudio Moreno
876. **Dilbert (6)** – Scott Adams
877. (17). **Leonardo da Vinci** – Sophie Chauveau
878. **Bella Toscana** – Frances Mayes
879. **A arte da ficção** – David Lodge
880. **Striptiras (4)** – Laerte
881. **Skrotinhos** – Angeli
882. **Depois do funeral** – Agatha Christie
883. **Radicci 7** – Iotti
884. **Walden** – H. D. Thoreau
885. **Lincoln** – Allen C. Guelzo
886. **Primeira Guerra Mundial** – Michael Howard
887. **A linha de sombra** – Joseph Conrad
888. **O amor é um cão dos diabos** – Bukowski

ENCYCLOPAEDIA é a nova série da Coleção **L&PM** POCKET, que traz livros de referência com conteúdo acessível, útil e na medida certa. São temas universais, escritos por especialistas de forma compreensível e descomplicada.

PRIMEIROS LANÇAMENTOS: **Alexandre, o Grande**, Pierre Briant – **Budismo**, Claude B. Levenson – **Cabala**, Roland Goetschel – **Capitalismo**, Claude Jessua – **Cleópatra**, Christian-Georges Schwentzel – **A crise de 1929**, Bernard Gazier – **Cruzadas**, Cécile Morrisson – **Economia: 100 palavras-chave**, Jean-Paul Betbèze – **Egito Antigo**, Sophie Desplancques – **Escrita chinesa**, Viviane Alleton – **Existencialismo**, Jacques Colette – **Geração Beat**, Claudio Willer – **Guerra da Secessão**, Farid Ameur – **Império Romano**, Patrick Le Roux – **Impressionismo**, Dominique Lobstein – **Islã**, Paul Balta – **Jesus**, Charles Perrot – **Marxismo**, Henri Lefebvre – **Mitologia grega**, Pierre Grimal – **Nietzsche**, Jean Granier – **Paris: uma história**, Yvan Combeau – **Revolução Francesa**, Frédéric Bluche, Stéphane Rials e Jean Tulard – **Santos Dumont**, Alcy Cheuiche – **Sigmund Freud**, Edson Sousa e Paulo Endo – **Tragédias gregas**, Pascal Thiercy – **Vinho**, Jean-François Gautier

L&PM POCKET **ENCYCLOPAEDIA**
Conhecimento na medida certa

IMPRESSÃO:

Santa Maria - RS - Fone/Fax: (55) 3220.4500
www.pallotti.com.br